X4

Motus et bouche cousue

Drôles de frères
Levine
Un jumeau singulier
Ordo
Aztèques dansants
Kahawa
Faites-moi confiance
Trop humains
Histoire d'os
Le Couperet
Smoke
361
Moi, mentir ?
Le Contrat
Au pire, qu'est-ce qu'on risque ?
La Mouche du coche
Moisson noire 2001 (anthologie sous la direction de D. Westlake)
Mauvaises nouvelles
Dégâts des eaux
Jimmy the Kid

Sous le pseudonyme de Richard Stark

La Demoiselle
La Dame
Comeback
Backflash
Le Septième
Flashfire
Firebreak

Donald E. Westlake

Motus et bouche cousue

Traduit de l'anglais (États-Unis)
par Doug Headline

Collection dirigée par
François Guérif

Rivages/Thriller

Retrouvez l'ensemble des parutions
des Éditions Payot & Rivages sur

www.payot-rivages.fr.

Titre original : *Put A Lid On It*

© 2002, Donald E. Westlake
© 2005, Éditions Payot & Rivages
pour la traduction française
106, boulevard Saint-Germain – 75006 Paris

ISBN : 2-7436-1458-7
ISSN : 0990-3151

Mon vieil ami Mickey Schwerner, qui fut assassiné avec James Chaney et Andy Goodman dans l'État du Mississippi la nuit du 21 juin 1962 par un groupe d'attardés sur le plan politique, me décrivit un jour lors d'une conversation le système bipolaire des partis américains en ces termes auxquels je n'ai jamais rien trouvé à redire : « C'est toujours la même histoire, me dit-il, les profiteurs contre les grippe-sous. »

Ce livre est pour Mickey. Forest green.

1

Le onzième jour que Meehan passait au MCC, les coiffeurs se pointèrent au 9 Sud ; deux coiffeurs, un Blanc pour les détenus blancs, un Noir pour tous les autres. Chacun d'eux tirait derrière lui un fauteuil, et un gardien fermait la marche. Les deux coiffeurs s'installèrent dans des triangles opposés de la salle commune qui avait la forme d'une étoile à six branches, avec cinq doubles rangées de cellules plantées dans cinq des creux de l'étoile ; la sortie vers la salle en ciment où débouchaient les ascenseurs se trouvait dans le sixième creux de l'étoile.

C'était là une des différences avec les autres taules de l'État ou du comté ; il n'y avait pas de pièce séparée où les coiffeurs pouvaient faire leur travail. Au bout de onze jours, Meehan se disait qu'il pourrait bien écrire une monographie sur le sujet, il l'écrivait même déjà dans sa tête. Ne jamais rien mettre sur le papier pendant que vous êtes au trou : c'était l'une des dix mille règles.

Évidemment, la différence fondamentale au Manhattan Correctional Center, où les prisonniers fédéraux non libérables sous caution de la juridiction de Manhattan, ville et État de New York, attendaient avant et pendant leur procès, c'était l'attitude des gardiens. Ils pensaient que les prisonniers étaient des animaux, bien entendu, et les traitaient comme tels. Mais ici, les gardiens eux-mêmes ne se considéraient pas comme des animaux ; là était toute la différence.

Quand vous atterrissiez dans un pénitencier d'État, n'importe lequel des pénitenciers d'État du pays – enfin, de tous les États dont Meehan avait eu l'occasion de tester l'hospitalité, et il pensait en avoir visité suffisamment pour extrapoler – vous aviez vraiment la sensation que tous les individus en présence n'étaient que d'infects porcs puants balancés pêle-mêle au fond de ce trou pourri, les surveillants autant que les détenus. Il y avait là-dedans, se dit Meehan à présent que cet environnement lui manquait, quelque chose d'étrangement réconfortant, dans la compagnie de gardiens qui, à travers chacune de leurs respirations, chacune des gouttelettes de sueur qui coulait de leurs pores, disaient : « Tu n'es qu'un tas de merde et moi aussi, alors tu n'as aucune raison de t'attendre à autre chose de ma part que le pire, si tu as le malheur de m'énerver le moins du monde. » Les gardiens, ici au MCC, boutonnaient leur chemise jusqu'au col. Pour qui ils se prenaient, pour de foutus mormons ?

Meehan n'avait jamais été accusé d'un crime fédéral auparavant, et cela ne lui plaisait pas du tout. Ça ne lui plaisait pas de constater à quel point les flics fédéraux pouvaient se montrer inhumains, dépourvus de toute émotion, à quel point il était exclu de contourner la loi pour atteindre l'homme qui se cachait derrière. La loi, on ne la contournait pas, point final. Ces flics ressemblaient à un patelin où la vitesse est limitée à soixante-dix, et où on ferait respecter cette limite. Or tout le monde sait que la *vraie* limite, c'est quatre-vingt-dix.

Et merde. À partir de maintenant, se promit Meehan, fini les crimes fédéraux.

Et ce crime-là, c'était de la petite bière, ce crime-là était tellement minable. Lui et trois mecs dont il ne voulait même plus se rappeler le nom, avaient monté un petit coup sur l'autoroute, pas loin d'une station-service pour routiers sur l'Interstate 84, à soixante-quinze bornes au nord de la ville ; ils n'avaient *aucun moyen* de savoir que ce camion transportait des envois recommandés. Le camion n'appartenait même pas à la poste, mais à un transporteur privé, et ne portait aucune marque spéciale. L'autre camion, celui que Meehan et ses ex-acolytes avaient visé, appartenait lui aussi au même transporteur, mais ce camion-là était plein de matériel informatique en provenance du Mexique. Meehan n'était guère pressé de présenter une défense comme celle-là à un jury.

Mais en attendant ce moment, et pour Dieu savait combien de temps, il se retrouvait planté là, au MCC, au sud de l'île de Manhattan, à deux pas des tribunaux fédéraux, à gamberger à sa monographie sur les différences entre les prisons fédérales et les autres.

Il y avait bon nombre de types qui portaient ces espèces de torchons sur la tête, au 9 Sud. Meehan supposait qu'il s'agissait soit de poseurs de bombes, soit de connards qui avaient étranglé leur sœur pour s'être envoyée en l'air, et ils se mirent tous dans la queue pour se faire couper les cheveux par le coiffeur blanc. Johnson, un prisonnier blanc qui s'était montré amical et collant avec Meehan dès son arrivée et que Meehan avait aussitôt repéré comme étant un mouchard, s'approcha pour l'aider à regarder les coiffeurs travailler, s'installant à côté de lui à une des tables en plastique au milieu de la salle commune. « À chaque coup, dit Johnson, ces types sont les premiers dans la queue, ils se font couper les tifs, mais ça ne leur sert jamais à rien. »

Meehan, poli, répliqua : « Ah bon ?

– Leurs cheveux repoussent trop vite, lui dit Johnson. Ça a quelque chose à voir avec le sable ou un truc de ce genre, avec ces endroits où ils n'ont pas d'eau. Vise-moi un peu ces mecs, coupe de cheveux sur coupe de cheveux, et à la fin de la journée, on dirait qu'on ne leur a rien coupé du tout, ils ressemblent toujours à une de ces statuettes de jardin avec des cheveux en herbe qui poussent quand il pleut.

– Ces statuettes de jardin-là, il leur faut de l'eau, dit Meehan.

– Et aux hirondelles, il leur faut de la merde », conclut Johnson.

Qu'est-ce que ça pouvait bien vouloir dire, ça ? Meehan regarda le tas de cheveux noirs graisseux et bouclés qui s'amoncelait autour du bédouin assis dans le fauteuil, comme si au final ils allaient se retrouver avec une nouvelle Jeanne d'Arc, et il se mit à se demander (question qu'il ne s'était jamais posée dans une prison d'État) par quel miracle les coiffeurs constituaient une catégorie socioprofessionnelle où pullulaient à ce point les criminels. Dans toutes les prisons où vous alliez, les coiffeurs avaient déjà été coiffeurs avant, dans le monde extérieur, et c'est justement ça qui leur avait valu un mauvais salaire et un bon séjour, une fois derrière les barreaux, mais la vraie question c'était : comment se faisait-il qu'autant de coiffeurs soient des criminels ? Et quel genre de crime *fédéral* un coiffeur pouvait-il bien commettre ? Peut-être que, dans toutes les prisons de la Création, dès qu'un coiffeur approchait de la fin de sa peine, toutes les forces de police du monde se passaient le mot : tenez bien les coiffeurs à l'œil, il nous en faut un pour le 15 mai. Oui, c'était fort possible.

Un gardien entra dans la salle. Son uniforme couleur tabac était si bien repassé qu'on aurait dit qu'il se croyait au Pentagone. Et peut-être bien qu'il venait réellement du Pentagone. Comment savoir, au fond ?

Le gardien s'approcha de Meehan : « Votre avocat, au parloir. »

Il y eut un instant de surprise. Meehan et son avocat n'avaient vraiment pas grand-chose à se dire. Mais toutes les distractions

11

étaient bienvenues ; en se levant, Meehan dit : « Je vous suis de ce pas. »

Johnson, amical et sincère, demanda : « On attend des bonnes nouvelles ?

— Peut-être qu'on va m'adopter », dit Meehan.

Et de fait, c'est bien ce qui lui arriva.

2

Le premier truc que Meehan remarqua, c'est que ce type n'était pas *son* avocat. Son avocat commis d'office était une femme juive toute maigre aux cheveux frisottés, âgée de quarante ans environ, vêtue du genre de vêtements tout poilus qu'elles affectionnent, et pourquoi pas un tchador pendant qu'on y était, avec de grands anneaux d'or aux oreilles pour la touche féminine. Et le deuxième truc qu'il remarqua, c'est que ce type n'était *pas du tout* avocat.

Mais c'était bien ici que les criminels rencontraient leurs vaillants défenseurs, le bloc 4, une ruche remplie d'alvéoles aux parois de verre trempé renforcé de treillis d'acier, toutes les portes et les chambranles en métal noir, les tables et les chaises en métal noir, tout un monde métallique et ordonné, où tout ce que vous touchiez faisait un bruit de guillotine. Un chouette endroit.

« Entrez donc, Meehan », dit son non-avocat, affalé sur son siège, l'incitant du geste à approcher de la petite table métallique dans la petite pièce de verre. Le dossier beige posé devant lui apportait une discrète touche de couleur à la scène.

Le gardien se tenait juste derrière Meehan, il n'y avait aucun autre endroit où Meehan projetait de se rendre à cet instant, alors il haussa les épaules, entra et s'assit sur la chaise métallique en face de l'imposteur sans se donner la peine de lire ce qui était inscrit sur la couverture du dossier, tandis que le gardien refermait la porte et s'éloignait afin de leur offrir autant d'intimité que l'on pouvait en avoir dans un endroit comme celui-ci, c'est-à-dire aucune.

L'imposteur dit : « Comment ça va, Meehan ? »

Meehan leva la main droite. Il commença par faire un geste d'appel, pour dire viens-à-moi, de l'index de la main droite, puis il fit le geste d'écrire sur un bloc-notes, et posa la paume à plat sur la froide surface métallique de la table.

L'imposteur était un rapide ; c'était toujours ça. Il plongea la main dans sa veste de sport à carreaux gris et verts et en ressortit un petit bloc quadrillé et un stylo-bille. Il les posa tous deux sur la table près de la main de Meehan, et Meehan ouvrit le bloc-notes, tourna plusieurs pages couvertes de mots minuscules et illisibles écrits à l'encre noire, trouva une page blanche, et écrivit : « Vous n'êtes pas avocat. » Puis il tourna le bloc-notes afin que le gars puisse le lire.

Ce qu'il fit. Il survola les mots d'un œil rapide, acquiesça, haussa les épaules, et commença : « Ms Goldfarb a été transférée sur une autre... »

Meehan leva la main. Lorsque le gars s'interrompit, Meehan fit à nouveau glisser le bloc vers lui, souligna le *pas*, puis retourna le bloc vers le type : « Vous n'êtes *pas* avocat. »

Cette fois, le gars étudia vraiment ce que Meehan avait écrit, puis lui jeta un regard où se lisait de la curiosité, rien de plus. Il demanda, « Pourquoi dites-vous ça ? »

Meehan secoua la tête. Il n'était pas parti pour s'entendre avec ce mec. « Je ne l'ai pas dit, fit-il remarquer, je l'ai écrit.

– Très bien, admit le gars, pourquoi avez-vous écrit ça ?

– Parce qu'on ne dit pas les choses, ici. » C'était une autre des dix mille règles.

« Eh bien, vous avez lancé le sujet, alors poursuivez. Qu'est-ce qui vous fait croire que je ne suis pas avocat. »

Meehan y réfléchit à deux fois et décida : qu'est-ce qu'on en a à foutre, au fond. « Il y a deux sortes de – comment faut-il vous appeler ? »

Le type parut surpris. Il répondit : « Jeffords.

– Entendu, monsieur Jeffords. Il y a deux sortes d'avocats qui viennent ici, les mecs avocats et les nanas avocates. Les mecs avocats savent que leurs clients sont de la vermine et ils veulent qu'on les considère comme au-dessus de ces gens-là, alors ils se sapent pour en mettre plein la vue, comme un maquereau moscovite qui aurait vraiment très bien réussi. Costume à deux mille dollars, montre-bracelet à quatre mille dollars, chaussures italiennes que même le Pape ne pourrait pas se payer. Ils ne se font pas couper les cheveux, ils vont chez le styliste, et ils veulent que vous le sachiez. » C'était là une autre des monographies qu'il avait rédigées dans son esprit. Il poursuivit la démonstration. « Pour les nanas avocates, la situation est différente. Elles ne peuvent pas s'afficher comme des êtres sexués, pas

14

dans un endroit pareil, alors elles adoptent le style gouine-qui-part-faire-du-camping, avec le pantalon en laine informe, le gros pull tricoté en laine d'Irlande, la coupe Beatles. Il n'y en a aucun, mec ou nana, qui s'habille comme vous, comme si vous étiez en route pour un barbecue chez un pote. Et aucun d'eux ne s'avachit sur sa chaise comme vous le faites, parce qu'ils sont au boulot. Le mec assis de mon côté de la table, lui, oui, il se tient tout voûté, le mec assis du vôtre, il se tient droit comme un I. Personne ne s'avachit. Ensuite, et ce n'est pas anodin, il y a votre attaché-case.

— Je n'ai pas d'attaché-case ».

— Justement. Les avocats ont des attachés-cases, fit Meehan. Tout vieux, cabossés, éraflés, débordant de paperasse. Ils se parachutent devant vous pour trente secondes, ils vous annoncent que la demande d'appel a été rejetée, qu'on va devoir comparaître jeudi, les voilà déjà repartis, et ils n'ont pas lâché leur attaché-case. Le but de l'attaché-case, c'est de vous faire savoir que vous n'êtes pas la seule vermine dont ils s'occupent, qu'ils n'ont pas davantage de temps à vous consacrer. Alors, pour toutes ces raisons, en plus du fait que je remarque que vous ne bénéficiez pas des soins d'une manucure professionnelle, vous n'êtes pas avocat, et ce que ça veut dire, c'est que nous ne bénéficions pas des privilèges réservés à un avocat et à son client. »

Jeffords le regarda d'un air complètement ahuri durant quelques secondes, comme s'il écoutait une traduction simultanée, et puis un grand sourire ébahi illumina son visage, un peu à la manière d'une maison hantée qui part en flammes juste au moment où le soleil se lève : « Eh bien, monsieur Meehan, je suis vraiment bien tombé avec vous. »

Et ça, qu'est-ce que ça pouvait bien vouloir dire ? Aux hirondelles, il faut de la merde. Meehan vit distinctement qu'il allait se taper une journée entière de devinettes, et il se serait volontiers passé d'une journée de ce genre. S'il y avait du bon à passer du temps en prison, c'était qu'au moins, on pouvait s'y reposer un peu. Il dit : « Et est-ce que je suis bien tombé, moi aussi ?

— Si vous êtes aussi malin que vous en avez l'air, oui. » En venant d'un seul coup aux choses sérieuses, se redressant bien droit sur son siège, Jeffords ouvrit le dossier posé devant lui, étendit ses avant-bras de manière à encadrer les papiers qu'il contenait, s'inclina vers l'avant comme un bombardier, et lut à haute voix : « Francis Xavier Meehan, quarante-deux ans, pas de domicile fixe.

— Cette taule, ici, elle est plutôt du genre fixe », lui dit Meehan.

15

Jeffords leva les yeux sur lui. « On vous appelle Frank ?

– Jamais. »

Jeffords attendit, son silence invitant Meehan à lui dire comment « on » l'appelait, mais Meehan n'avait vraiment pas envie de se lancer dans cette discussion. Barbara avait eu l'habitude de l'appeler Franny, ce que personne d'autre ne faisait. Quand il était gosse, c'était presque tout le temps Francis, sauf pour quelques-uns des copains avec qui il traînait qui l'appelaient Xave, surnom qui l'avait suivi dans l'armée et même quelque temps après. Parfois, quelqu'un trouvait malin de l'appeler Professeur, mais ça ne tenait jamais longtemps. Au cours des dix, quinze dernières années, on l'avait surtout appelé Meehan, ce qui évitait généralement toute confusion.

Renonçant au combat, Jeffords courba la tête sur son dossier : « Divorcé de Barbara Kenilmore, deux...

– C'est son nom de jeune fille.

– Elle l'a repris. »

Meehan grimaça. « Voilà qui va me remettre à ma place.

– Vous êtes déjà à votre place, lui dit Jeffords, mais nous verrons ce que nous pouvons faire à ce sujet. (Il baissa à nouveau les yeux.) Deux fils, Bri...

– Je connais leurs noms, dit Meehan. Je connais même leur âge et la date de leur anniversaire.

– Passons à la suite, donc, acquiesça Jeffords.

– Vous n'allez pas me dérouler la liste de mes arrestations et de mes condamnations, hein ? Je vais faire comme ils disent au tribunal. Je vais " stipuler " ça pour vous. De très nombreuses arrestations pour cambriolage, six, non, sept procès, deux condamnations, et un paquet de temps passé à attendre dans des endroits comme celui-ci à travers tout le pays parce que personne ne pense jamais que je vaux le prix de ma caution.

– Et vous, vous pensez que vous le valez ? » demanda Jeffords.

Meehan ne put s'empêcher de rire. « Les juges me lâcheraient bien, ne vous méprenez pas là-dessus, dit-il. Ce sont les bailleurs de fonds, le souci. Ils me jettent un coup d'œil, et ils savent qu'ils préféreront ne pas avoir à me remettre la main dessus. »

Jeffords s'inclina en arrière, glissant vers sa posture d'affalement naturel. « Alors nous connaissons tous deux l'intégralité de ce qui se trouve là-dedans.

– Ça semble logique.

– Mais cette fois, c'est votre première condamnation fédérale, lui précisa Jeffords.

– Je ne suis pas vraiment satisfait d'avoir changé de marque, lui dit Meehan, si c'est ce que vous voulez savoir. »

Jeffords prit un air pensif, presque gentil. « Les prisons fédérales ne sont pas des endroits faciles.

– C'est ce qu'on me dit.

– Ils vous tiennent, vous savez, dit Jeffords. Témoins, empreintes digitales...

– Ça ne devrait pas être fédéral, insista Meehan. Je ne suis pas du genre à râler contre le système, mais il s'agit d'un putain de *camion*, monsieur Jeffords, censé être rempli de puces électroniques. Ça n'a rien à voir avec faire sauter une base militaire. Ce n'est même pas un foutu délit d'initié, bon Dieu !

– Les fédéraux ont décidé de ne plus vous laisser filer », dit Jeffords. Il avait l'air de savoir de quoi il parlait.

« Merde alors », dit Meehan et il disait ça sincèrement.

« Plus jamais, insista Jeffords. Vous devez vous attendre à la perpétuité, pas de libération anticipée.

– Tout ça pour un camion.

– Je voudrais pouvoir vous aider. »

Meehan lui lança un regard perçant, tandis que cette phrase restait suspendue dans la pièce. Il y a une raison pour laquelle nous avons cette conversation. Il dit : « Monsieur Jeffords, je suis navré, je me sens vraiment piteux à cause de toute cette histoire, mais j'ai une mémoire vraiment déplorable. Je commence déjà à oublier votre nom à *vous*.

– Non, non, Frank, dit Jeffords, vous vous trompez.

– Eh bien, je suppose que ça devait finir par arriver », dit Meehan.

Déstabilisé, Jeffords le dévisagea en fronçant les sourcils : « Quoi donc ?

– Que quelqu'un m'appelle Frank. J'espère bien que ça ne se reproduira plus. »

Jeffords prit une longue demi-minute pour décider s'il devait se mettre en boule, puis décida que non, ce que Meehan trouva du plus haut intérêt. Ce type avait vraiment besoin que Meehan coopère. C'était sacrément dommage qu'il n'ait rien à lui donner. Je regrette de n'avoir qu'une seule vie à offrir à mon pénitencier fédéral.

« Monsieur Meehan, permettez-moi de dissiper tout malentendu entre nous.

– Faites donc, dit Meehan.

– Je ne suis pas du tout intéressé par le passé », dit Jeffords.

Était-ce là une autre devinette ? La prison, les tribunaux, les cellules de détention, la seule chose dont on se préoccupait dans ces endroits-là, c'était le passé, parce que l'avenir, lui, était déjà déterminé et validé. Tout le monde connaissait l'avenir de Francis Xavier Meehan ; ils devaient juste faire un peu de ménage dans son passé avant de l'expédier vers cet avenir.

Pendant que Meehan essayait de débrouiller à quoi tout ceci pouvait bien rimer, Jeffords ouvrit son petit bloc à une autre page blanche, y écrivit rapidement, puis retourna le bloc et le stylo vers Meehan, qui se pencha un peu pour lire :

Si vous acceptiez de m'aider,
il se pourrait bien que je vous aide
OUI ☐
NON ☐

Meehan étudia ce bulletin de vote, cependant que Jeffords disait : « Si vous pouviez trouver un moyen d'aider les autorités fédérales au sujet de cette affaire de détournement de camion... »

Surpris, doublement surpris, Meehan leva les yeux pour voir la tête de Jeffords qui oscillait de droite à gauche comme un métronome tandis qu'il parlait : ignore les mots qui sortent de sa bouche.

« ... je crois que je pourrais bien vous aider de tout un tas de façons, en particulier dans le choix d'une institution pénitentiaire, ce genre de choses. »

Meehan ramassa le stylo. « Je suis vraiment désolé, monsieur Jeffords, je ne peux vraiment rien faire. » Il vota OUI, d'un grand X à l'intérieur de la case.

« Eh bien, c'est vraiment dommage, dit Jeffords. Cela valait la peine d'essayer. Adieu, monsieur Meehan.

– Adieu, monsieur Jeffords. »

3

C'était l'après-midi où le bloc 9 Sud pouvait profiter de la bibliothèque, de trois à cinq. Meehan en avait effectué un survol rapide quand on l'avait jeté ici, mais il n'en pensait guère du bien, même si tous les autres détenus adoraient l'endroit et s'y rendaient à la première occasion.

En gros, la partie de la bibliothèque accessible aux détenus se composait de deux salles, la première, rectangulaire et assez vaste, avec deux longues tables de lecture et des chaises, des murs tapissés de rayonnages, des étagères remplies de romans et de documents plutôt récents en éditions cartonnées ou brochées. Il n'y avait aucune pile de livres nulle part, seulement les rayonnages le long des murs, parce que les piles auraient pu fournir un endroit où se cacher, échanger des marchandises de contrebande, ou poignarder une relation. Cette première pièce était celle où Meehan s'était rendu deux fois déjà, pour voir ce qu'il pourrait bien y avoir d'intéressant à lire. Les deux fois, il avait emporté un livre pour s'apercevoir ensuite qu'il l'avait déjà lu.

La pièce derrière la bibliothèque normale était la bibliothèque juridique, plus petite, avec d'un côté une étagère fixée au mur qui abritait quatre machines à écrire électriques et de l'autre un comptoir derrière lequel se tenait un avocat commis d'office. Chacune des machines était martelée par un détenu, avec un nombre de doigts varié allant de deux à neuf, tandis que deux ou trois autres types derrière ledit détenu attendaient leur tour. Derrière l'avocat, dissimulée à la vue là-bas dans le fond, se trouvait encore une autre pièce – peut-être même plusieurs – remplie d'ouvrages juridiques. L'avocat commis d'office était là pour répondre aux questions, discuter les cas particuliers, dénicher les textes de jurisprudence adéquats, bref, servir de Virgile au détenu sur les voies sinueuses de la loi.

C'était là que les détenus venaient « bosser sur leur affaire ». C'est de cette façon qu'ils appelaient ça. En traînant assez longtemps là-dedans, on aurait pu en ressortir avec des bases assez solides en droit civil. C'était le cas pour certains. Mais, puisque c'était en majeure partie des connards, cela leur servait rarement. Cela dit, bosser sur leur affaire leur évitait de causer des ennuis et donnait à l'avocat commis d'office – jeune, idéaliste, sorti d'une usine à diplômes de septième ordre – le sentiment que sa vie était de quelque utilité.

Meehan ne bossait pas sur son affaire. Il savait parfaitement ce qu'était son affaire, et il savait que bosser dessus ne la rendrait pas plus plaisante. Et il avait renoncé à la section générale de la biblio-thèque, trop allégée pour satisfaire ses besoins. Aussi était-il un des rares résidents du 9 Sud présent dans sa cellule lorsque les deux gar-diens se ramenèrent, avec l'expression habituelle sur le visage – seuls les vœux que j'ai prononcés devant la Sainte Vierge Marie m'empêchent de t'enfoncer le nez dans le crâne à coups de talon – et l'un d'eux dit : « Meehan ?

– C'est bien moi, lui accorda Meehan.

– Emballe tes affaires », dit le gardien. L'autre gardien était prin-cipalement là, déduisit Meehan, pour s'assurer que le premier reste-rait fidèle à ses vœux.

« Emballer ? Qu'est-ce que ça veut dire ? questionna Meehan.

– Ça veut dire que ce que tu laisses derrière toi, tu le laisses pour de bon, lui dit le gardien. Ce que tu emportes avec toi, tu pourras le garder. Remue-toi, Meehan. »

Il n'y avait pas grand-chose à emballer. Il avait un sac de sport bon marché en nylon bleu, son nécessaire de toilette, des chaus-settes, des T-shirts et des caleçons, une ou deux chemises et un pan-talon auquel il ne faisait subir aucune usure parce que tout le monde ici portait une combinaison marron ou orange (la sienne était mar-ron), le carnet de notes dans lequel il ne notait rien – les dix mille règles – deux livres de poche qui étaient à lui (*Au-dessous du volcan* et *Lord Jim*, deux livres dans lesquels il n'avait jamais réussi à entrer, ce qui expliquait qu'il les détenait toujours, ce qui d'après lui était de sa faute et non de celle de leur auteur) et une paire de mocassins noirs tout simples sans lacets pour les périodes d'exercice sur le toit du bâtiment, des chaussures parfois appelées des cloches parce que c'était les cloches qui en portaient.

Tout en emballant ces divers biens matériels, Meehan dit : « J'emballe tout ça. Je peux savoir où je vais ?

– Otisville », dit le gardien. Il ne s'en souciait pas le moins du monde.

Otisville. Meehan fit la grimace, mais ne dit rien de plus. À quoi aurait-il bien pu s'attendre de la part de ces gars-là, à de la compassion ?

Otisville était un autre centre de détention fédéral de l'État mais plus rural. Vu que le système de justice criminelle de la ville de New York et des alentours est toujours forcé de tourner à un régime trop intensif, le MCC débordait fréquemment, comme une fosse septique mal entretenue, et à ces moments-là, on devait vidanger une part de son contenu jusqu'à Otisville, à cent cinquante kilomètres au nord dans les monts Shawangunk, au beau milieu du nulle part des péquenauds. Un bus du Département correctionnel, identique en tous points aux autobus scolaires, à ceci près qu'il était bleu foncé et qu'un grillage bombé protégeait complètement toutes ses vitres, faisait route jusqu'à Otisville chaque soir, pour en revenir le matin suivant, quatre heures de la journée passées à bord du bus. Excepté que dans son cas, il ne reviendrait pas avant son procès : pour l'instant, ils allaient l'envoyer à Otisville et le laisser moisir là-bas. Mais ensuite, une fois venu le moment du procès, comme si ce n'était pas déjà assez pénible d'avoir à comparaître devant un tribunal fédéral, ils lui rajouteraient ce petit trajet en prime, juste pour le garder de bonne humeur.

Meehan fourra toutes ses affaires dans le sac de sport, enfila le blouson de coton à fermeture Éclair qu'il portait déjà quand ils l'avaient ramassé, et quitta sa petite cellule pour la dernière fois. Dehors, dans la salle en forme d'étoile, Johnson était assis à une table en plastique, trichant au solitaire. Levant les yeux, lorgnant les gardes, il dit : « Hé là. Où est-ce que tu vas comme ça ?

– À Otisville. »

Johnson fit grise mine. « Ben merde alors.

– Ouais, c'est la vie. » Meehan ne vit aucune raison de mentionner à Johnson les soupçons qu'il avait nourris à son égard.

Meehan et les gardes prirent l'ascenseur et descendirent au niveau 2, pour effectuer les formalités de sortie, qui consistaient à faire viser par divers employés impersonnels un tas de paperasses, et, sous l'œil indifférent de tout un chacun, à ôter sa combinaison marron pour passer sa propre chemise de travail grise et son pantalon en jean noir.

Enfin vinrent les chaînes. Les chaînes, c'était une chaîne lâche passée autour de la taille, avec une chaîne plus courte la reliant à des

21

menottes passées aux poignets et une chaîne plus longue la reliant à d'autres menottes passées aux chevilles. Une fois affublé de ce dispositif, il fallait traîner les pieds, avec les mains à hauteur de la ceinture.

Un autre ascenseur les emporta tous trois jusqu'au quai d'embarquement et à la zone de départ, qui possédait une ouverture très large sur St George Place, l'étroite rue à sens unique qui longeait l'arrière du MCC. Le bus pour Otisville était là, ainsi qu'une douzaine de types qui faisaient la queue et avançaient en traînant les pieds, les mains à hauteur de la ceinture, égrenant les mouvements malhabiles de qui se trouve obligé de monter à bord d'un autobus en portant des chaînes, à la manière d'éléphants grimpant dans une cabane perchée en haut d'un arbre.

Meehan se tourna dans cette direction, le sac de sport rebondissant contre l'avant de ses cuisses, les deux mains serrées sur la poignée du sac. Il eut tout juste le temps de remarquer que tous ces types portaient encore leur combinaison orange ou marron avant que le garde à sa droite lui donne un coup sur l'épaule et indique une direction. « C'est par là. »

Comment ça, par là ? Quel autre par-là y avait-il ? Il n'y avait jamais qu'un seul par-là.

Mais pourquoi diable lui avaient-ils remis ses vêtements civils ? Meehan regarda dans la direction qu'avait indiquée le garde et vit une petite berline noire anonyme, à l'intérieur de la zone d'embarquement, mais le nez pointé vers la rue, de petites bouffées de gaz s'élevant du pot d'échappement.

Eh bien, ça par exemple. Meehan jeta un coup d'œil par-dessus son épaule à l'environnement rassurant que semblait à présent lui offrir le bus pour Otisville, mais traîna les pieds dans l'autre direction, vers la berline noire, suivi de près par les gardiens.

Ils approchèrent de la berline du côté droit, et quand ils en furent tout près, la porte avant de ce même côté s'ouvrit et un type très grand et maigre vêtu d'un costume et d'une cravate sombres et d'un manteau noir en sortit. Sans vraiment regarder Meehan, il ouvrit la porte arrière, et Meehan comprit que c'était là qu'il était supposé aller. Il traîna les pieds jusqu'à la voiture, fit une pause pour envisager de quelle façon il pourrait se glisser sur le siège arrière, et le grand type maigre lui prit le sac de sport des mains, disant : « Permettez », toujours sans vraiment regarder Meehan.

« Merci bien. »

Meehan se pencha, histoire de calculer son approche, et ne fut pas totalement surpris de trouver Jeffords à l'intérieur, de l'autre côté de la banquette arrière, qui lui adressait un sourire de bienvenue.

4

Une fois que Meehan fut parvenu à rentrer ses pieds enchaînés dans la voiture et à les poser à plat sur le plancher, le grand type maigre referma la portière derrière lui, puis s'achemina jusqu'au siège avant en compagnie du sac de sport de Meehan, qu'il posa sur le sol à côté de lui et referma sa portière. Un solide *clonk* retentit à l'intérieur de la portière près de Meehan, et il se rendit compte que le même son retentissait aussi dans toutes les autres portières. « Ah, on a mis la sécurité enfant, alors nous voilà parés », dit-il, et Jeffords gloussa.

Ils étaient quatre dans l'automobile, le dernier étant le chauffeur ; ce que Meehan pouvait voir de lui se limitait à des épaules massives enveloppées de laine sombre, des oreilles plates, des plis de graisse sur la nuque, et un chapeau à la Dick Tracy vissé de travers sur son crâne. Il leva cette tête pour jeter un regard à Jeffords dans le rétroviseur et demanda : « C'est bon ?

– On peut y aller », répondit Jeffords.

Le chauffeur passa la première et entra sur St George Place, où il n'y avait jamais de circulation, parce que c'était une rue à sens unique, qui existait l'espace d'un seul pâté de maisons, et allait de nulle part à nulle part sous la coursive couverte du second étage qui reliait le MCC aux cours de justice. Le chauffeur les ramena dans ce monde où les rues vont quelque part, puis tout droit sur le pont de Brooklyn ; adieu, Manhattan Correctional Center, et salut, Manhattan.

Meehan s'était imaginé que Jeffords allait dire quelque chose, puisque c'était lui l'organisateur de cette petite fête, mais ils avaient déjà passé le pont et emprunté la voie express qui va de Brooklyn au

23

Queens, en direction de Long Island, et Jeffords se contentait de regarder d'un air un peu rêveur le crépuscule sur la ville de New York au mois d'octobre. Manhattan était particulièrement spectaculaire vue d'ici, aussi Meehan finit-il par se racler la gorge et secouer ses chaînes et dit : « Euh, monsieur Jeffords. »

Jeffords tourna un regard doux vers lui. « Oui ? »

Meehan secoua à nouveau ses chaînes. « On roule à quatre-vingt-dix, fit-il remarquer, et les portes sont verrouillées à double tour. Est-ce qu'il faut vraiment que je garde ces trucs-là ? »

Jeffords parut surpris de voir les chaînes encore en place. « Non, bien sûr que non. Jimmy, appela-t-il à l'intention du type maigre assis à l'avant, donnez-moi la clé de ce bazar. »

Jimmy se retourna à demi, montrant à Meehan son nez en bec d'aigle. « Quel bazar ?

– Ces, euh, ces espèces de chaînes, là.

– Les menottes, précisa Meehan.

– Les menottes, opina Jeffords. Meehan n'en a plus besoin à présent, donnez-moi la clé.

– Je n'ai pas la clé », dit Jimmy.

Jeffords sembla pétrifié. « Vous n'avez pas la clé ?

– Non, dit Jimmy. Pour quelle raison est-ce que moi, j'aurais la clé ? »

Jeffords fronça les sourcils en regardant un des plis de graisse de la nuque du chauffeur. « Buster ? Vous avez la clé, pour ces espèces de menottes ?

– Je n'ai plus de clés de menottes sur moi depuis huit ans, dit le chauffeur, confirmant les soupçons de Meehan que ce mec était un ancien flic. Pas un flic ? Un ancien flic ? Et Jeffords pas un avocat. Il se demanda ce que Jimmy n'était pas.

Malin. Jimmy dit : « Je peux envoyer un message par radio ? »

Jeffords détesta cette idée. « Quoi ? Par radio ? Et à qui ? On n'envoie pas de messages par radio à New York, tout le monde écoute tout le monde, ici. »

Jimmy dit : « Peut-être qu'une fois à Norfolk...

– Norfolk ! » Tout ce que Jimmy disait semblait exaspérer Jeffords. « On ne peut tout de même pas laisser cet homme enchaîné tout le chemin jusqu'à Norfolk. »

Norfolk, pensa Meehan. Ce n'est pas en Virginie, ça ? Au nom du ciel, qu'est-ce je peux bien aller foutre à Norfolk ?

« Buster, dit Jeffords, se penchant en avant et parlant d'un ton sincère aux plis de graisse du cou de Buster, nous devons faire demi-tour. »

Jimmy dit : « Pat, vous êtes sûr ? » Il n'avait toujours pas échangé de regard direct avec Meehan.

« L'avion..., commença Buster.

— Ce n'est pas comme si c'était un bon Dieu de vol régulier, aboya Jeffords, et oui, Jimmy, j'en suis sûr. Nous demandons à cet homme de collaborer avec nous. Nous ne pouvons pas le laisser enchaîné comme un... un doberman pinscher ! Buster, faites demi-tour, nous y retournons, attendez-moi devant le bâtiment sur Park Row. Je vais entrer une minute et prendre les clés.

— C'est vous le patron, dit Buster, mais pas comme si cette idée était une si bonne chose.

— Il y a une sortie devant nous, observa Jeffords.

— Je la vois », répondit Buster.

Meehan commençait à perdre toute foi en ces gens.

5

Il leur fallut dé-clonquer les portes lorsqu'ils arrivèrent à l'entrée principale du MCC, dans la pénombre du crépuscule qui s'épaississait. « Gardez-le à l'œil », conseilla Jeffords, et il s'extirpa de la voiture en trottinant pour atteindre puis traverser l'entrée lugubre, avec ses piliers en ciment cylindriques, destinés à repousser l'assaut des camions-suicides, alignés sur le trottoir tout le long de la façade comme les pièces d'un jeu de société vraiment bas de gamme, et ses vitres miroir aux fenêtres du premier étage, destinées à ce que l'on ne puisse jamais savoir qui ou quoi vous observait.

Eh bien, Jimmy, lui, observait, il gardait l'œil rivé sur Meehan, ainsi que Jeffords le lui avait ordonné, mais ça n'avait pas l'air de le mettre du tout à l'aise, et il s'efforçait de s'acquitter de sa tâche en évitant de regarder Meehan droit dans les yeux. Meehan l'ignora et préféra contempler son ancienne résidence, son domicile fixe au cours des onze jours précédents.

Le MCC était une Bastille rédigée en minuscules, l'avorton de la portée, grand, noir, en béton, avec des coins arrondis plutôt que des angles aigus. Il avait l'air renfermé sur lui-même, comme ce genre de cinglé qui passe beaucoup de temps à écouter des voix qui proviennent de ses dents. Quand les Français s'étaient décidés à tenter le coup avec la liberté, ils avaient mis en pièces leur Bastille ; quand les Américains avaient choisi la liberté, ils avaient érigé le MCC. Encore une énigme.

Jeffords ressortit du bâtiment en trottinant et se dirigea vers la voiture, ne donnant guère l'impression que l'édifice lui avait infligé de grandes souffrances au cours de la période de trois ou quatre minutes qu'il avait passées à l'intérieur. Quand il se glissa dans le véhicule,

26

cependant, Meehan put constater que ses plumes étaient un peu ébouriffées, comme s'il avait eu là-bas une conversation pas totalement agréable. Essayant de paraître jovial et sûr de lui, il dit : « C'est bon, Buster, nous sommes parés, maintenant », et tandis que Buster réintégrait en silence la circulation, prenant à nouveau la direction du pont de Brooklyn, Jeffords montra triomphalement la clé plate en acier et dit : « Il y en a pour une seconde. »

Ça prit davantage qu'une seconde, dans la mesure où Jeffords n'avait à l'évidence jamais eu affaire à des menottes auparavant, mais ça ne prit pas longtemps, et à peine avaient-ils abordé le pont que Meehan frottait ses poignets écorchés et remuait ses pieds sur le plancher juste pour le plaisir, en disant : « Merci. J'apprécie le geste.

– Monsieur Meehan, dit Jeffords, je pense que vous l'avez déjà compris. Ma mission, un peu plus tôt dans la journée, consistait à vous jauger, afin de voir si vous étiez bien l'homme que nous voulons. Votre présence ici témoigne de ma conviction que vous *êtes* bien l'homme que nous voulons. Continuez simplement à vous comporter comme l'homme intelligent que vous êtes, et vous ne verrez plus jamais de menottes de toute votre existence.

– Ça me semble bel et bon, dit Meehan. Bien entendu, je ne sais pas ce que vous voulez dire par l'homme que vous voulez. L'homme que vous voulez pour quoi exactement ? »

Jeffords se pencha un peu plus près, ce qui ne plut guère à Meehan, et murmura : « Toutes les personnes présentes dans cette voiture n'ont pas l'autorisation requise pour ceci. »

Vu que Meehan n'avait aucune idée de ce que « ceci » était, il supposa qu'il était lui-même l'une des personnes présentes qui n'avait pas l'autorisation requise, aussi décida-t-il d'abandonner le sujet, et il dit plutôt : « Vous avez parlé de Norfolk, tout à l'heure. D'aller à Norfolk.

– C'est exact, dit Jeffords, comme s'il était heureux que Meehan lui ait rappelé une chose importante. Eh bien, à bord de l'avion, nous devrions être les seuls passagers.

– Hm-hm.

– Mais c'est l'avion d'un donateur, expliqua Jeffords, alors on ne peut jamais savoir. Par conséquent, s'il devait y avoir quelqu'un d'autre à bord, ou si un membre de l'équipage vous demande quelque chose, faites comme si de rien n'était.

– Absolument, dit Meehan.

– Je doute que quiconque vous adresse la parole. Mais si qui que ce soit vous pose la question, dites que vous êtes un technicien Internet. »

Il aurait été difficile pour Meehan d'imaginer quelque chose de plus éloigné de lui qu'un technicien Internet. Il dit : « Et s'ils veulent savoir en quoi ça consiste ? »

Jeffords rit de bon cœur. « Personne ne veut dévoiler son ignorance. Dites simplement que vous travaillez sur la technologie à haut débit sur Internet.

– La technologie à haut débit sur Internet », répéta Meehan comme un écho.

À l'avant, Jimmy montra à nouveau son profil en bec d'aigle : « Pat, vous pensez vraiment qu'il peut s'en tirer ?

– Je suis certain qu'il le peut », dit Jeffords.

Se retournant un peu plus, Jimmy manqua regarder Meehan dans les yeux, mais son regard lui effleura la joue quand il dit, avec ce qui avait tout l'air d'un soupçon d'irritation : « Bien sûr, je ne suis pas censé savoir pourquoi nous avons besoin de lui.

– Cela viendra en temps voulu, Jimmy, l'assura Jeffords. Je sais que vous, davantage que quiconque, pouvez comprendre les impératifs de sécurité qu'exige ce cas précis.

– Je ne vous ai rien demandé », dit Jimmy, et il se retourna vers l'avant. Meehan surprit Buster qui le regardait du coin de l'œil dans le rétroviseur, un petit sourire crispé sur son visage de bouledogue. Buster n'avait pas besoin de connaître les détails, lui non plus ; il pensait qu'il savait déjà tout ce qu'il avait besoin de savoir au sujet de Francis Xavier Meehan.

Et c'était le cas. Meehan détourna les yeux de ceux de l'ex-flic et les braqua au-delà de la vitre, pour regarder filer le paysage industriel du Queens.

L'avion d'un donateur. Qu'est-ce que ça pouvait bien être au juste, un avion de donateur ?

6

Un jet privé appartenant à une multinationale.

Buster les conduisit le long de discrets passages dérobés de l'aéroport international JFK – de gros avions se profilaient au loin comme des guêpes endormies – puis leur fit contourner une chaîne aux maillons de fer pour venir s'arrêter à côté d'un petit avion à réaction effilé qui ressemblait à un Concorde en miniature. L'avion était tout blanc et portait pour seule marque une série de chiffres. La porte dans son flanc avait été ouverte et abaissée pour se transformer en escalier d'accès.

Tous quatre descendirent de voiture, même si deux d'entre eux ne voleraient pas aujourd'hui, mais tout le monde voulait aider à surveiller Meehan. Jeffords, le retrouvant devant le capot de la voiture, fit un sourire joyeux et désigna d'un geste l'avion qui attendait. « Vous n'avez qu'à monter le premier.

– Je sais », dit Meehan.

L'intérieur était entièrement tapissé de moquette dans des tons de beige, d'écru et de brun clair, le sol comme les parois. Il y avait huit larges fauteuils beiges bas sur pattes et copieusement rembourrés dans ce tube à l'éclairage tamisé, quatre de chaque côté, chacun disposant de sa propre fenêtre en forme de hublot et de sa table basse. Et dans les deux premiers sièges, sur la droite et sur la gauche, il y avait déjà des gens.

Le passager le plus intéressant était la femme sur la droite, une blonde cendrée à grosse poitrine pas encore trentenaire avec un rouge à lèvres très rouge et une jupe rose très courte. Onze jours passés derrière les barreaux, ça peut être bien long, parfois.

Bref, c'était elle la plus intéressante, mais le personnage le plus important du duo était visiblement l'homme sur la gauche. Cinquante ans peut-être, acharné du gymnase, presque complètement chauve à l'exception d'une haie noire plantée bas, chaussé de mocassins ornés de glands, vêtu d'un pantalon au pli coupant comme un rasoir et d'une veste de sport gris-bleu sur un polo bleu-noir, il contemplait le monde à travers des demi-lunes design aux verres bleu pâle et dégageait, dès la première seconde où vous posiez les yeux sur lui, une allure d'absolue confiance en soi si totale que votre première envie était de lui flanquer un coup de pied dans les burnes juste histoire de voir comment il réagirait.

Ce type gratifia Meehan d'un sourire désagréable et crispé, comme s'il le mettait au défi de lui flanquer le fameux coup de pied, et dit : « Je suppose que c'est vous que nous attendions.

— Je suppose, oui », dit Meehan tandis que Jeffords bondissait à l'intérieur de l'avion, disant : « Bonsoir tout le monde », tendant la main : « Pat Jeffords.

— Howie Briggs », répondit le type, sans se lever, mais acceptant la main tendue, voyant clairement que Jeffords, comme lui-même, était le membre le plus important du duo. « Et voici Cindy.

— Bonsoir, dit Cindy, du genre de voix qu'on aurait imaginé.

— Arthur voulait que nous profitions du voyage, dit Howie Briggs, pour aller le retrouver à Hilton Head.

— Je vous envie, dit Jeffords avec un sourire radieux. Et voilà Frank.

— Comment allez-vous ?

— Bien », dit Meehan.

Jeffords avait beau être irritant avec cette histoire de Frank, il avait tout de même l'air de savoir ce qu'il faisait, dans une certaine mesure. Par exemple, il s'assit derrière Howie Briggs et fit asseoir Meehan derrière Cindy, de manière qu'il soit plus difficile pour Briggs d'entamer la conversation avec Meehan. Et Cindy, bien entendu, n'allait pas risquer d'entamer la conversation avec quiconque en dehors de Briggs, aussi paraissait-il peu probable que Meehan se trouve obligé de démontrer à qui que ce fût sa grande expertise en matière de technologie à haut débit sur Internet.

L'avion s'ébranla et se mit en mouvement, entama un roulage sur les pistes qui semblait interminable, et Meehan s'installa de son mieux, un léger sourire aux lèvres, se disant que cet endroit était rudement mieux que celui qu'il venait de quitter. Et pour couronner le tout, découvrit-il, son siège pivotait.

La classe.

7

À Norfolk, il faisait complètement nuit. Gavé de noix de macadamia et de boissons gazeuses, Meehan descendit de l'avion du donateur (tout en n'ayant toujours aucune idée de ce que ce terme voulait dire) dans ce coin éloigné de l'aéroport international de Norfolk pour y trouver *deux* Buster en manteaux et chapeaux à la Dick Tracy qui l'attendaient au pied de l'échelle. À quelque distance, Howie Briggs et Cindy grimpaient dans une limousine blanche. Derrière Meehan, Jeffords dévala joyeusement les marches : « Eh bien, en route. Où est donc notre véhicule ?

– Par ici, monsieur, dit un des Buster en pointant l'index.

– Bien. Ne traînons pas. »

Sans que quiconque ne dise une chose ou une autre, les nouveaux Buster se placèrent chacun d'un côté de Meehan, et Jeffords ferma la marche. Ils se dirigèrent vers la limousine blanche qui démarra à ce moment précis, révélant une autre berline noire garée derrière. Celle-ci cependant était plus spacieuse et semblait plus neuve que celle de New York. Un Buster tint ouverte la portière arrière, et Meehan entra, suivi de Jeffords. Le Buster claqua la porte, les deux Buster grimpèrent à l'avant, et le trajet commença.

Il y eut très peu de paroles échangées au cours de l'heure et demie qui suivit, sauf lorsque Meehan dit : « Juste une chose. »

Jeffords leva un sourcil et le regarda. « Hein ?

– Vous me présentez encore à une personne comme Frank, précisa Meehan, et peu importe ce que vous voulez que je fasse, je ne le ferai pas. Je préfère encore retourner au MCC.

– J'ignorais que c'était si important pour vous, dit Jeffords.

– Moi aussi.

– Bien, parfait. » Dans la pâle lueur du tableau de bord à l'avant, le visage de Jeffords semblait aussi innocent qu'une statue d'église. « Alors que préférez-vous ? demanda-t-il. Je veux dire, je ne peux quand même pas vous présenter comme Meehan.

– Je me contenterai de Francis, dit Meehan.

– C'est un bon nom, consentit Jeffords. Un peu plus ambigu, si vous voyez ce que je veux dire, mais bon. Très bien, marché conclu. »

Pensant qu'il traversait peut-être une période de chance, Meehan demanda : « Vous pouvez me dire où on va ?

– Outer Banks », dit Jeffords avec un sourire inexpressif, et il se mit à regarder le noir complet à travers sa vitre, car ils avaient laissé Norfolk derrière eux depuis pas mal de temps déjà.

Outer Banks. C'était une réponse, même si ce n'en était pas une, alors Meehan se contenta du fait que plus personne ne lui donnerait du Frank avant un moment.

Encore une heure et demie, ou peut-être un peu plus, et ils s'arrêtèrent devant un grand portail et une cabane de gardien, avec une haute barrière au grillage épais, surmontée de fil de fer coupant, qui s'étendait à perte de vue à droite comme à gauche. Un garde en uniforme brun-vert sortit de la cabane, la mine soupçonneuse. Le Buster qui était au volant abaissa sa vitre pour montrer un papier au garde, et celui-ci le prit et l'emporta à l'intérieur de sa cabane.

Le Buster dit à Jeffords par-dessus son épaule : « Il va téléphoner.

– Ils auraient dû nous mettre sur la liste », dit Jeffords. Il paraissait ennuyé.

Meehan regarda par la vitre le panneau sous les fenêtres de la cabane. Quelque chose au sujet du gouvernement des États-Unis, et de grosses lettres capitales SPN.

Le garde revint, moins soupçonneux, mais pas plus amical pour autant. Il rendit à Buster son papier, et s'en alla ouvrir le portail électrique. Ils roulèrent de l'autre côté du portail et Meehan sentit le regard persistant du garde s'accrocher à sa joue pendant qu'ils entraient.

À l'intérieur, la route, deux voies bien goudronnées, sinuait tranquillement, et Meehan s'aperçut qu'ils étaient entourés de bâtiments, tous plongés dans le noir. Puis il en vit un illuminé devant eux sur la droite, une bâtisse carrée ressemblant à un baraquement militaire haut de trois étages, avec quelques fenêtres allumées à chaque étage, et c'est vers celui-là qu'ils se dirigèrent.

De nouveau l'escorte des Buster, le temps qu'ils remontent une allée cimentée bordée de pelouses jusqu'à l'entrée de l'immeuble, où une femme jeune en pull ample et pantalon léger, l'air nerveux, leur tenait la porte ouverte : « Je suis désolée, monsieur Jeffords, ils étaient censés avoir reçu des instructions.

– Pas de problème, lui dit Jeffords à travers ses lèvres pincées afin qu'elle comprenne bien qu'il mentait. Où notre ami est-il installé ?

– À la 412, monsieur. »

Meehan ne s'était pas rendu compte que « notre ami », c'était lui, jusqu'au moment où Jeffords se retourna, lui tendit son sac de toile, lui décocha son habituel sourire joyeux et dit : « Je vous verrai demain matin, Francis. Ces messieurs vont vous conduire à votre chambre.

– Mais... » dit Meehan au dos de Jeffords, cependant que celui-ci s'éloignait vers le côté opposé du hall d'entrée en compagnie de la jeune femme soucieuse.

« On prend les escaliers », dit un Buster.

Peut-être que c'était effectivement une installation militaire ; un grand couloir central à droite et à gauche, de larges escaliers de fer qui montaient vers les étages, avec un palier à mi-étage. Meehan et les Buster grimpèrent les marches au son de claquements métalliques, arrivèrent tout en haut et marchèrent jusqu'à une porte marron en métal qui portait un 412 en chiffres de laiton. Une clé tourna dans la serrure incrustée dans la poignée ronde.

Un Buster tira la porte vers l'extérieur pour l'ouvrir et dit : « Ils vous appelleront quand ils auront besoin de vous.

– Je n'ai pas eu mon dîner, dit Meehan.

– Ils prennent de gros petits déjeuners, par ici », lui dit l'autre Buster.

Le premier Buster dit : « Je crois qu'il y a des trucs à grignoter ou quelque chose, là-dedans. Vous verrez bien. »

Pas d'autre choix possible. Meehan passa la porte qui se referma derrière lui avec un chuintement. Clic-clic, dit la clé de l'autre côté de la porte.

La 412 était une chambre ordinaire mais agréable ; beaucoup mieux que le 9 Sud. On aurait dit une chambre au Holiday Inn sans la télé au mur. La salle de bains mitoyenne contenait un rasoir, du dentifrice, une brosse à dents, et tout ce dont il aurait pu avoir besoin.

Et puis, il y avait bien un genre de nourriture, sur la table en métal le long du mur de droite (le lit double se trouvant contre celui de gauche). La nourriture, c'était une corbeille de pommes et de poires, un panier avec différentes sortes de crackers salés et de fromages industriels emballés sous vide, de petites bouteilles de jus de pomme, de jus de tomate et d'eau de Seltz.

Meehan laissa tomber son sac de sport sur le lit, attrapa une pomme, et alla jeter un coup d'œil par l'une des deux grandes fenêtres, soulevant un store vénitien pour la dégager. Devant lui se trouvait la route par laquelle ils étaient venus. Tandis qu'il mâchait et observait, les Buster ressortirent, montèrent dans leur voiture et s'éloignèrent.

Bon, et cette porte, à quoi elle ressemble ? Meehan jeta son trognon de pomme en direction de la corbeille à papier et partit étudier la voie d'accès. La porte s'ouvre vers l'extérieur, aucun moyen d'en atteindre les gonds. La serrure – montée dans la poignée de la porte à l'extérieur, sans la moindre partie visible d'ici. Tout autour de la porte, un cadre métallique avec une étroite cornière le long du bord avant.

On dirait bien que ce n'est pas par là qu'on va pouvoir sortir. Meehan passa dans la salle de bains, où il trouva le panneau de service de la plomberie tout en bas du mur entre le lavabo et la cabine de douche. La goupille d'une des boîtes de soda en fer-blanc sur la table suffit à dévisser les quatre vis cruciformes, et le panneau se détacha pour révéler de la tuyauterie en plastique blanc avec des robinets bleus ou verts et, comme il l'avait espéré, un autre panneau du côté opposé qui donnait accès à la salle de bains de la chambre voisine.

Malheureusement, l'espace libre était trop exigu et les tuyaux trop nombreux et trop épais. Il aurait pu glisser une jambe là-dedans pour arracher cet autre panneau d'un coup de pied, mais jamais il ne réussirait à se faufiler dans ce petit espace tout tordu.

Découragé, il se remit sur ses pieds et alla examiner la pièce principale. Avec les deux draps de lit, ça faisait un peu moins que ce qui était nécessaire pour atteindre le sol, même s'il était parvenu à ouvrir la fenêtre et même s'il s'était senti d'humeur à jouer les hommes-singe, ce qui n'était pas le cas. Les autres murs, le plancher et le plafond étaient tout lisses, à part cette porte infranchissable.

Et donc, il semblait bien qu'il allait passer la nuit ici.

8

Le téléphone émit un son britannique – *bzzt bzzt* – à la place du *braaang* américain. Le bruit réveilla Meehan en sursaut. Il n'eut aucune idée de l'endroit où il se trouvait ni de ce qu'était ce son, ni de pourquoi il voyait la lumière du jour à travers des stores vénitiens ni de pourquoi le *bzzt bzzt* ne s'arrêtait pas. Mais il finit par s'arrêter lorsque Meehan trouva le téléphone sur sa table de chevet en métal et s'écrasa le combiné contre le visage en disant « Mweuh ? »

– Huit heures précises, monsieur, dit une voix féminine enjouée. On passera vous chercher à huit heures trente précises.

– Meuh », dit Meehan. Le téléphone lui répondit par une tonalité, et donc il raccrocha.

À huit heures trente précises, il avait pris sa douche, s'était habillé et avait mangé une poire. Personne au cours de sa vie entière n'avait prononcé des mots tels que « huit heures précises » ou « huit heures trente précises » en sa présence, et il décida qu'il n'aimait pas ça. Ça le rendait nerveux.

Clic-clic, fit une clé de l'autre côté de la porte, qui s'ouvrit aussitôt après, dévoilant Jeffords en personne, avec une veste et une chemise différentes mais le même sourire. Meehan regarda derrière Jeffords, constata qu'il était seul, puis pensa qu'il ne se sentait pas vraiment d'attaque pour une tentative d'évasion en cet instant précis. Peut-être après le petit déjeuner.

« Bien dormi, Francis ?

– Oh, ouais. Merci. »

Clang-clang, firent-ils en descendant les escaliers. Ils marchèrent jusqu'au rez-de-chaussée, puis tout le long du hall jusqu'à la dernière porte au fond, qui s'ouvrit sur un très vaste bureau, occupant toute la largeur de la façade arrière du bâtiment, percé de fenêtres sur trois de ses côtés. La pièce était divisée en secteurs, un secteur avec des bureaux à droite, un secteur avec une table de conférences à gauche, un secteur pour la conversation avec des fauteuils et des canapés au centre. Un homme grand et distingué aux cheveux gris argent qui ressemblait à un acteur shakespearien ou peut-être à un boursicoteur véreux se leva de derrière le plus énorme bureau du secteur bureaux et dit : « Ah, bonjour. Juste à temps pour le petit déjeuner. Asseyez-vous, tous les deux, je vais passer l'appel.

— Merci, Bruce », dit Jeffords avec un petit geste de la main, et il dit à Meehan : « Nous allons nous asseoir ici. »

Et ils s'assirent sur des canapés du secteur conversation tandis que Bruce murmurait quelque chose dans le téléphone de son bureau, puis Bruce revint se joindre à eux, ils se relevèrent et Jeffords dit : « Francis Meehan, j'ai le plaisir de vous présenter Bruce Benjamin.

— Enchanté », dit Meehan, et Bruce Benjamin dit : « Ravi de faire votre connaissance. Asseyez-vous, je vous en prie. » Et ils se rassirent tous trois.

Benjamin arborait un sourire bienveillant qui se préoccupait véritablement de *vous*, et désirait vraiment vous vendre un paquet d'actions. « Le voyage s'est bien passé ? demanda-t-il.

— Sans souci.

— On vous a bien traité ici à... Ah, très bien », dit-il, et il se releva d'un bond, parce que deux serveurs noirs habillés en blanc venaient d'entrer en poussant une table roulante chargée de victuailles pour le petit déjeuner : des mets chauds, comme des crêpes et des œufs brouillés avec des réchauds à alcool en dessous, des mets froids, comme du melon en tranches et de petites boîtes de flocons de céréales, plus deux sortes de café.

« Splendide, dit Benjamin aux serveurs qui repartaient. Pourquoi ne mangerions-nous pas tout en bavardant ? »

Ça avait tout l'air d'une bonne idée. Ils remplirent assiettes et tasses, se rassirent, et Benjamin poursuivit : « Je suppose que vous vous demandez de quoi il retourne.

— La plupart des gens se le demanderaient, suggéra Meehan.

— Mais bien entendu. C'est assez simple, en fait, assura Benjamin, ce qui était justement ce que Meehan avait redouté. Vous êtes, si vous m'autorisez à le dire, un voleur.

— Je vous autorise à le dire *ici*, répondit Meehan.

— Évidemment. » Benjamin possédait tout un stock de sourires ne signifiant rien de particulier, comme des masques d'Halloween. Il en exhiba un autre tiré de sa vaste collection et dit : « En dehors de coups de malchance exceptionnels tels que chacun de nous peut avoir à en affronter...

– Amen, dit Jeffords.

– ...il semblerait que vous êtes un voleur tout à fait accompli.

– Merci », dit Meehan. Ses mâchoires faisaient du va-et-vient sur le pain grillé tandis que son esprit s'agitait follement sans réussir à aller nulle part, comme un écureuil dans une cage en forme de roue. Que voulaient donc ces gens, et qu'est-ce que Meehan allait bien pouvoir leur donner en échange ?

« Comme vous l'avez sans nul doute pressenti, poursuivit Benjamin, nous avons besoin de vos capacités.

– Vos talents, ajouta Jeffords. Votre expertise.

– Cela aussi, oui, dit Benjamin. Il y a un certain endroit où nous souhaitons que vous entriez, expliqua-t-il, et un certain objet que nous souhaitons vous voir récupérer, puis nous rapporter. Vous le comprendrez, il y a beaucoup d'aspects de cette affaire qui doivent rester non-dits.

– Non-dits, à *moi*, c'est bien ça ? dit Meehan.

– Eh bien, oui. »

Tout en étalant de la confiture sur un toast, Jeffords dit : « Tout sera géré sur la base de ce que nous appelons " les informations indispensables ".

– Les informations qui sont indispensables pour *vous*, précisa Benjamin à Meehan, c'est que nous sommes suffisamment proches de votre gouvernement d'une manière ou d'une autre pour pouvoir vous garantir que, si vous accomplissez cette mission de récupération pour notre compte, vos ennuis actuels avec la loi disparaîtront.

– Pour ne plus jamais revenir, ajouta Jeffords.

– Enfin, *ces ennuis-là* disparaîtront, tempéra Benjamin. Vos activités futures restent en dehors de notre champ d'action.

– Alors, c'est facile, vous voyez ? dit Jeffords. Nous vous donnerons des cartes, nous vous conduirons à l'endroit voulu...

– Près de l'endroit voulu, corrigea Benjamin.

– Oui, c'est cela, acquiesça Jeffords. Vous entrez, vous le prenez, vous ressortez avec, vous nous le donnez, vous êtes libre comme l'air. »

Meehan demanda : « Où est-ce, qu'est-ce que c'est, qui le protège, pourquoi en avez-vous besoin, et qui d'autre veut l'avoir ?

– Désolé, dit Jeffords, n'ayant pas le moins du monde l'air désolé. Ces éléments ne font pas partie de vos informations indispensables. Le " où ", bien évidemment, vous l'apprendrez une fois que nous serons sur place. Mais l'important, Francis, c'est qu'une fois que vous aurez accompli cette simple petite tâche, vos jours passés au MCC seront définitivement terminés. »

Un grand sourire plaqué sur le visage, le plus impressionnant sans doute de toute sa collection de masques d'Halloween, Benjamin dit : « Et voilà, vous savez tout. Qu'est-ce que vous en dites ?

– Non », dit Meehan.

9

Ils le regardèrent bouche bée. Ils n'en croyaient pas leurs oreilles. « Mais, dit Benjamin, nous vous offrons votre liberté.

— Ça, j'en doute fort, rétorqua Meehan. Vu la façon dont vous autres oiseaux, vous opérez, tout ce que vous m'offrez, c'est davantage de chefs d'accusation en perspective. »

Benjamin s'en remit à Jeffords. « Vous avez parlé à cet homme auparavant. Vous nous l'avez recommandé. Que se passe-t-il donc ? Qu'est-ce qu'il veut ?

— Je ne sais pas. » Un morceau de bacon oublié dans sa main, brandi comme un bâton de majorette, Jeffords contempla Meehan avec incompréhension. Enfin il dit : « Est-ce que vous *voulez* retourner au MCC ?

— Oui.

— Je ne peux pas croire une chose pareille, dit Jeffords. C'est un endroit épouvantable. Vous l'avez dit vous-même.

— C'est un cloaque de chrome », dit Meehan. C'était une autre des dix mille règles : Écrivez de la poésie, mais jamais sur le papier.

« Très bon », dit Benjamin ; un esthète, avec une bonne oreille.

« Alors, insista Jeffords, si c'est... ce que vous dites, *pourquoi* voudriez-vous retourner là-bas ?

— Parce que eux, au moins, expliqua Meehan, ils savent ce qu'ils font. »

Cela les arrêta tous deux pendant quelques secondes, le temps d'échanger des regards lugubres ; plus de sourires, au fond de la malle d'Halloween. Puis Jeffords soupira : « Vous pensez que nous ne savons pas ce que nous faisons.

– Très juste.

– Puis-je savoir pourquoi ? »

Meehan haussa les épaules. « Si vous voulez vous sentir insulté, dit-il, c'est vous que ça regarde.

– Ouvrez le feu », dit Jeffords, ayant tout de même l'air un peu pâle.

Meehan hocha la tête à son intention. « Lorsque vous êtes venu me voir la première fois, vous avez prétendu que vous étiez avocat, mais vous n'avez pas pu faire tenir votre histoire debout plus de cinq secondes. Est-ce que vous croyez que j'ai été le seul de tout le bâtiment à avoir repéré votre numéro ? »

Le cou tout raide, Jeffords répondit : « Je ne sais pas.

– À votre place, je le saurais, dit Meehan. Ensuite, vous me sortez du MCC comme pour me faire une bonne petite surprise ou un truc de ce genre, mais personne n'a pensé à la clé des chaînes. Ensuite... »

Benjamin, sous le choc, s'exclama : « Des chaînes ?

– Il y a eu un malentendu au sujet des clés, grommela Jeffords. Il a fallu retourner les chercher.

– Je vois. » Benjamin fit un signe de tête à Meehan. « Continuez, dit-il.

– Ensuite, le pépin suivant, poursuivit Meehan, c'est qu'il y a dans l'avion des gens qui ne devraient pas être là et qui ne devraient pas savoir qu'un truc pas net se prépare, mais ils sont quand même dans l'avion parce que c'est l'avion d'un donateur, quoi que ça puisse vouloir dire, sauf que, en définitive, ce que ça veut dire, c'est que vous ne contrôlez pas la situation. Si vous comptez vous lancer dans quelque chose qui a des conséquences juridiques, et c'est bien de ça que vous me parlez, il faut que vous soyez capables de contrôler la situation. »

D'une voix plutôt fraîche, Benjamin dit : « Je ne pourrais pas être davantage de votre avis, monsieur Meehan. Autre chose ?

– Oui, dit Meehan, notant bien le " monsieur ". On arrive au portail de cet endroit cette nuit et le garde ne sait même pas qu'on doit se pointer, alors encore une fois il faut alerter un tas de gens qui ne sont pas censés savoir que je suis là, avant de pouvoir entrer. Je ne parlerais même pas du fait qu'on ne m'a rien donné pour le dîner. Tout ce que je dis, c'est que vous, vous me racontez que vous m'avez choisi moi pour que je participe à votre coup, quel qu'il soit, et qu'à cause de ça, je suis censé me sentir tout honoré et même l'élu des dieux, mais ce que je vous dis moi, c'est que je ne vous choisirais même pas pour m'accompagner chez l'épicier. Alors contentez-vous de me ramener au MCC. »

Jeffords secoua la tête. « Je ne me serais jamais attendu à une chose pareille. » Il regarda Meehan avec davantage de chagrin que de colère, un homme dont le chien favori refuse de faire sa meilleure cabriole devant les invités.

Benjamin, les sourcils intensément froncés, demanda : « Ils ne vous ont rien donné pour le dîner ?

— Il y avait des fruits et d'autres choses dans la chambre », le rassura Meehan, parce qu'il ne voulait pas faire trop de foin à ce sujet. Il voulait soit que ces deux types se montrent réglos, soit qu'ils le ramènent au MCC, et probablement les deux. Peu importait ce qu'ils avaient prévu de faire, aux yeux de Meehan, il semblait garanti à plus de cinquante pour cent qu'il se feraient prendre la main dans le sac. À quoi bon avoir sa liberté si on vous la donnait avec une catastrophe à la clé ?

« Ce qui est intéressant, dit Benjamin à Jeffords, rompant un silence qui avait paru tout à fait confortable à Meehan, c'est que nous avons maintenant ce que j'appellerais la démonstration irréfutable du fait que nous avions vu juste au départ.

— Je suppose, oui, dit Jeffords, même si ce fait semblait le rendre assez lugubre.

— Pat, dit Benjamin, voyez le bon côté des choses. Vous avez *vraiment* choisi l'homme qu'il fallait, et il a déjà prouvé que nous avions besoin d'une personne de cette trempe.

— Eh bien, dit Jeffords en soupirant, je passe pour un sacré maladroit dans cette histoire, pas vrai, une fois les choses mises au grand jour.

— Parce que ce n'est pas ce pour quoi vous êtes doué, Pat, lui dit Benjamin, redevenant bienveillant. Ce pour quoi vous êtes doué, c'est la logistique, déplacer des gens et des fonds et des véhicules d'une façon ouverte, claire et sans malice.

— Et remplir des rapports, ajouta Jeffords avec un peu de ressentiment, à chaque étape.

— Précisément. Vous n'êtes pas un voleur, poursuivit Benjamin, ni moi non plus. Pas plus que n'importe lequel des membres du comité, ou que quiconque parmi les gens que nous connaissons. Nous avons vu juste en décidant de chercher une source à l'extérieur, et maintenant, il faut aller jusqu'au bout. »

Jeffords poussa un soupir. « Je ne m'attendais pas à ça, dit-il, mais je suis bien forcé d'avouer que je partage votre opinion. C'est vous qui avez raison.

— Merci, Pat. » Benjamin tourna son regard protecteur vers Meehan. « En vérité, nous souhaitons que vous assumiez le rôle de notre délégué dans cette affaire, et à présent, nous réalisons, et je regrette que nous ne l'ayons pas réalisé plus tôt, que pour que vous agissiez comme notre délégué, il est nécessaire de vous mettre au courant de la situation.

— Je vous écoute », dit Meehan.

10

Tout d'abord, il leur fallut reprendre des forces à l'aide de quelques provisions : saucisses et pain grillé pour Benjamin, deux sortes de melon pour Jeffords, et davantage de café noir pour Meehan, qui voulait conserver ses esprits quelque part où il pourrait les reprendre sans trop avoir à chercher.

Finalement, ils furent prêts. « Comme vous le savez, commença Benjamin, nous arrivons dans la dernière ligne droite de la campagne électorale, et... » Il s'interrompit brusquement, plissa le front en voyant l'expression sur le visage de Meehan, et dit : « La campagne électorale. La réélection du président.

— Allons, vous savez bien, l'encouragea Jeffords.

— J'ai été plutôt occupé ces temps derniers, leur rappela Meehan. Mais, ouais, je crois bien que j'ai vu quelques gros titres à ce sujet. »

Benjamin avait du mal à croire ce qu'il entendait. « L'ami, êtes-vous réellement en train de me dire que vous ne saviez pas que le président des États-Unis se présente pour un second mandat ?

— En temps normal, je ne fais guère attention à la politique », admit Meehan.

Benjamin jeta à Jeffords un regard perdu. « On a beau s'escrimer jour et nuit, dit-il, pour faire passer notre message.

— Je sais, dit Jeffords, de la sympathie dans la voix. Et à chaque fois, au final, il y en a quatre-vingt-cinq pour cent qui n'en ont rien retenu.

— Je dois bien reconnaître, dit Benjamin, que j'ai mes doutes au sujet de la démocratie. Mais vous savez ce que disait Churchill.

— Bien sûr », dit Jeffords.

Meehan ne savait pas ce que disait Churchill, mais il craignait, s'il posait la question, que Benjamin se mette à pleurer, alors il resta muet comme une carpe.

Benjamin prit une profonde inspiration et une fourchetée d'œufs brouillés, et se sentit apparemment mieux, parce qu'il dit : « Eh bien, laissez-moi le plaisir d'être le premier à vous annoncer, Francis, qu'il y a bien une campagne pour l'élection présidentielle en cours à l'heure même où nous parlons, et qu'elle évolue vers une phase extrêmement critique...

– De dernière minute, dit Jeffords.

– Cela aussi, oui, admit Benjamin. Et vous, Francis, si vous en faites le choix, vous pouvez devenir un facteur non négligeable du résultat que connaîtra cette élection. »

Ils ne m'ont pas fait faire tout ce chemin pour me demander de m'inscrire sur les listes électorales, se dit Meehan. « Ça ne me gênerait pas de me conduire en bon citoyen, concéda-t-il.

– J'étais persuadé que ce serait votre sentiment, lui dit Benjamin. Maintenant, monsieur Jeffords et moi-même nous sommes, entre autres choses, membres du CC, et nous... »

Jeffords l'interrompit : « Attendez un peu, Bruce. C'est le comité de campagne, dit-il à Meehan. Nous faisons partie de l'équipe qui travaille à la réélection du président.

– J'ai pigé, dit Meehan.

– Excellent, dit Benjamin. Nous avons appris, de manière fortuite et fort heureusement, qu'il existe une preuve très embarrassante...

– Une confession enregistrée sur bande vidéo, précisa Jeffords, et des documents écrits la recoupant.

– Exactement, poursuivit Benjamin. Du matériel extrêmement dangereux pour le POTUS[1]. Il nous faut donc...

– Holà, dit Meehan. On peut revenir au carrefour précédent, là ? »

Jeffords précisa : « Le POTUS, c'est le président des États-Unis.

– Ah ouais ? Ça a l'air encore plus stupide, abrégé comme ça. »

D'un ton de reproche, Benjamin dit : « Nous pensons que cela le rend plus proche des gens. »

Meehan haussa les épaules. « Mettons. »

Jeffords dit : « L'important, c'est que l'Autre Camp détient ce matériel, et que nous avons grand besoin de le leur soustraire.

– Mais ils l'ont déjà en leur possession ? Depuis combien de temps ? demanda Meehan.

---

1. Acronyme de President of the United States. (N.d.T.)

– Deux mois, dit Benjamin, peut-être un peu plus.

– Nous venons seulement de l'apprendre, ajouta Jeffords, cette semaine. »

Meehan dit : « Et ils restent assis dessus sans rien en faire ? Qu'est-ce qu'ils veulent essayer, le chantage ?

– Non, non, ce n'est pas comme ça que ça fonctionne, répondit Benjamin. Ils attendent pour lancer une Surprise d'Octobre. »

Meehan secoua la tête. « Je ne sais pas du tout de quoi vous parlez. »

Jeffords expliqua : « Les élections ont lieu au début novembre. Si vous frappez le camp adverse à la toute fin octobre avec un remue-ménage vraiment très négatif dans les médias, ils n'ont pas le temps de réagir pour contre-attaquer. »

Meehan demanda : « Contre-attaquer ? Si ce truc est tellement brûlant, comment peut-on contre-attaquer ?

– Avec le temps, Francis, dit Benjamin, et les programmateurs à nos ordres, nous serions capables de contre-attaquer après la Crucifixion de Jésus-Christ et vous finiriez par voter *pour* Ponce Pilate. »

Jeffords ajouta : « Voilà pourquoi ils gardent les surprises pour octobre. Il n'y a plus le temps de caresser les médias dans le sens du poil.

– Nous y sommes, en octobre, fit remarquer Meehan.

– Et maintenant, venons-en à vous, déclara Benjamin. »

11

« Vous voulez que j'aille récupérer le paquet, dit Meehan.

– Ainsi que je l'ai dit, acquiesça Benjamin.

– Avec notre assistance, précisa Jeffords.

– Là, vous voyez, dit Meehan, c'est ça, notre problème. »

Benjamin dit : « *Notre* problème ?

– Vous ne me faites pas confiance, lui dit Meehan, et vous avez raison. Si vous me donnez une porte ouverte et une longueur d'avance, je me tire sans demander mon reste.

– Ça, nous le savons, répliqua Jeffords, sèchement.

– Nous le savons tous, sinon je n'en parlerais même pas. D'un autre côté, dit Meehan, je ne peux pas travailler à mon meilleur niveau quand il y a des amateurs dans la pièce. »

Jeffords, frôlant à nouveau l'impression d'être bafoué, dit : « Ce qui veut dire ?

– C'est la vieille échelle mobile des salaires donnée par le charpentier au propriétaire de la maison, expliqua Meehan. Vingt-cinq dollars de l'heure pour faire le boulot, trente-cinq si vous voulez regarder, quarante-cinq si vous voulez aider. Je ne veux pas que vous me regardiez, et je ne veux *vraiment* pas que vous m'aidiez. Alors vous allez devoir me laisser tout seul dans mon coin pour que je puisse faire le coup à ma façon, et dès que vous ne serez plus en vue, je filerai à l'anglaise. (Meehan ouvrit grand ses deux mains.) Désolé, mais c'est comme ça. Je vous mentirais si je pouvais, mais nous connaissons tous la situation. »

Benjamin tenta sa chance : « Un simple observateur pourrait... »

Meehan secoua la tête en signe de dénégation.

Benjamin et Jeffords se regardèrent en fronçant les sourcils, abasourdis. Jeffords dit : « Il refuse de le faire si nous l'observons, mais il dit lui-même que si nous le laissons échapper à notre vue, il disparaîtra, et donc, là encore, il ne le fera pas. »

Meehan aurait bien voulu pouvoir les aider, parce qu'au fond il ne désirait pas vraiment passer toute sa vie dans un pénitencier fédéral, mais quelle autre solution avait-il ? À vrai dire, Francis Xavier Meehan, quoique très brillant, était incapable de se projeter dans l'avenir. En témoignaient son mariage en ruine, sa carrière criminelle moins que fulgurante, sa présence même au MCC. S'il avait eu une devise, en dehors des dix mille règles qui s'apparentaient davantage à un mantra qu'à une devise, ça aurait été « un problème à la fois ».

La plupart des types qu'il connaissait étaient comme ça, eux aussi. Les gens qui pensaient à l'avenir et voyaient loin, c'étaient ceux qui avaient des boulots, des hypothèques, des traites sur leur bagnole et des soirées au bowling le mardi – comment Meehan aurait-il pu savoir à coup sûr où il se trouverait n'importe quel mardi soir ? – tandis que les types comme Meehan se contentaient d'encaisser ce qui leur tombait dessus.

Il dit : « Peut-être... »

Ils tendirent tous deux une oreille attentive. Toutes les personnes présentes dans la pièce, y compris Meehan, voulaient entendre la suite.

« Peut-être que je pourrais vous donner des conseils », dit-il.

Jeffords prit de nouveau l'air insulté : « Des conseils ? À quel sujet ?

– Au sujet du casse. Vous me gardez ici, vous me racontez comment ça se présente. En grand professionnel je vous donne les meilleurs conseils, vous allez récupérer votre surprise, après quoi on se serre la main et je m'en vais. »

Jeffords et Benjamin échangèrent un coup d'œil. « Ce n'est pas exactement ce que nous avions en tête, dit Benjamin.

– Mais c'est la seule possibilité, apparemment, dit Jeffords. Et le renvoyer là d'où il vient, en rechercher un autre à sa place, cela signifie davantage de temps perdu, peut-être un choix de seconde zone. Nous avons des gens qui sont tout disposés à faire le travail.

– Tout disposés, c'est juste, dit Benjamin, et il eut un haussement d'épaules. Soit, nous essaierons cette solution. » Se retournant vers Meehan, il poursuivit : « Le gentleman qui détient pour l'instant le paquet est un supporter de l'adversaire du président, le candidat de l'Autre Camp. En fait, c'est un très important donateur de sa campagne.

– L'avion d'un donateur, dit Meehan, l'aube se levant dans son esprit. Maintenant, j'ai pigé.

– Oui, bien entendu, opina Benjamin. Ce donateur-ci, toutefois, est l'un des leurs, il descend d'une grande famille qui remonte à la période prérévolutionnaire.

– Il y en avait déjà beaucoup du mauvais côté, même à cette époque, ajouta Jeffords avec perfidie, même s'ils n'en parlent plus guère.

– Ceci étant dit, poursuivit Benjamin, il est notoire qu'il possède une collection d'armes à feu anciennes, provenant exclusivement de la période de notre Révolution, de la guerre de 1812 et de la guerre de Sécession. Une collection bien connue, qu'il envoie parfois en tournée dans les locaux de l'American Legion, ou les écoles privées, ce genre de choses.

– Et quand elle se trouve chez lui, dit Meehan, je parie qu'ils la gardent sous clé, vu qu'il s'agit de flingues et tout le toutim. Et votre paquet, il est planqué là-dedans, avec les armes.

– Exactement.

– Alors, est-ce qu'il se trouve dans la baraque de ce type, dans un bâtiment séparé, ou qu'est-ce qu'il... Attendez une petite minute. »

Ils le regardèrent tous deux. Benjamin dit : « Oui ?

– Juste une petite minute, dit Meehan. Je crois que je peux peut-être le faire pour vous. »

Jeffords dit : « Faire quoi ?

– Vous récupérer votre paquet. » Meehan leur décocha un sourire. « Ouais, peut-être bien qu'après tout, je vais pouvoir vous aider à vous sortir de la panade. »

12

« Je vais avoir besoin de deux choses, leur dit Meehan. Un téléphone à pièces, et mon avocat. »

Jeffords dit : « Un téléphone à pièces ? Qu'est-ce que vous voulez dire, avec un téléphone à pièces ?

– Un téléphone dans lequel vous mettez de l'argent, expliqua Mechan.

– Ça, je le sais, dit Jeffords. Mais si vous voulez un téléphone...

– Pour la sécurité, dit Benjamin. Il veut passer un coup de téléphone en toute sécurité.

– Eh bien, ça, ça n'existe pas, dit Jeffords.

– Certains coups de fil sont mieux protégés que d'autres », répliqua Meehan.

Benjamin dit : « Si la question ne vous ennuie pas, qui donc souhaitez-vous appeler ?

– Le gars qui me débarrasse de ma camelote. »

Benjamin hocha la tête. « Un receleur, vous voulez dire.

– Je sais qu'il peut prendre les puces informatiques, dit Meehan, et je sais qu'il peut prendre les fourrures, et je sais qu'il peut prendre les tapis d'Orient. Les mousquets et les tromblons, je n'en sais rien. Il faut que je lui demande.

– Mon Dieu, dit Benjamin, comprenant enfin, vous avez l'intention de voler les armes à feu de cet homme !

– Eh bien oui, voyons, acquiesça Meehan. C'est ça qui me fait rester dans le coup. J'y vais, sans même que vous ayez besoin de me surveiller, j'y vais et je récupère votre paquet, et pendant que j'y suis, je ramasse un peu de camelote pour mon usage personnel. »

Benjamin dit : « Vous êtes en train de nous dire que vous comptez exécuter un cambriolage ! Et vous nous l'annoncez à *nous* !

— Monsieur Benjamin, dit Meehan, votre histoire, ça a toujours été un cambriolage depuis le début. Vous ne le saviez pas, peut-être ? Quelqu'un qui entre par effraction et emporte quelque chose qui ne lui appartient pas, c'est un cambriolage.

— Mais pas pour le *profit*, insista Benjamin. Ce dont nous parlons, c'est de politique.

— De petites entourloupes, ajouta Jeffords.

— Exactement, dit Benjamin.

— Eh bien, moi, je ne travaille que pour le profit. Alors, je vous laisse libre de votre choix. Je resterai ici si vous préférez, je vous donne des conseils, vous y allez et vous faites de votre mieux, peut-être que ça marchera, ou peut-être que les journaux seront bientôt remplis d'articles sur le comité de campagne du président qui s'est fait arrêter pour tentative d'effraction.

— Oh, mon Dieu, fit Benjamin.

— Ou bien, poursuivit Meehan, vous me donnez les plans, j'y vais moi-même, je vous récupère votre paquet, et je ramasse mon profit du même coup. »

Benjamin dit : « Pat ? Qu'en pensez-vous ?

— Je pense que cet homme nous demande de nous rendre complices d'un délit.

— C'était un délit dès le départ. Un vol avec effraction, dit Meehan.

— Eh bien, ça ne donnait pas *l'impression* d'en être un, dit Jeffords.

— D'après mon expérience, les flics ne se fient pas aux impressions.

— Eh bien, Pat, dit Benjamin, nous voulions un professionnel, et je dirai que nous en avons trouvé un. »

Jeffords avait l'air décomposé. « Vous voulez accepter ses conditions.

— Pat, nous sommes tombés d'accord pour dire que ce qui avait mal tourné dans le cambriolage du Watergate il y a toutes ces années, c'est qu'il avait été commis par des amateurs. Des idéologues, des espions, les gorilles d'hommes politiques. Pas un seul professionnel dans toute l'équipe. Nous sommes tombés d'accord pour dire que nous devions tirer des enseignements de cette expérience. D'où, Francis Meehan. Et de là, notre cambriolage qui se transforme, j'en ai peur, en véritable cambriolage. »

Jeffords soupira. « Ainsi soit-il », dit-il, quoique sans grande joie.

Benjamin se tourna vers Meehan. « De quoi d'autre aviez-vous besoin ? D'un avocat ? Francis, au nom du ciel, à quoi pourrait bien vous servir un avocat ?

— Je ne négocierai pas avec des gens comme vous sans avocat. Si nous devons en venir aux affaires sérieuses.

— Très bien, dit Benjamin. Qui est cet avocat ? » Et il se prépara à prendre en note.

« Goldfarb, lui dit Meehan. Attendez une seconde... Eileen ? Non. Elaine ! Elaine Goldfarb. »

D'un ton outragé, comme si quelqu'un se payait sa tête, Jeffords s'exclama : « Elaine Goldfarb ? C'est votre avocate commise d'office au MCC ! »

Meehan haussa les épaules. « Quel autre avocat est-ce que je pourrais avoir ? »

Benjamin dit : « Vous ne voulez pas d'un de ces défenseurs au rabais du ministère public, Francis. Si vous éprouvez le besoin de prendre un avocat, et vous avez peut-être raison de le faire, je ne veux pas me lancer dans ce débat, nous pouvons certainement vous en trouver un dans les alentours de Washington qui ferait...

— Ouais, dit Meehan, et je sais où vous iriez le trouver, c'est sûr. Pas bien loin dans le fond de votre poche. Le truc le plus plus épatant au sujet d'Elaine Goldfarb, c'est que je sais qu'elle n'est pas avec vous.

— Certes non, dit Jeffords.

— Très bien, dit Benjamin. Nous allons voir ce que nous pouvons faire pour vous obtenir un téléphone sûr et les services de Ms Goldfarb. Elle n'aura pas la licence nécessaire pour exercer dans l'État de Virginie, vous vous en rendez compte.

— Si jamais je dois vous traîner devant les tribunaux, mes oiseaux, dit Meehan, je prendrai quelqu'un du coin. »

Avec un sourire bien mince, Benjamin dit : « Oui, ce serait un nouveau rôle pour vous, au tribunal, pas vrai ? Entre-temps, si vous avez terminé votre petit déjeuner...

— Depuis longtemps, dit Meehan.

— Parfait. » Son sourire devenant triste, Benjamin ajouta : « Je suis navré, mais je sais que vous comprendrez, il va vous falloir retourner à votre chambre pour quelque temps. Il y a des magazines sur cette table là-bas, vous pouvez en emporter avec vous, si vous le souhaitez. »

Ils se levèrent tous trois. « C'est une chambre franchement rasoir, dit Meehan. Je voulais juste vous le faire remarquer au passage.

— Nous ferons tout pour que votre séjour dans cette chambre soit le plus bref possible, promit Benjamin. En fait, j'espère vous voir à la cafétéria pour le déjeuner.

— Je pense que je pourrai me rendre disponible », dit Meehan.

13

Au déjeuner, dans une autre salle du même bâtiment, cette fois une cafétéria blanche et brillante au premier étage d'où l'on avait à peu près la même vue que de tout le reste de l'édifice, entourée de gens vêtus d'uniformes vert olive ou de vêtements civils poussiéreux, tout ce monde portant des plateaux marron sur lesquels reposait une nourriture insipide, Benjamin dit : « C'est arrangé. »

Meehan s'arracha à l'examen de son cheeseburger : « Qu'est-ce qui est arrangé ?

— Ms Goldfarb arrivera à l'aéroport international de Norfolk à quatorze heures trente-cinq cet après-midi, dit Benjamin. Vous serez là pour l'accueillir.

— Avec une escorte, ajouta Jeffords.

— Je sais, dit Meehan en attaquant par le flanc le cheeseburger qui avait meilleur goût que son aspect ne le laissait présager.

— Lors de votre présence à l'aéroport, continua Benjamin, il vous sera possible de passer un appel de n'importe lequel des téléphones publics de l'endroit. Votre escorte sera à proximité mais n'écoutera pas.

— Ça me paraît bien, dit Meehan. Il va me falloir de la monnaie. » Et il enfonça les dents dans le cheeseburger.

Benjamin cilla. « De la monnaie ? »

Jeffords expliqua : « Ils n'ont pas d'argent liquide, au MCC.

— Oh, oui, bien sûr. » Benjamin se tourna poliment vers Meehan. « Combien vous faudra-t-il ? »

La bouche pleine de cheeseburger, Meehan leva la main gauche et écarta tous ses doigts deux fois de suite.

Le regard de Benjamin se fit sardonique. « Dix dollars ? Non, je ne crois pas. Jeffords vous en donnera trois. »

Ni Meehan ni Jeffords ne furent très satisfaits de cette décision.

Meehan observa attentivement la route, au cas où il se trouverait amené à la parcourir seul, à l'occasion ; une autre des dix mille règles. Grandy, Currituck, Moyock ; le nom des villes en Caroline du Nord était curieux, mais pourtant vraiment pas facile à retenir. Puis ils passèrent en Virginie et traversèrent Hickory et Great Bridge, et ils furent vite sur Battlefield Boulevard ; ces gens ne pouvaient donc pas se remettre de la guerre de Sécession ? Battlefield Boulevard les emmena jusqu'à une autoroute, qui serpenta à travers Norfolk jusqu'à l'aéroport, en plein milieu de la ville.

C'était la même voiture que la veille, avec la même équipe : Jeffords assis à l'arrière à côté de Meehan, les deux Buster assis à l'avant. Ils avaient changé de chemise, mais pas de pardessus ni de chapeaux.

Dans le parking, ils gagnèrent à la manière d'un détachement militaire surentraîné le bâtiment du terminal où, au milieu des annonces de départs, des enfants perdus et des adolescents qui voyageaient en compagnie de leur skate-board, Jeffords compta de mauvaise grâce trois dollars en pièces de cinq, dix et vingt-cinq cents et les déposa dans la paume de Meehan. « Merci, papa », dit Meehan, et Jeffords lui décerna un regard amer.

La batterie de téléphones à pièces était disposée en étoile sur son petit territoire bien à elle, un peu à l'écart de l'axe de circulation des piétons. Un Buster se posta vers la droite, l'autre à une distance équivalente vers la gauche, et Jeffords se mit à arpenter le secteur de long en large, se mettant en travers du chemin de gens qui portaient de lourds bagages.

Par nécessité, Meehan gardait son annuaire du téléphone personnel dans sa tête. Il composa le numéro, enfourna ses pièces, et la voix nasillarde dont il savait qu'elle appartenait à une femme uniquement parce qu'il avait vu sa propriétaire un certain nombre de fois au fil des ans lui dit : « Cargo. » Entrepôts Cargo, c'était le nom sous lequel travaillait Leroy.

« Leroy, s'il vous plaît.

– Qui dois-je annoncer ?

– Meehan. » Cela agaçait toujours Meehan d'avoir à dire son nom à haute voix au téléphone, mais parfois il le fallait bien.

« Leroy n'est pas là pour le moment, dit-elle, ainsi qu'il l'avait prévu. Est-ce qu'il peut vous rappeler ?

– Je suis à un téléphone public de l'aéroport international de Norfolk, lui dit Meehan.

– Quel endroit étrange d'où téléphoner.

– Et vous ne connaissez même pas le début de l'histoire », dit-il, et il lui lut le numéro de la cabine et raccrocha.

Les deux Buster se mirent aussitôt en mouvement vers lui, mais il leva ses deux mains, une de chaque côté, pour les tenir à distance, aussi s'en retournèrent-ils à la position numéro 1, jetant des coups d'œil à Jeffords pour s'assurer que c'était bien ce qu'il fallait faire.

Meehan fit semblant d'utiliser avec enthousiasme le téléphone durant les sept minutes qui suivirent, tenant le combiné contre son oreille tout en appuyant sur la fourche de l'autre main. Puis, une fois que Leroy eut atteint son propre téléphone de sécurité, celui de Meehan sonna. Meehan cessa d'appuyer sur la fourche et une autre voix nasillarde lui dit à l'oreille : « Qu'est-ce que tu fous dans cette putain de ville de Norfolk en Virginie ?

– J'espère que je pourrai te le raconter un jour, dit Meehan. Là tout de suite, il faut que tu me dises. S'il m'arrivait d'entrer en possession d'armes à feu anciennes, toutes américaines, de la Révolution, ou de la guerre de Sécession, tu serais intéressé ?

– Des armes anciennes ? Tu veux dire une collection ?

– Ouais.

– Laisse-moi réfléchir deux secondes. C'est la Lewes-Moday ?

– Quoi ?

– De quelle collection il s'agit ? Qui est le propriétaire ?

– Je ne sais pas encore.

– Tu es vraiment un drôle d'oiseau, Meehan, lui dit Leroy. Quand tu sauras dans la maison de qui tu te trouves, rappelle-moi.

– Non, attends, je vais te le dire. » Tout en gesticulant à l'intention de Jeffords, il parla dans le combiné : « C'était quoi, le nom que tu viens de dire ?

– Lewes-Moday. Si c'est la Lewes-Moday, je n'en veux pas. Ils ont des photos de toutes les foutues pièces, ils ont injecté de l'ADN d'oiseaux dans les crosses, personne ne se risquera à s'approcher à moins d'un kilomètre d'une pièce de ce lot-là.

– OK, attends une seconde. » À Jeffords, qui se tenait à présent à côté de lui et fronçait fortement les sourcils, il dit : « Elle est à qui, cette collection ? »

Jeffords parut choqué, puis prit un air buté. « Je ne peux pas vous le dire, pas à ce stade en tout cas.

– Est-ce que c'est Lewes-Moday ? Dites-moi seulement si c'est Lewes-Moday.

– Je n'ai jamais entendu parler d'un nommé Lewes-Moday », dit Jeffords, comme s'il sentait obscurément qu'il avait été accusé de quelque chose.

Dans le combiné, Meehan dit : « Ce n'est pas Lewes-Moday. Ce que je crois, c'est que c'est un type dans le nord-est, un type plein aux as, un politique, avec probablement un manoir ou quelque...

– Ah, Burnstone ! s'écria Leroy. Absolument ! Si tu mets la main sur la Burnstone, on est en affaires.

– Une seconde. » Meehan regarda Jeffords, qui s'exerçait à arborer sa mine la plus impassible. Plongeant le regard tout au fond de ses yeux, Meehan dit : « Burnstone.

– Je ne peux pas vous le dire... »

Meehan annonça au téléphone : « C'est Burnstone. On se voit bientôt. »

14

Son avion avait trente-cinq minutes de retard, ce qui n'est pas si mal pour un avion. Tout d'abord il ne la reconnut pas dans la foule des passagers qui se traînait vers le terminal, le cerveau endommagé par le vol. Il n'avait vu Elaine Goldfarb que trois fois au cours de son existence, et toujours au MCC, de l'autre côté du bureau en métal noir, habillée comme un yak, aussi lui fallut-il quelques secondes pour s'apercevoir que cette femme-ci était cette femme-là.

Elle se montrait sous un aspect différent, dans ce nouvel environnement ; pas plus attirante, mais plus agressive. Son corps maigre était enchâssé dans un pantalon noir assez moulant, des bottes de cuir noir qui claquaient sur le sol et un blouson de cuir noir luisant, avec la fermeture Éclair ouverte. Ses cheveux en paille de fer étaient maintenus sur la nuque par une barrette dorée qui avait la forme d'un étroit bouquet de roses, et de grands anneaux d'or brinquebalaient de chaque côté de ce visage au nez pointu et à la mâchoire acérée, donnant plus que jamais à ses lunettes à monture noire l'allure de meurtrières dans le mur d'une forteresse.

Alors c'est comme ça qu'elle s'habille pour les voyages d'affaires ; en lançant un défi. Ne cherchez surtout pas à m'emmerder. Intéressant. Au MCC, une femme ne s'amusait pas à lancer ce genre de défi.

Elle eut autant de mal à le reconnaître qu'il en avait eu à le faire lui-même, parce qu'elle regarda droit à travers lui jusqu'à ce qu'il lève la main comme pour attirer l'attention du professeur. Mais c'était normal ; une fois encore, le contexte était tout différent. Elle ne l'avait vu que dans sa combinaison marron, avec une mine probablement aussi minable et déconfite qu'il l'imaginait alors. Ici, dans le monde extérieur, avec ses propres vêtements sur le dos, et un petit plan en route, travaillant pour le compte de gens qui maniaient la ruse avec autant d'aisance qu'un porte-avions fait demi-tour en mer, il ne se sentait pas seulement mieux, il avait sans nul doute bien meilleure allure. Aussi leva-t-il la main et quand elle plissa son front trop grand en le regardant, il dit : « Eh oui, c'est bien moi, au final. »

Alors elle se dirigea vers lui, au beau milieu du terminal de l'aéroport, parmi des gens qui s'occupaient de leurs affaires, et elle dit : « Vous êtes dehors ?

– En quelque sorte.

– Francis Meehan, dit-elle, comme pour bien vérifier ses informations.

– Lui-même, opina-t-il.

– Vous voulez qu'on vous appelle Meehan.

– Oui, merci.

– Eh bien, vous êtes la dernière personne que je me serais attendue à voir ici. Je suis d'accord pour vous appeler Meehan si vous m'expliquez ce qui se passe, là.

– Écoutez, dit-il, vous pourriez allonger le prix d'un café ? Ils ne m'ont donné que trois dollars, qui se sont déjà envolés, et tout irait bien mieux si on allait à la cafétéria pour s'asseoir un moment et accorder nos sons de cloche.

– Tout ce que vous venez de me raconter, lui dit-elle, est à deux doigts de faire sens.

– Un café, dit-il. C'est vous qui payez.

– Ça, au moins, c'est logique, dit-elle. Je vous suis. »

Il marcha devant, conscient de la présence des deux Buster à ses côtés qui l'observaient comme des chiens de berger carnivores, sachant que Jeffords devait rôder lui aussi dans les parages, et ils gagnèrent la devanture ouverte de la cafétéria que les deux Buster avaient déjà examinée, histoire de s'assurer qu'il n'y avait pas d'autre sortie à l'arrière. Ils s'assirent à une table vide au premier rang, juste au bord de la zone piétonne, ce qui faisait aussi partie de leur accord. Tandis qu'ils attendaient d'être servis, Meehan dit : « Vous n'avez pas eu de problème ? Les vols et tout ça.

– Tout ce que je sais, dit-elle, c'est que j'ai reçu un coup de fil au MCC ce matin, cinq minutes après mon arrivée. Je n'avais même pas encore vu mon premier client, on me dit d'oublier mes affaires en cours de la journée, d'autres gens les reprennent, je dois rentrer chez moi et me préparer pour un petit voyage, certainement une nuit sur place, peut-être davantage, un monsieur Eldridge va passer me prendre à dix heures trente. (Elle lui jeta un regard soupçonneux.) Qui est-ce, cet Eldridge ?

— Jamais entendu parler.

— Vraiment ? Un type très étrange. Nerveux, tout maigre, jeune, qui parle sans arrêt, mais n'a pas dit une seule chose utile tout du long. »

Une serveuse très très âgée arriva à ce moment, leur demanda ce qu'ils voulaient, et il se trouva que leurs désirs étaient modestes : café noir pour lui, un capuccino décaféiné allégé pour elle. La serveuse s'éloigna en chancelant, et Meehan demanda : « C'est quoi, un capuccino décaféiné allégé ?

— Un état d'esprit, dit-elle. Expliquez-moi ce qui se passe.

— Eh bien, dit-il, il y a une élection présidentielle qui approche, c'est pour bientôt.

— Arrêtez-vous tout de suite, lui dit-elle. J'ai quarante et un ans. Je n'ai pas une espérance de vie suffisante pour ce genre de truc.

— Ce sera court, promit-il. Les gens qui s'activent pour faire réélire le mec, ils ont découvert qu'il y a une Surprise d'Octobre sur le feu. Vous avez entendu parler des Surprises d'Octobre ?

— Tout le monde a entendu parler des Surprises d'Octobre », l'assura-t-elle.

Sans se donner la peine de la corriger, il continua : « Ils veulent empêcher cette Surprise d'Octobre de les surprendre, et pour ça, ils ont besoin d'un cambrioleur, et...

— Oh mon Dieu, dit-elle. Le Watergate ? Ces gens ne retiennent donc jamais leur leçon ?

— Eh bien, si, justement. Cette fois, ils ont retenu qu'il valait mieux faire appel à un pro.

— Alors ils vont le chercher en prison, dit-elle, sarcastique.

— Allez-y, payez-vous-en une bonne tranche, dit-il. Le fait est que je suis plutôt bon dans le boulot que je fais.

— D'habitude, c'est ça ?

— Personne n'est bon *tout le temps*, dit-il.

— Dans votre branche, rétorqua-t-elle, on est un peu obligé de l'être.

— Mouais, c'est juste. Quoi qu'il en soit, ils ont accès à des trucs fédéraux, comme le MCC, et aussi un endroit du Département des Parcs où ils me gardent depuis hier, et ils veulent que j'aille récupérer cette Suprise d'Octobre pour eux.

— Et *moi*, qu'est-ce que je suis censée faire ? demanda-t-elle. Commencer à préparer votre défense pour cause de troubles mentaux ?

— Je leur ai dit que c'était vous que je voulais, expliqua-t-il. Ces gens sont des politiciens. Je ne leur fais pas confiance, ils me mettent mal à l'aise.

— Eh bien, au moins, on peut dire que votre instinct fonctionne, dit-elle.

— Donc, on est en négociation, poursuivit-il, et je me suis dit que je n'avais pas envie d'être seul dans la pièce avec eux, et vous êtes le seul avocat que je connais, alors j'ai dit : trouvez-moi Elaine Goldfarb ou je laisse tout tomber, et ils ont dit d'accord.

— En tout cas, qui qu'ils soient, dit-elle, ils ont du répondant. Ils vous ont sorti du MCC, et ils m'ont embarquée, moi. Mais qu'est-ce que je suis censée faire ?

— Couvrir mes arrières. Ce n'est pas ça, le boulot des avocats ?

— D'une certaine façon, dit-elle, puis elle le regarda en fronçant les sourcils. Mais vous avez toujours un sérieux problème vis-à-vis de la loi, précisa-t-elle. Ça m'étonne que vous n'ayez pas simplement dit à ces gens, ouais, aucun souci, et puis vous vous seriez carapaté.

— Ils ont deux solides ex-flics qui me suivent à la trace, lui dit Meehan. Malheureusement pour moi, je ne vais me carapater nulle part. »

La serveuse s'en revint, ployant sous le poids de leurs cafés et de l'addition, glissée dans un gros livret en similicuir. Elle distribua le tout, se fondit dans le néant, et Elaine Goldfarb dit : « J'en vois un, là-bas. Ah, et voilà l'autre. (Elle plissa le front, ce qui créa des lignes verticales grises peu élégantes entre ses épais sourcils noirs.) Qui est donc celui qui rôde dans le coin là-bas ?

— Un politicien. Il s'appelle Jeffords. C'est lui qui m'a sorti du MCC.

— Ça me surprend qu'on l'ait laissé sortir, *lui*, commenta-t-elle et elle sirota un peu de son capuccino. Bon, et que va-t-il se passer, maintenant ?

— Vous avez des bagages ?

— Bien sûr que j'ai des bagages. Pour qui vous me prenez, pour une Jeannette ?

— Très bien, alors. Si vous acceptez de me servir d'avocat, on appelle les joyeux lurons, on ramasse tout le monde, on récupère vos bagages, et on retourne à Outer Banks.

— À Outer Banks ! (Elle recula sur son siège pour mieux le toiser.) Vous vous baladez drôlement plus que le détenu moyen, on doit au moins vous accorder ça », dit-elle.

15

Elle avait deux valises, et les deux étaient lourdes, même celle équipée de roulettes ; surtout celle équipée de roulettes, vu que les roulettes étaient bloquées. Elle restait plantée là devant le carrousel des bagages qui déroulait son échantillonnage infini de paquets variés, bien plus variés que les passagers qui les attendaient, et regarda Meehan sans rien dire, les deux valises à ses pieds. Il en ramassa une, puis l'autre, puis jeta un coup d'œil à la ronde, cherchant des yeux un Buster. Il réussit à capter le regard de l'un d'eux – qui ne voulait surtout pas qu'on capte son regard – fit signe au gars d'approcher, et lorsque celui-ci vint se carrer à cinq centimètres du visage de Meehan en affichant un air lugubre, ce qui lui permettait de faire comme s'il ne s'était pas aperçu de la présence d'Elaine Goldfarb, Meehan dit : « Ces trucs sont très lourds. » Le Buster continua de le dévisager froidement, aussi Meehan se sentit-il forcé d'expliciter sa pensée : « Si vous et votre copain, vous les embarquez, je ne m'enfuirai pas. »

Le Buster contempla les valises, puis de nouveau Meehan : « Et si on ne le fait pas ?

– On verra bien qui gagnera le marathon. »

Dégoûté, le Buster appela du geste l'autre Buster, et quand numéro deux arriva, il lui expliqua la situation de façon rapide et irritée.

« Et puis merde, dit numéro deux. C'est pas si grave. »

Chaque Buster porta donc une valise, suivis de Meehan et d'Elaine Goldfarb, à l'extérieur de la zone des bagages et du terminal et dans le soleil jusqu'à leur voiture. À mi-chemin, Jeffords les rattrapa, la respiration sifflante, « Ça ne figure pas dans le descriptif de leurs attributions.

– Ni dans le mien non plus, dit Meehan. Elaine Goldfarb, puis-je vous présenter Pat Jeffords ? Il vous a piqué votre rôle, hier.

– Je me demandais ce qui s'était passé », dit-elle.

Jeffords fit la grimace. « Bien des choses se sont passées hier, dit-il. Et je commence à me dire que c'est loin d'être fini. »

La question suivante concernait les places que chacun allait occuper dans la voiture. Jeffords voulait s'asseoir à l'arrière avec Meehan et son avocate, mais Meehan déclara : « Il faut qu'on ait une discussion de conseil à prévenu, là-derrière. Montez devant avec les gros bras. »

Elaine Goldfarb dit : « Si nous agissons ici un tant soit peu sous le couvert de la loi, mon client a raison. Lui et moi avons à parler, et je suppose que vous ne disposez pas de deux automobiles, ni d'une salle de conférences dans le voisinage.

– Il n'y a pas assez de place, devant », se plaignit Jeffords.

Meehan jeta un coup d'œil, il y avait une banquette à l'avant, et pas des sièges individuels, alors personne n'aurait à s'asseoir sur les genoux de personne. « Il y en a bien assez », dit-il.

Entre-temps, les Buster avaient entassé les bagages dans le coffre et traînaient en attendant de voir ce que l'avenir immédiat leur réservait. Exaspéré, Jeffords dit : « Très bien. Je m'assieds du côté de la vitre. »

Ils firent donc cela ; les Buster et Jeffords présentant un mur compact d'épaules, un peu écrasés les uns contre les autres, à l'avant, cependant que Meehan et Elaine Goldfarb goûtaient le luxe du vaste espace sur le siège arrière. Ils restèrent un moment silencieux, lui regardant le paysage, se demandant ce qu'il fichait là, se demandant quelles autres alternatives il pouvait bien lui rester, se demandant pourquoi diable la seule alternative existante était le MCC, tandis qu'à côté de lui elle avait sorti du gros sac de cuir noir tout mou qu'elle portait en plus de ses deux lourdes valises un stylo à bille et un petit bloc, dans lequel elle inscrivait des notes de temps à autre, mâchonnant dans l'intervalle l'extrémité du stylo.

Une fois qu'ils eurent gagné l'autoroute, elle se pencha vers lui : « Vous allez devoir m'en dire plus sur cette Surprise d'Octobre.

– Tout ce que je sais...

– Un instant », dit-elle, et elle se courba vers l'endroit où Jeffords s'était transformé en une oreille géante, s'étirant de toutes ses forces dans leur direction. Tapotant le bout humide de son stylo-bille contre l'épaule en dessous de cette oreille, elle dit : « Allumez la radio. »

Le regard qu'il fit pivoter vers eux était presque innocent : « Bien sûr. Quel genre de musique aimez-vous ?

– La musique qui empêche d'entendre », dit-elle.

Il lui décerna une grimace qui disait « très amusant », mais se pencha en avant, déplaçant toutes ces épaules serrées, pour allumer la radio. Bientôt, des lamentations nasillardes au sujet d'amants peu dignes de confiance rencontrés dans des bars emplirent la voiture du malheur qui afflige quand on essaie de vivre sa vie tout en étant incroyablement stupide, et Elaine Goldfarb se rapprocha de nouveau, pour murmurer sous les flots de chagrin : « Allez-y.

– Ils disent que c'est un paquet de preuves néfastes qui peuvent nuire au président, lui dit-il. Une confession sur bande vidéo et des documents pour la corroborer. Ils n'ont pas voulu me dire quel était le sujet de tout ça.

– Une confession enregistrée en vidéo. (Elle pinça les lèvres.) Ce n'est pas une contravention impayée.

– Je ne pense pas, non. Et Jeffords et tous ces gens font partie de quelque chose qui s'appelle le CC.

– Oui, bien entendu, dit-elle. Le comité de campagne.

– Quoi que ça puisse être.

– L'appareil de campagne du président. Tous ses rédacteurs de discours, ses stratèges, ses organisateurs de voyage, ses équipes avancées qui préparent le terrain, ses porte-parole, toute la foule qu'il vous faut pour mener à bien une campagne électorale. Et parfois, comme en ce moment, l'appareil doit faire quelque chose qui se situe un peu en marge des registres.

– Ce coup-là, il tombe même carrément en dehors de la marge, suggéra Meehan.

– Évidemment, mais c'est bien là leur problème. Et, vu les circonstances, ils sont malins d'avoir fait appel à vous.

– Ils appellent ça " chercher une source à l'extérieur ". »

Elle sourit. « C'est ça, vous êtes une source extérieure. Alors votre boulot, c'est juste de vous rendre là où ce paquet est caché, de le prendre, et de le rapporter.

– Exact.

– Eh bien, c'est parfait. Ce que vous ferez, c'est techniquement illégal, mais ce n'est pas un crime majeur, alors je pense que nous pourrons... » Elle le regarda droit dans les yeux. « Est-ce que j'ai raté quelque chose ?

– Hum », dit-il.

Elle braqua sur lui la pointe luisante de son stylo-bille. « Je suis une représentante officielle de la cour. Ne me prévenez pas si vous projetez de commettre un acte *vraiment* illégal.

– Comptez sur moi », l'assura Meehan.

16

Cette fois, il n'y eut aucun problème pour passer le portail. Indiquant la pancarte, Meehan dit : « SPN ?

— Service des Parcs nationaux, dit-elle.

— Ah. » Donc ce CC n'était pas exactement le gouvernement, mais il pouvait se servir du matériel gouvernemental. Pas si mal.

Quand ils descendirent devant le même bâtiment que la fois précédente, il y eut une petite pause, le temps que les Buster sortent les bagages du coffre, durant laquelle Meehan s'arrangea pour se glisser tout près de Jeffords et, du coin de la bouche, grommela : « Inutile de parler d'antiquités. »

Jeffords fronça le nez, un peu surpris. « Des rouages à l'intérieur des rouages, dit-il.

— Si vous voulez. »

Ils pénétrèrent dans le bâtiment, et pendant que les Buster grimpaient péniblement à l'étage avec les valises, Jeffords les guida jusqu'à la grande pièce tout au fond du hall d'entrée où Meehan avait pris son petit déjeuner avec Benjamin, qui se trouvait à nouveau là, et qui se leva de derrière son bureau quand ils entrèrent, souriant de son sourire d'affairiste bienveillant, disant : « Ah, tout s'est bien passé.

— Jusqu'ici », dit Jeffords.

Benjamin fit le tour de son bureau et marcha vers Elaine Goldfarb, la main tendue. « Bruce Benjamin.

— Elaine Goldfarb.

— Et vous avez donc accepté de représenter ce bandit de grand chemin. Une marque de compassion de votre part.

– Ou plutôt d'imbécillité, vous voulez dire, dit-elle, lui rendant son sourire et sa main.

– Pas du tout. »

Meehan dit : « Elle se fait payer.

– Mais bien entendu », dit Benjamin, et Jeffords ajouta : « Par l'État de New York, c'est bien ça ?

– Par votre CC, lui dit Meehan. Vous aviez l'intention de me fournir un avocat de Washington, pas vrai ? Qui donc devait le payer, *lui* ?

– Oui, Francis, je vois ce que vous voulez dire, répondit Benjamin. Ms Goldfarb, nous vous rémunérerons évidemment pour le temps passé à vous occuper de cette affaire. »

Meehan demanda : « L'avocat de Washington, combien il vous aurait demandé ? »

Jeffords eut l'air scandalisé : « Oh, mais enfin ! »

En riant, Elaine Goldfarb dit à Benjamin : « Apparemment, Meehan et moi, nous nous représentons l'un l'autre.

– On le dirait bien, en effet », fit Benjamin. Jeffords était celui qui s'emportait facilement, mais Benjamin gardait toujours son calme.

Meehan répéta : « Combien ? »

Benjamin fit un geste vers Elaine Goldfarb. « Je m'en remets à vous.

– Eh bien, s'ils amenaient un avocat de Washington sur un coup de ce genre, il prendrait certainement trois cents dollars de l'heure, probablement davantage.

– C'est entendu, dit Benjamin. Que diriez-vous d'une somme correspondant à vingt heures ?

– Ça me paraît bien, approuva-t-elle.

– Vous me donnerez votre numéro de sécurité sociale et tout le reste lorsque nous en aurons terminé ici, lui dit Benjamin, et je ferai émettre un chèque à votre intention. À présent, si nous pouvions nous asseoir et en venir au sujet du jour ? »

Ils s'assirent donc, à l'endroit où ils avaient pris le petit déjeuner, et Jeffords dit à Benjamin : « Nous n'avons pas à nous préoccuper d'antiquités cette fois, seulement de ce que nous attendons de Francis.

– Je comprends », dit Benjamin.

Elaine Goldfarb jeta un regard à la ronde, les yeux brillants. Meehan lui dit : « Ne faites pas attention, ça n'est rien du tout.

– Parfait », dit-elle. Elle avait sorti son bloc jaune et son stylobille de son sac en cuir ; tenant les deux à la main, elle dit à Benjamin : « D'après ce que Meehan m'a expliqué en chemin, il existe un certain objet sensible que vous souhaitez qu'il obtienne pour vous, en échange de quoi vous vous proposez de faire disparaître ses problèmes légaux actuels.

— Exactement, dit Benjamin.

— Comment ? »

Benjamin hocha la tête. « Une question pleine de bon sens. Nous pouvons y parvenir de trois façons distinctes. Les registres peuvent tout simplement disparaître...

— Il y en a trop, dit-elle, secouant la tête et prenant des notes, à trop d'endroits différents.

— Vous avez peut-être raison. Le deuxième choix possible est d'aller jusqu'au procès, puis de faire disparaître les preuves, ce qui garantit un non-lieu. Cela impliquerait bien sûr un retour entre les mains de la justice.

— Le MCC, dit Meehan.

— J'en ai peur.

— Et la troisième option ?

— Le programme de protection des témoins, une nouvelle identité, un transfert en Arizona ou en un lieu similaire. »

Meehan dit : « Sortir du MCC pour finir dans la poêle à frire du pays. Je suis un New-Yorkais dans l'âme.

— Il ne me semble pas que vous déteniez le procédé adéquat pour mener à bien les propositions faites à mon client, dit Elaine Goldfarb.

— Faites-nous une suggestion, dit Benjamin.

— Une grâce présidentielle. »

Jeffords commença à se trémousser : « Non, non, non, cela soulèverait bien trop de questions.

— Je crains que Pat ait raison, dit Benjamin, l'air attristé.

— Alors une grâce du gouverneur de l'État de New York.

— Le problème est identique. »

Tout le monde était coincé. Meehan s'en aperçut et entendit le silence qui était tombé. Se souvenant alors d'un truc dont il avait entendu parler par le copain d'un copain, dans un contexte différent, il s'en servit pour échapper au coffre-fort qui était en train de lui tomber dessus, et dit : « Transférez ça à un tribunal des mineurs. »

Ils le regardèrent tous fixement. Jeffords dit : « En premier lieu, votre voix a mué.

— Je parie que vous pourriez y arriver, dit Meehan. Tout ça relève de la bureaucratie, pas vrai ? Transférez-moi à un tribunal pour mineurs, la cour siège à huis clos, je plaide coupable, j'ai purgé ma peine. »

Elaine Goldfarb dit : « Ce qui équivaut à combien de temps ?

– Si on compte aujourd'hui, répondit Meehan, douze jours.

– Et pourquoi compterait-on aujourd'hui ? » questionna Jeffords.

Meehan le regarda. « Je suis quoi, là tout de suite, libre de m'en aller ? »

Elaine Goldfarb dit à Benjamin : « Qu'avez-vous fait en matière de documents légaux pour l'instant, au sujet de l'endroit où il se trouve ?

– Pat le sait », dit Benjamin et Jeffords expliqua : « Le MCC croit qu'il se trouve à Otisville, et Otisville croit qu'il est encore au MCC.

– Alors il est encore en train de purger sa peine, dit-elle. Et si vous parvenez à transférer son cas entre les mains du tribunal des mineurs, à un juge qui ne ferait pas de difficultés. Il pourrait d'abord libérer Meehan et le confier à ma responsabilité. Je m'engage à assurer sa présence lors d'une séance à huis clos, probablement au début de la semaine prochaine, il plaide coupable, il est à nouveau confié à ma garde au lieu d'être placé sous caution, et nous pourrions très facilement donner aux documents officiels une allure *casher*. » Souriant à Meehan, elle dit : « Bonne initiative.

– Ça y est, se réjouit Meehan, je me sens déjà tout à fait redevenu un gosse. »

17

Meehan se réveilla le sourire aux lèvres. Ni le *bzzt-bzzt* du téléphone, ni la voix couinante qui lui annonça qu'il était huit heures précises ne parvinrent à le rembrunir. La vie, qui à peine deux jours plus tôt avait ressemblé à un film d'horreur, dans lequel le MCC n'était que la bande-annonce d'un endroit pire encore, comme Leavenworth par exemple, lui semblait maintenant agréable.

Elaine Goldfarb s'en était sortie comme une championne. Elle allait le tirer de cette saleté d'accusation fédérale et lui permettre de réintégrer le monde extérieur en homme libre ; elle avait même réussi à lui négocier mille dollars pour ses dépenses courantes, qu'il devait recevoir en liquide ce matin même, au moment où ils partiraient pour aller prendre le vol qui les ramènerait de Norfolk à l'aéroport de La Guardia, New York. Tout ce qu'il lui resterait à faire ensuite, à part ne pas manquer son rendez-vous imminent au tribunal des mineurs, c'était réunir une équipe de gars qu'il connaissait – il envisageait déjà plusieurs possibilités valables – et rendre visite à une collection d'armes anciennes. Jeffords lui avait donné des numéros de téléphone de manière à pouvoir déposer le paquet incriminant une fois qu'il se le serait procuré, et après, il serait complètement et totalement tiré d'affaire. Pas si mal.

En fredonnant, ce qu'il faisait assez mal car il n'avait que très peu pratiqué cette activité, Meehan sortit du lit et marcha jusqu'à la fenêtre pour ouvrir le store vénitien et contempler une journée ensoleillée. Bien sûr que c'était une journée ensoleillée, elles seraient toutes ensoleillées à partir de maintenant. Bientôt, il allait prendre sa douche, puis son petit déjeuner, et il se mettrait en route, aussi détendu qu'un vieil élastique.

En observant les pelouses bien tondues de cette enclave du Service des Parcs, les petites silhouettes en uniforme vert olive se déplaçant çà et là comme une maquette animée d'un véritable environnement, Meehan s'efforça de ralentir, de ralentir et de réfléchir. Est-ce qu'une des dix mille règles ne s'appliquait pas à cette situation ?

Ouais. Ne vends pas la peau de l'ours.

Après le petit déjeuner à la cafétéria, Jeffords prit Meehan à part, en vue de ce qu'il dénommait un « briefing », s'adressant à Elaine Goldfarb : « Nous n'en avons que pour quelques minutes, et ensuite, en route pour l'aéroport.

– Parfait, dit-elle. Je vais reprendre un café. »

Bruce Benjamin n'était pas dans les parages ce matin-là, aussi n'y avait-il que Jeffords et Meehan dans le coin salon du grand bureau, où Jeffords déploya une carte routière du Massachusetts, un petit bloc-notes et un stylo. Donnant tout cela à Meehan, il déclara : « Vous devriez noter vous-même, pour que tout soit écrit de votre propre main.

– Juste.

– Le nom de l'individu est Burnstone.

– Ça, je le savais, dit Meehan.

– Vous ne connaissez pas son prénom, ni son adresse.

– Exact. » Meehan leva son stylo au-dessus du bloc-notes.

Jeffords reprit : « Son nom est Clendon Burnstone IV.

– Hun-hun.

– L'adresse, c'est Burnstone Trail, Ashley Falls. »

Meehan regarda la carte, sans pour autant la déplier. « Où se trouve Ashley Falls ?

– Dans le coin sud-ouest de l'État, à la fois près du Connecticut et de New York. Burnstone n'habite pas réellement Ashley Falls, mais une propriété qui n'en est pas loin. (Sortant une feuille de papier pliée de sa poche, il se mit à lire :) Route 7-A Nord, à gauche sur Spring Road, à gauche sur Burnstone Trail. »

Meehan écrivit, puis s'arrêta net. « C'est tout ? Pas de photos de la maison, pas de plan des étages ?

– Nous laissons cela au professionnel », dit Jeffords.

Un seul des Buster les conduisit cette fois, avec Jeffords installé à l'avant à côté de lui. À présent que l'affaire était conclue, Jeffords était plus calme, plus amical. « Faire votre connaissance a été une expérience intéressante, Francis », dit-il tandis qu'ils roulaient vers le nord, et s'adressant à Elaine Goldfarb : « Demandez-lui de vous raconter de quelle manière il m'a tout de suite percé à jour, dès la première seconde, au MCC, quand je lui ai dit que j'étais son nouvel avocat et qu'il m'a dit : non, c'est faux. Ou plutôt, il ne l'a pas dit : il l'a *écrit*. Demandez-lui de vous raconter ça, dans l'avion.

– Entendu », dit-elle.

Une fois au terminal, il devint évident que Jeffords était incapable ne serait-ce que de *regarder* des articles de voyage pesants, aussi il se passa la chose suivante : le Buster de service porta l'une des monstrueuses valises tandis que Meehan traînait l'autre, en plus de son modeste sac de sport.

Au guichet de la sécurité, Jeffords glissa une épaisse enveloppe demi-format dans la main de Meehan, que celui-ci glissa à son tour sous sa chemise, et Jeffords dit : « Si le paquet est entre nos mains d'ici à jeudi, tout ça sera bel et bon. Sinon, vous deviendrez un prisonnier évadé, un fugitif en cavale, probablement armé et dangereux, sur lequel on aura ordre de tirer à vue.

– Merci bien », dit Meehan, et Jeffords et le Buster s'éloignèrent sans demander leur reste.

Meehan se tourna vers Elaine Goldfarb pour lui découvrir un air vaguement surpris : « Vous êtes toujours là.

– Ben, évidemment, dit-il.

– Je m'étais parié à moi-même, à deux contre un, que vous disparaîtriez à l'instant même où ces deux types seraient hors de vue. Ou bien est-ce le vol pour New York qui vous tente, la possibilité de retrouver votre terrain de jeu habituel ?

– Ms Goldfarb, je ne vais pas m'enfuir, dit Meehan. Pourquoi je m'enfuirais ? Tout ce que je dois faire, c'est récupérer ce petit paquet pour ces gens et tous mes problèmes avec la justice s'envoleront par la fenêtre.

– La fenêtre de la maternelle.

– Peu importe, du moment qu'elle s'ouvre », dit Meehan.

Elle ne parut pas satisfaite. « J'ai lu toute votre histoire. Pourquoi resteriez-vous dans les parages, s'il n'y a aucun profit à en tirer ? »

Il savait prendre l'air innocent lorsque c'était nécessaire. Lui rendant son regard dans le blanc des yeux, il dit : « Cette chance d'effacer mon ardoise représente un profit suffisant pour moi.

– Mais bien sûr. Puisque vous comptez vraiment faire le voyage, si on montait dans cet avion ? »

Pendant le vol vers le nord, au-dessus des champs de bataille de Pennsylvanie, elle lui donna son adresse personnelle et son numéro de téléphone, ajoutant : « Je travaille chez moi », ce qui était une autre manière de dire qu'elle n'avait pas de bureau. Elle lui semblait plutôt fûtée, alors il se demanda ce qu'elle fichait dans ce boulot de troisième ordre. Certains s'y collaient parce qu'ils étaient tout dévoués à défendre la vérité, la justice, et le mode de vie américain, et ceux-là, c'était difficile de les regarder droit dans les yeux. Certains se collaient aux boulots de troisième ordre parce qu'ils étaient eux-mêmes de troisième ordre. Mais d'autres, selon l'expérience de Meehan, se retrouvaient avec les boulots de ce genre parce que c'étaient des contradicteurs nés ; tôt ou tard, ils finissaient par se mettre tout le monde à dos. Il se demanda si Elaine Goldfarb faisait partie de cette catégorie.

Tandis qu'il s'interrogeait, elle lui dit : « Une fois que je serai chez moi, je vais commencer à passer des coups de fil. D'après Bruce Benjamin, le transfert au tribunal des mineurs devrait avoir lieu ce matin, alors il ne me reste qu'à trouver le bon endroit et le bon juge.

— Quel bon endroit ?

— Eh bien, le juge qu'il nous faut ne sera peut-être pas à Manhattan, expliqua-t-elle. En fait, il sera peut-être plus facile de transférer tout le dossier dans une autre ville. »

C'était là une des grandes choses à propos de la loi ; ils ne pouvaient s'empêcher de la rendre affreusement compliquée, si bien que, dissimulé dans ses recoins les plus obscurs, un individu pouvait espérer survivre.

Elle poursuivait : « Une fois que j'aurai fixé un rendez-vous, je vous appellerai. Où est-ce que je peux vous joindre ?

— Eh bien, je ne sais pas trop. Là où je créchais avant, c'était seulement temporaire, je n'y suis plus depuis un bail, et les flics sont passés là-bas après mon arrestation pour récupérer mes affaires, alors je me dis, peut-être bien que je n'y habite plus du tout, en fait. »

Elle lui décocha un drôle de regard. « Vous voulez dire, les affaires qu'il y a dans votre petit sac, là, c'est tout ce que vous possédez au monde ?

— Bien sûr. » Il ne voyait pas l'intérêt de mentionner les petites planques d'argent liquide qu'il avait disséminées çà et là ; se disant que tout le monde devait en avoir, elle prendrait ça pour un fait accompli. D'ailleurs, à y repenser, il y avait une ou deux de ses plus vieilles planques dont il ferait bien de s'occuper, maintenant que ce foutu gouvernement remplaçait tous les billets par des nouveaux.

Le gouvernement ; ils étaient vraiment partout.

Elle n'arrivait pas à se remettre de la maigreur extrême de ses biens matériels. « Peut-être que vous feriez mieux de reconsidérer votre choix de carrière, dit-elle.

— Je le fais, tout le temps, dit-il, mais rien d'autre ne m'apporte autant de satisfactions professionnelles. »

Elle décida de laisser filer le sujet : « Très bien. Quand vous serez installé quelque part, appelez-moi. Si je ne suis pas là, laissez-moi un numéro où je pourrai vous joindre.

— Entendu, dit-il. Écoutez, est-ce que Jeffords vous a parlé d'une date limite pour notre affaire ? »

Elle haussa un sourcil. « Une date limite ? Je me doute qu'ils n'ont pas beaucoup de temps, s'ils veulent échapper à une Surprise d'Octobre.

— Jeudi prochain, lui dit-il. Soit je leur ai livré le paquet d'ici là, soit ils feront circuler la nouvelle que je suis un prisonnier en cavale, armé et dangereux, et tous les flics du monde vont mémoriser ma photo qu'ils ont aux archives. »

Révoltée, elle dit : « Ça aurait dû faire partie de la négociation ! Ils n'ont pas le droit de parler à mon client derrière mon dos !

— Eh bien, c'est ce qu'ils ont fait, dit Meehan. Jeffords, en tout cas. Et ils ont vraiment un souci avec le calendrier, ça je ne peux pas le contester. Alors si vous pouvez faire traîner un peu cette comparution au tribunal, ce serait mieux. Je vais être plutôt occupé, les jours qui viennent.

— Ne me donnez pas les détails », dit-elle.

18

À peu de distance de Port Authority, le terminal des bus de la ville de New York, sur la Huitième Avenue de Manhattan (lieu que les autochtones appellent « le port des autorités »), se trouve une série d'immeubles plutôt carrés, hauts de cinq ou sept étages, des hôtels-motels qui voient d'un bon œil les clients qui paient en liquide, n'ont presque pas de bagages et ne sont pas venus avec leur propre automobile. Dans une chambre au troisième étage de l'un de ces immeubles, Meehan déballa ses affaires de son sac de toile, ignora la vue sur plusieurs usines et entrepôts massifs et crasseux qui s'offrait à lui dans la direction générale de l'Hudson et du New Jersey, aucun de ces deux endroits n'étant vraiment visible de là où il se trouvait, et s'assit jambes croisées sur le lit, le téléphone entre les chevilles, une feuille du papier à lettres de l'hôtel posée sur les pages jaunes à côté de son genou droit. La main droite sur le stylo à bille de l'hôtel, il plissa les yeux tout en étudiant le mur en face de lui et sa propre histoire, à la recherche d'une équipe adéquate. De temps en temps, il écrivait une paire d'initiales sur sa feuille. Des initiales, c'était tout ce qu'il se bornerait à consigner sur le papier, et encore, il les avait inversées.

Quarante minutes passées à cogiter engendrèrent onze paires d'initiales, ce qui avec un peu de chance se décanterait pour donner les trois gars dont il pensait avoir besoin pour ce petit voyage. Un gars pour la conduite, un autre pour soulever les objets lourds (plus l'arme était ancienne, soupçonnait-il, plus elle serait lourde) et un dernier pour taquiner les serrures. Meehan lui-même était le général, le cerveau de l'opération, le type qui rassemblerait tous les éléments. Un peu comme un producteur de cinéma. À présent, il était temps d'essayer de contacter les gars en question.

74

Si l'on travaillait selon les stricts préceptes fixés par les dix mille règles, il existait un grand nombre de tabous à propos du téléphone. Il fallait bien s'en servir, parce qu'on ne pouvait pas physiquement se déplacer partout, mais d'un autre côté, on ne pouvait pas vraiment dire grand-chose au téléphone. Aussi était-il nécessaire pour établir le contact, mais inutilisable pour communiquer.

Toutefois, en respect de la règle générale selon laquelle on n'écrivait jamais rien, on n'écrivait *surtout pas* le moindre numéro de téléphone, alors en plus d'avoir cette utilité sévèrement limitée, le téléphone exigeait que vous vous souveniez de tous ces numéros, dont les trois premiers chiffres pouvaient changer à tout moment sans crier gare en vertu des bouleversements sismiques qui secouaient les zones de préfixes.

Parfois, Meehan se prenait à songer que, si le Pony Express était encore en activité et galopait fièrement, il serait un de ses bons clients.

Bon, un peu d'exercice maintenant. D'abord, regarder une paire d'initiales, puis les inverser, puis se souvenir de qui il avait en tête quand il avait noté ces initiales, puis se farfouiller la cervelle pour retrouver le dernier numéro de téléphone connu de ce mec, et enfin composer le numéro.

« *Le numéro que vous avez demandé n'est pas en service actuellement. Le num...* »

Barrer une paire d'initiales, répéter le processus pour la suivante.

« *Hom yang.*

— Euh, est-ce que Mikey est dans le coin ?

— *Fring mititako houlak ?*

— Mikey ?

— *Fliteferop ! Migueul kaba foutu piblesac !* Merde non !

— Désolé. »

Et le répéter encore.

« Allô. » Voix féminine fatiguée.

Meehan jeta un autre coup d'œil aux initiales, les inversa, et dit : « Salut, je cherche Bert.

— Et moi donc, mon pote, dit-elle.

— Ah.

— Tu as d'autres endroits où essayer ?

— Non, c'est le seul numéro que je...

— Vous êtes tous une bande d'enfoirés, à tous le couvrir comme ça. Vous vous serrez les coudes, pas vrai ? Laisse-moi te dire un peu... »

Même après qu'il eut raccroché, le téléphone sembla continuer à

75

vibrer durant quelques secondes encore. Meehan lui lança un regard plein de reproches.

Trois sur onze, déjà trois de grillés. Il était vrai que le genre de personnes qu'il fréquentait ordinairement n'avait pas pour habitude de rester très longtemps au même endroit, mais là, ça devenait ridicule. Il craignait presque de s'attaquer à la prochaine paire d'initiales. Qui pouvait dire ce qui avait bien pu arriver à Woody au fil de ces quatre derniers mois ?

Et puis il lui vint à l'idée qu'il était censé appeler, comment s'appelait-elle déjà, Ms Goldfarb, l'avocate. Il avait même son numéro de téléphone, écrit en entier avec son nom et son adresse et tout le reste, sur un morceau de papier plié au fond de la poche de sa chemise. Alors ce qu'il avait de mieux à faire, c'était probablement une pause dans ses coups de fil à ses vieux copains, même s'il sentait monter la pression de la date limite de jeudi prochain, et appeler Goldfarb à la place, pour lui donner son numéro de téléphone ici au motel.

Alors Meehan composa le numéro inscrit sur le morceau de papier, et à la troisième sonnerie, une voix masculine très râpeuse lui répondit : « Résidence Goldfarb.

— Elaine Goldfarb, je vous prie. » Qui était ce type ? Goldfarb était mariée ou quoi ?

« Elle n'est pas disponible pour le moment, dit la voix râpeuse, essayant clairement de se faire moins râpeuse, et plus téléphoniquement amicale. Puis-je prendre un message ?

— Ouais, je suis censé lui laisser un numéro de téléphone, dit Meehan. Pour me contacter.

— Bien sûr, je vais le noter.

— Très bien, mon nom c'est Meehan, mon...

— Ah, Meehan ! dit le type, très content. Oui, oui, elle veut vous parler !

— Je croyais qu'elle n'était pas disponible ?

— Elle n'est pas là à cet instant précis, mais elle veut vous voir. Je crois qu'elle a dit que c'était urgent.

— Ah bon ?

— Vous avez l'adresse d'ici, n'est-ce pas ? »

Sur le même morceau de papier. Meehan la regarda, plissant les yeux, réfléchissant. « Ouais. Je l'ai : 279 West End, appartement 8-H.

— C'est bien là, dit le type. Venez tout de suite, elle veut vous voir et c'est urgent. Entendu ? Venez dès maintenant.

— D'accord », dit Meehan et il raccrocha, et renifla l'atmosphère. Qu'est-ce qui cloche dans cette histoire ?

19

Le 279 West End était un immeuble en pierre, vaste et ancien, situé au-dessus de la 80ᵉ Rue, large d'un demi-pâté de maisons, avec un auvent au-dessus de la porte d'entrée et un portier à l'intérieur. Meehan avait parcouru à pied environ deux kilomètres et demi depuis son nouveau domicile, s'arrêtant en chemin dans une quincaillerie pour y effectuer quelques innocentes emplettes qui tenaient joliment bien dans ses poches. Il marcha jusqu'à la façade du 279 et la dépassa presque sans regarder le portier, qui se tenait derrière la grande porte en verre dans son uniforme bleu marine à liserés dorés, contemplant le monde extérieur, les mains repliées à hauteur de l'entrejambe, attendant que quelqu'un arrive à bord d'un taxi ou lui demande d'en héler un.

Au coin, Meehan tourna à gauche, pour longer le flanc de l'immeuble et voir que l'entrée de service était une grille en fer de deux mètres cinquante de haut, verrouillée, barrant l'accès à une ruelle bordée de poubelles métalliques qui s'étendait sur trois mètres de long au moins, s'enfonçant dans les entrailles de l'édifice, et se terminait sur une porte en métal fermée, à son autre extrémité. Devant lui, il y avait Riverside Drive et, au-delà, l'Hudson et l'Amérique.

Meehan fit le tour du pâté de maisons tout en réfléchissant. La seule façon d'entrer, c'était de passer devant le portier, mais il ne voulait pas qu'on l'annonce. Revenant sur West End, il traversa et continua sur Broadway, tourna pour se diriger vers le sud jusqu'à ce qu'il rencontre sa seconde quincaillerie de la journée. Il y acheta un escabeau en métal d'un mètre trente de haut et un détecteur de fumée, puis s'en retourna au 279 avec l'avant-dernière marche de l'escabeau posée sur l'épaule droite et le détecteur de fumée dans la main gauche. Cette fois, il marcha droit vers l'immeuble, où le portier, relativement surpris, ouvrit la porte devant lui et déclara : « Ouais ?

– Détecteur de fumée », lui dit Meehan, lui montrant l'objet.

Le portier contempla la boîte. « Pour quoi faire ?

– L'ascenseur.

– L'ascenseur ? Personne ne m'a rien dit.

– Eh bien, ils me l'ont dit à moi, de remplacer le détecteur de fumée.

– Dans quel ascenseur ? demanda le portier.

– Celui de derrière. »

D'une voix soupçonneuse, le portier dit : « Allez-y. Ils ne m'ont même pas prévenu, ni rien du tout.

– Merci, l'ami », dit Meehan et il emporta l'escabeau, dépassa l'ascenseur à l'avant du hall d'entrée parce qu'il agissait selon la supposition suivante : si les appartements étaient numérotés à partir de l'avant de l'immeuble, le H serait dans le fond, à l'arrière.

L'ascenseur était déjà là. Meehan entra dans la cabine, ne se retourna pas pour voir si le portier l'observait, ouvrit l'escabeau, grimpa sur la première marche, et les portes de l'ascenseur se refermèrent. Il appuya immédiatement sur le bouton 8.

N'ayant plus besoin de l'escabeau, il le referma et le laissa appuyé de biais contre la paroi de l'ascenseur. Dans le petit couloir du palier, il examina les portes des appartements, et vit que le H était la première porte sur la droite. Il s'en approcha, plongea dans ses poches à la recherche de certains de ses récents achats, mais quelque chose clochait, avec cette porte. Une longueur de ruban adhésif électrique tout brillant recouvrait la gâche, de l'extérieur du montant vers l'intérieur, de manière à ce que quand on referme la porte, le pêne n'entre pas dans son logement. La porte se fermerait, oui, mais elle ne se verrouillerait pas.

Qui diable pourrait faire un truc pareil ? Qui irait mettre un morceau de Scotch sur une serrure en laissant le tout bien visible de l'extérieur ? Personne de sa connaissance, en tout cas.

Très prudemment, il entrouvrit la porte d'une poussée. Ce qu'il découvrit derrière, c'est un petit vestibule carré avec de pesantes moulures autour des chambranles, repeintes trente fois au fil des cent dernières années. Une reproduction d'Utrillo pendait sur le mur de gauche, au-dessus d'un petit guéridon d'aspect branlant sur lequel reposait un vase vide en cristal taillé. À droite il y avait une porte fermée, probablement un placard. Devant lui, un passage dépourvu de porte vers un salon meublé dans les magasins de l'Armée du Salut; de vieux trucs encombrants qui avaient connu des jours meilleurs, mais que l'on avait plus ou moins entretenus.

Meehan se glissa dans le vestibule et laissa la porte se refermer tout doucement derrière lui, s'efforçant de la retenir pour compenser le ressort très puissant au niveau des gonds. Peut-être bien que c'était pour ça qu'on avait mis du Scotch; le bouton de déblocage de la porte était coincé, comme cela arrivait souvent dans ces vieux immeubles parce que personne ne l'utilisait jamais, et la porte refusait tout simplement de rester ouverte par elle-même. Mais pourquoi diable quiconque voudrait-il qu'elle reste ouverte?

La porte se referma assez doucement, mais malgré tout quelque chose dans le mécanisme, à la dernière seconde, émit un clic. Meehan se figea sur place, et ses oreilles alertes entendirent un siège grincer sur le sol, à deux pièces de là.

Non. Il ouvrit la porte sur sa droite et la tira vers lui. Non seulement c'était un placard ainsi qu'il avait supposé, mais il était rempli de manteaux, de pull-overs, d'écharpes et de couvre-chaussures. Meehan se glissa à l'intérieur, referma la porte derrière lui, écarta des deux mains le fatras de cintres qui pendouillaient, se faufila derrière celui-ci, debout, les omoplates calées contre le mur derrière lui, le visage plongé dans un tas d'épaulettes en grosse laine.

« Yehudi? » On aurait dit la même voix revêche que Meehan avait entendue au téléphone. À présent, elle se trouvait dans le salon et venait de ce côté. « Yehudi? »

Une pause. Est-ce que j'ai envie d'éternuer, s'interrogea Meehan, et il décida que non. Ça, c'était un soulagement.

La porte du placard s'ouvrit. Meehan ne bougea pas une molécule de son corps. La porte du placard se referma.

Meehan attendit un long, long moment, qui lui parut durer des heures mais ne dépassa probablement pas quarante secondes, puis très lentement et silencieusement rouvrit la porte du placard. Personne dans le vestibule. Malheureusement, la porte s'ouvrait vers le salon, aussi se vit-il obligé de continuer à l'ouvrir jusqu'à ce qu'il puisse pencher sa tête à l'extérieur et jeter un coup d'œil alentour, mais fort heureusement le salon était désert. Il fit un pas pour sortir du placard, la porte d'entrée de l'appartement sur sa gauche s'ouvrit vers lui, et Meehan se téléporta à l'intérieur du placard fermé, les omoplates contre le mur dans son dos.

Quelqu'un dans le vestibule. Une voix tout près appela : « Moustafa? » Puis la porte du placard s'ouvrit, et Meehan cessa de respirer.

« Ah, te voilà ! » s'exclama la voix revêche originale, à quelque distance.

Le nouveau venu – ce devait être Yehudi – tâtonna à l'intérieur du placard, à la recherche d'un cintre, tandis que les pommettes de Meehan se recroquevillaient, en trouva finalement un et déclara : « Je suis venu aussitôt que j'ai pu. Je suppose qu'il ne s'est pas encore montré ?

– Non. Le portier devra l'annoncer. Et qui peut bien dire d'où il doit venir ? »

En les écoutant, si proches de lui, Meehan crut percevoir qu'ils avaient tous deux de légers accents, peut-être le même, peut-être pas.

Yehudi fourra le cintre dans le placard, à présent chargé d'un blouson en vinyle à fermeture Éclair, et dit : « Est-ce qu'on a besoin d'un escabeau ? Il y en a un qui traîne dans l'ascenseur.

– Pour quoi faire ? Non, laisse-le donc.

– Ce que j'apprécierais vraiment, là tout de suite, c'est un verre de thé.

– J'en ai préparé, lui dit Moustafa. Oh, au fait, enlève le Scotch sur la porte, maintenant que tu es rentré.

– Très juste, dit Yehudi en riant. Ça ne ferait pas très bon effet si notre ami découvrait ça, pas vrai ? »

Ils s'éloignèrent, ricanant tous les deux. Meehan attendit jusqu'à ce que le silence lui devienne insupportable, puis s'avança au travers des manteaux, la main tendue vers la porte, trouvant quelque chose de dur et de lourd dans la poche intérieure du blouson en vinyle que Yehudi venait de garer là. Sachant très bien ce que c'était, mais se sentant tout de même obligé de vérifier, il tâtonna jusqu'à l'ouverture du blouson, passa la main à l'intérieur et glissa les doigts dans la poche. Il faisait noir comme dans un four, ici, mais ses doigts étaient capables de reconnaître un pistolet quand ils en tâtaient un ; un petit automatique plat. Craignant d'effleurer accidentellement la détente et de se tirer une balle dans la poitrine, il récupéra ses doigts centimètre par centimètre.

Qui étaient donc ces gens ? Des étrangers, et violents en plus, ou du moins armés. Meehan pensait que Yehudi était un prénom juif. Moustafa aussi, peut-être ?

Et que pouvait-il faire à leur sujet ? Lui-même n'était pas un individu porté sur la violence, il ne l'avait jamais été. Parfois, pour un boulot, c'était une bonne idée que quelqu'un se balade avec un flingue, mais ce quelqu'un n'était jamais Meehan, et il préférait que le flingue reste une notion implicite. Alors il n'allait certainement pas s'emparer de l'automatique de Yehudi maintenant, pour braquer ces deux mecs par-dessus leurs verres de thé, et leur demander ce qu'il se passait ici, bon sang de bonsoir.

Et pourtant il avait besoin de le savoir. Aujourd'hui, on était le vendredi 15 octobre et il n'avait que jusqu'au jeudi suivant, le 21 octobre, pour rassembler une équipe, étudier la collection d'armes de Burnstone, échafauder son plan, exécuter le boulot, et livrer le paquet à Jeffords. Pas beaucoup de temps, et il ne souhaitait guère en passer de larges portions à traîner dans le fond de la penderie de Goldfarb.

Alors il était temps de se barrer de là, de réfléchir à la situation, de décider s'il allait avoir besoin d'un nouvel avocat ; par exemple, au cas où Goldfarb serait étendue morte au beau milieu de sa chambre à coucher, ce qui était une possibilité non négligeable. Cette joyeuse pensée lui ayant procuré une sensation de léger malaise, il avala bruyamment, puis poussa la porte du placard en silence.

Des voix, probablement à deux pièces de distance. Des voix amènes, qui bavardaient. Meehan se faufila hors du placard et traversa le vestibule jusqu'au salon, attendant de se trouver juste assez près d'eux pour entendre ce qu'ils disaient, mais pas assez pour prendre part à la conversation.

Dans le salon, il y avait deux fenêtres sur la gauche, une porte fermée sur la droite, et une porte ouverte droit devant par laquelle il pouvait en partie apercevoir une cuisine. Meehan fit un pas en direction de cette porte, et la porte fermée sur la droite s'ouvrit. Il se figea sur ses talons, et Goldfarb en sortit, l'air en colère et déterminée. La première chose qu'il remarqua, ce fut la paire de menottes qui pendait à son poignet gauche, et la seconde chose qu'il remarqua ce fut le revolver dans sa main droite. *Encore un flingue ?* Ces gens étaient donc tous fous ?

Apparemment. Goldfarb, décidée à faire ce qu'elle avait prévu de faire, ne remarquant pas Meehan dans l'embrasure de la porte à sa gauche, se tourna vers la porte ouverte de la cuisine sur sa droite, son revolver à canon court pointé à bout de bras devant elle.

Non ! Il ne faut surtout pas faire ça ! « Pssst, dit Meehan, puis il répéta : Pssst ! »

Surprise, elle tourna la tête et parut totalement stupéfaite de le voir là. Il lui fit signe des deux mains de venir vers lui, comme le marin à bord d'un porte-avions qui guide l'avion dans la position requise. N'allez pas dans la cuisine. N'allez pas vous frotter à ces gens installés dans la cuisine.

Elle hésita. Il pouvait sentir l'intensité avec laquelle elle souhaitait une confrontation, mais un esprit plus sage devait triompher, et en cet instant précis, c'était lui, l'esprit le plus sage dans le secteur, alors il gesticula beaucoup plus vigoureusement qu'avant, puis ouvrit la bouche pour prononcer en silence le mot NON, puis transforma ses deux mains en pistolets et mima deux armes qui se tirent l'une sur l'autre. Il crispa la main sur sa poitrine au niveau du cœur et laissa sa tête retomber en avant, la langue pendante. Puis il tendit la main dans son dos pour attraper la poignée de la porte de l'appartement, la tourna lentement et sans bruit, et tira la porte à lui. Ensuite il recula et passa dans le couloir, tenant la porte ouverte avec la main droite, lui faisant signe de le suivre de la main gauche, et tout d'un coup elle se décida. Elle leva sa main menottée, paume en l'air : attendez.

Très bien, il attendrait. Elle se retourna et se dépêcha de rentrer dans la pièce dont elle venait de sortir, et quand elle en ressortit dix longues secondes plus tard, le revolver avait cédé la place à son gros sac de cuir noir, qui lui battait sur la hanche. Elle se hâta de le rejoindre, et il laissa la porte se refermer derrière lui avec un petit crissement.

En une seconde à peine, elle avait sorti un portable de son sac. « Attendez, murmura-t-il. Qui appelez-vous ?

– Les flics !

– Ne faites pas ça. Éloignez-vous de la porte. Dites-moi ce qui se passe. »

Elle le laissa la piloter le long du couloir jusqu'à l'ascenseur tout en disant : « Je ne sais *absolument pas* ce qui se passe. Ces types sont des espions ou quelque chose du genre. Ils en ont après vous.

– Après *moi* ? Qu'est-ce qu'ils peuvent bien me vouloir ?

– Ils veulent savoir ce que vous êtes censé récupérer pour le compte du président.

– Ils sont au courant, pour *ça* ?

– Ils ne savent pas de quoi il s'agit, c'est pour ça qu'ils sont venus fouiner ici, mais je ne le sais pas moi non plus, alors ils vous attendaient pour établir le contact avec vous.

– Et vous alliez appeler les flics ? Ms Goldfarb, allons donc faire une petite promenade en ascenseur », conclut-il, ayant déjà appuyé sur le bouton d'appel.

Elle ne voulait pas monter. « Je ne peux pas laisser ces gens dans mon appartement comme ça !

« – Je ne peux pas imaginer de meilleur endroit où les laisser, dit-il. Celui que nous voulons appeler, c'est Jeffords. Si vous appelez les flics, qu'est-ce que vous allez leur raconter ?

– Je ne sais pas, je...

– Ascenseur », insista-t-il, se fatiguant de tenir la porte ouverte, et enfin elle se décida à monter. Il lui emboîta le pas et appuya sur REZ-DE-CHAUSSÉE.

Elle contemplait l'escabeau. « D'où sort ce truc ?

– C'est moi qui l'ai apporté, dit-il. Quand nous allons passer devant votre portier, on ne sera pas ensemble. Ensuite on va marcher jusqu'à Broadway et on prendra un taxi jusqu'à ma piaule. »

Le regard qu'elle lui jeta était tout prêt à devenir très franchement hostile. « Votre piaule ?

– C'est là que je garde le numéro de téléphone de Jeffords. Écoutez, Ms Goldfarb, ils vous ont fait une petite frayeur et ils vous ont fichue en rogne, mais maintenant le moment est venu de ralentir un peu et de réfléchir en avocate. Vous voilà avec sur le dos des espions étrangers qui savent qu'un truc pas net concernant votre président se balade dans le secteur, mais qui ne savent pas ce que c'est, sauf qu'ils aimeraient bien le récupérer pour leur propre compte. Pourquoi ils ne visseraient pas leur propre poignée dans le dos du président ? Mais où ont-ils bien pu dénicher la partie de l'histoire qu'ils connaissent déjà ? Nulle part excepté à l'organisation de Jeffords, ce comité de campagne. Alors c'est à lui qu'on va parler, parce qu'avec les flics, vous allez arriver au bout de votre première phrase, et après, qu'est-ce que vous allez leur raconter ? »

L'ascenseur s'immobilisa et la porte s'ouvrit. « Après vous », dit Meehan en ramassant son escabeau.

20

Leur chauffeur de taxi, alors qu'il descendait Broadway à plein tube, arborait un mince petit combiné casque-micro de manière à pouvoir garder les deux mains sur le volant tout en menant de front une conversation téléphonique passionnée, parfois furibonde, parfois débordante de chagrin, dans son dialecte natal de Dzavhan en Mongolie, une langue qui ressemble dans ses grandes lignes aux sons émis par un buffle d'eau qui s'éclaircirait la gorge. Sous le couvert de ce monologue, Goldfarb informa Meehan des derniers développements de la situation.

Le portier avait annoncé les intrus comme venant de la part de Bruce Benjamin. Ne voyant aucune raison pour que quiconque mente sur un sujet comme celui-là, elle avait dit d'accord, faites-les monter. Quand elle leur avait ouvert la porte de l'appartement, ils avaient promptement braqué des pistolets sur elle et l'avaient menotté en passant la chaînette des menottes autour du tuyau d'eau froide qui se trouvait sous la lavabo de sa salle de bains. Une fois dans cette position malcommode et inconfortable, ils avaient proféré diverses menaces, mais ne l'avaient pas touchée, insistant pour qu'elle leur dise ce que Meehan était censé voler pour le compte du président. Quand elle avait fini par les convaincre qu'elle ignorait la réponse à cette question, tout simplement parce que qui diable aurait pu souhaiter lui donner un renseignement de cette nature, ils avaient décidé de rester dans les parages jusqu'à ce que Meehan se manifeste pour prendre contact avec son avocat, puis de le lui demander à *lui*. Franchement en colère, elle avait passé un long moment à se cracher sur le poignet droit – « Vous étiez assez furieuse pour cracher le feu », dit-il, ce qui la laissa de glace – et à essayer de se sortir de ces menottes. Quand elle y était enfin parvenue, s'étant assez sévèrement râpé la peau – « Ouille, dit-il en regardant la plaie, on ferait mieux de vous bricoler un pansement de fortune. » « On verra ça plus tard », dit-elle – elle avait immédiatement sorti sa propre arme à feu de sa table de chevet, trop furieuse pour penser une seule seconde à son téléphone portable, ce qui était probablement tout aussi bien, et était sortie de sa chambre pour trouver Meehan en personne, qui se conduisait de façon étrangement brave et curieusement altruiste, puisqu'il accourait vers elle pour la sauver.

Meehan ne releva pas ces détails. Si elle voulait s'imaginer qu'il s'était rendu chez elle pour accomplir une mission de sauvetage, et pas seulement pour apprendre ce que la situation impliquait pour son propre bien-être personnel, ça lui convenait tout à fait. « Ce n'était rien du tout », dit-il et il la regarda payer le taxi.

Dans le hall de l'hôtel, il dit : « Ils ont une petite boutique de cadeaux, peut-être que vous trouverez quelque chose à vous mettre au poignet, le temps que je monte et que je prenne le numéro de téléphone.

– Pourquoi je nc vous accompagnerais pas ?

– Je ne vais pas appeler d'ici, pas en passant par ce standard. On va se trouver un bon petit téléphone public bien bruyant du côté de Times Square.

– C'est vous l'expert », dit-elle. Elle avait déniché un élastique quelque part au fond de son sac et s'en était servie pour maintenir la partie brinquebalante des menottes plaquée contre son poignet, ce qui la rendrait moins facile à repérer.

La laissant se consacrer à cette activité, il grimpa dans sa chambre et y trouva le numéro de téléphone de Jeffords, et quand il redescendit dans le hall, elle avait un grand sparadrap carré sur le poignet droit, d'une couleur chair approximative, qui lui donnait des allures de rescapée d'une tentative de suicide manquée. Pointant un index vers le sparadrap, il demanda : « Vous vous sentez mieux maintenant ?

– Je me sentirai mieux quand je pourrai rentrer dans un appartement vide, et que ce sera le mien, dit-elle.

– Très bien, allons nous trouver un téléphone. »

Les deux premiers téléphones publics qu'ils rencontrèrent à l'extérieur étaient salement amochés, comme s'ils avaient été utilisés par un individu qui avait soudain succombé à une crise de folie aiguë, mais le troisième était en excellent état. Le numéro que Jeffords avait donné à Meehan commençait par 800, un numéro d'appel gratuit, alors il n'y avait pas de souci à se faire au sujet des nombreuses pièces à insérer ou pour demander à passer l'appel en PCV.

Malheureusement, le numéro donnait aussi directement sur des voix inhumaines et pourtant féminines qui offraient des menus. Si vous voulez aller aux gogues, appuyez sur la touche 1 ; si vous voulez devenir aveugle, appuyez sur la touche 2 ; ce genre de choses. Meehan dut subir ce martyre pendant un laps de temps très prolongé, sous l'œil acéré du vélociraptor Goldfarb, se retrouvant par deux fois dans l'obligation de sélectionner des numéros le menant à « divers autres choix » puis dans celle de se montrer très vif lorsqu'un des divers choix proposés fut : « Composez les trois premières lettres du nom de votre correspondant. » Clignant des yeux pour mieux distinguer les boutons, il appuya comme un fou sur 5, 3, 3, ce qui fit surgir une voix différente qui déclara : « Si votre correspondant est Hal Jeffcott, appuyez sur la touche 1. Si votre correspondant est Wilma Jefferson, appuyez sur la touche 2. Si votre correspondant est Patrick Jeffords, appuyez sur la touche 3. Si votre... »

Meehan écrasa le 3. Quelque part un téléphone se mit à sonner. Il sonna deux fois, et puis la voix de Jeffords, n'ayant pas l'air tout à fait humaine, dit : « Bonjour, ici Pat Jeffords. Je suis navré mais je ne peux pas prendre votre appel pour le moment... »

« Bordel de merde », commenta Meehan.

« ...s'il vous plaît, veuillez laisser votre nom, votre numéro de téléphone et l'heure de votre appel et je vous recontacterai dès que possible. Bonne journée. » Puis il y eut un *biiip*.

« Va te faire foutre, toi aussi, dit Meehan à l'appareil enregistreur. Vous savez qui est à l'appareil, et l'heure qu'il est... » En aparté, il demanda à Goldfarb : « Quelle heure est-il ? »

Elle étudia sa montre. « Trois heures quarante.

– L'heure qu'il est ici, c'est trois heures quarante, enregistra Meehan, et je suis dans la rue devant un téléphone public sur la Neuvième Avenue à New York avec Goldfarb. » Il lut le numéro sur la face avant de la machine et dit : « Vous avez cinq minutes pour me rappeler, ou l'affaire est à l'eau, et nous allons appeler les flics pour qu'ils viennent embarquer les espions étrangers qui sont venus camper chez Goldfarb. » Tout en raccrochant, il déclara : « Ça commence à bien faire, tout ça.

– Bien joué, dit-elle. Et s'il ne rappelle pas dans les cinq minutes ?

– Vous appelez les flics, et moi je vole une voiture et je file vers l'Idaho. »

Elle demanda : « L'Idaho ? Pourquoi l'Idaho ?

– Parce que les fédéraux ont peur d'aller par là-bas », dit-il, et le téléphone sonna. Tout en décrochant, il dit : « Je vous écoute. »

C'était la voix de Jeffords, passée à la vitesse supersonique : « Des espions ? Des espions étrangers ? Mais au nom du ciel, de quoi parlez-vous donc ?

– De deux types, lui dit Meehan, nommés Yehudi et Moustafa, qui se sont introduits de force dans l'appartement de Goldfarb. Ils savent que vous m'avez envoyé récupérer quelque chose, et ils savent pourquoi j'y vais, mais ils ne savent pas ce que c'est. Ils ont mis la pression à Goldfarb, et ils voulaient me la mettre à moi aussi, mais on s'est tous les deux fait la malle à temps. Laissez-moi vous dire une chose, monsieur Jeffords, de mon côté il n'y a pas de fuites, on n'a jamais aucune fuite, mais de votre côté, il n'y a que ça, des fuites, et là, c'est sur ma pomme que ça fuit. Et sur Goldfarb.

– Mon Dieu, dit Jeffords. Je ne parviens pas à imaginer qui, que...

– Elle veut rentrer chez elle, à son appartement, l'interrompit Meehan. Est-ce qu'il faut qu'elle appelle les flics ?

– Quoi ? Non, non !

– Alors que faut-il qu'elle fasse ?

– Je ne sais... Je vais devoir examiner tout cela de près.

– Entre-temps, dit Meehan, tout ça me distrait de mon travail. Vous vous souvenez de votre date limite ?

– Oh, mon Dieu.

– Ça, vous l'avez déjà dit. Quand Goldfarb va-t-elle pouvoir regagner son appartement ?

– Je ne sais pas encore. Il faut d'abord que je vérifie tout ça.

– Très bien, monsieur Jeffords, dit Meehan. Donnez-moi un numéro de téléphone où c'est *vous* que je pourrai joindre, et pas un tas de machines et de menus.

– Je... Eh bien... » Jeffords poussa un profond soupir. « Vous avez de quoi écrire ?

– Une seconde. » Il s'adressa à Goldfarb : « Vous pouvez noter ça ?

– Bien sûr. » De son gros sac jaillirent stylo et bloc-notes.

Meehan dit à Jeffords : « Vous pouvez parler maintenant », et il plaça le combiné contre l'oreille de Goldfarb. Elle inscrivit le numéro, puis Meehan reprit le téléphone : « Vous allez payer les frais, pour que l'on installe Goldfarb dans un hôtel.

– Merde alors, dit Goldfarb.

– Évidemment, dit Jeffords.

– Et on vous rappellera. C'est quoi, ce numéro que vous venez de me donner ?

– Mon portable, je l'ai toujours sur moi, très peu de gens ont ce numéro.

– Si vous déconnez, monsieur Jeffords, menaça Meehan, tous les pros du démarchage par téléphone qui vivent sur cette planète auront bientôt ce numéro.

– Francis, je me suis toujours conduit correctement avec vous.

– Mais oui, c'est ça. On vous appellera dans une heure, histoire de voir quel genre de progrès vous avez fait.

– Parfait. Faites donc cela. Parfait. »

Meehan raccrocha, et Goldfarb dit : « Je trouve que Goldfarb sonne mieux sans le Ms, pas vous ?

– Moi aussi, dit Meehan. Allons vous trouver une chambre dans mon garni. »

21

Goldfarb devait aller faire quelques emplettes afin de se procurer le strict nécessaire, alors Meehan n'avait plus qu'à regagner sa chambre, à regarder sa liste d'initiales inversées, et à se demander ce qui allait bien pouvoir être arrivé de moche à GW.

« Allô ?

– Est-ce que Woody est là ? »

Une pause : « Je connais cette voix, non ?

– Oh, Woody, comment va ? » Stupéfait de trouver enfin quelqu'un chez lui, Meehan dit : « Je vais te dire, mon gars, je vais continuer à te parler jusqu'à ce que tu te souviennes de qui je suis. Une des dix mille règles, c'est : les oreilles fonctionnent mieux que les yeux.

– Pigé, dit Woody. Mais tu es dedans. Pourquoi tu m'appelles de dedans ?

– Parce que je suis dehors, dit Meehan. Et avant jeudi prochain, il faut que je boucle une petite affaire qui non seulement me permettra de rester dehors, mais me fera gagner un gentil tas de billets, à moi ainsi qu'à un petit nombre de mes amis. Tu veux y participer ? »

Woody avait commencé par prendre un ton flegmatique ; maintenant il avait l'air de parler à travers un bloc de gelée : « Comment ça se fait que tu es dehors ? Tu es dehors ? Comment ça se fait ?

– Eh bien, Woody, dit Meehan, je serais heureux de te raconter toute l'histoire devant un verre de bière, si je me disais que ça pourrait t'intéresser. »

Il y eut une longue pause, tandis que la gelée se durcissait, et Meehan venait juste de se dire que Woody ne prononcerait plus jamais un seul mot lorsqu'il dit : « J'écoute. »

Meehan entendit les soupçons dans la voix de Woody qui se demandait si Meehan était un mouchard, de la même façon qu'au MCC, Meehan s'était demandé si Johnson était un mouchard. Meehan dit alors : « Choisis toi-même où et quand.

— Tu es en ville ?

— Où veux-tu que je sois ?

— Il y a une boutique de vidéo sur la Troisième Avenue, entre la 19e et la 20e Rue, dit Woody. Ils rangent les pornos dans le fond.

— Parfait. Quelle heure ?

— Attends, il est quatre heures moins cinq. Est-ce que quatre heures et demie ça t'irait ? De cette façon, on sera entrés et ressortis avant que les gens qui travaillent y fassent un arrêt en rentrant chez eux. »

Trente-cinq minutes pour traverser la ville et descendre au sud. « J'y serai », dit Meehan, et il abandonna le restant de sa liste.

Les vitrines de la boutique de vidéo étaient recouvertes d'affiches de films pour enfants. À l'intérieur, le magasin était profond et étroit, tapissé de boîtes de cassettes posées sur des étagères tout le long des murs, avec encore d'autres cassettes sur des tourniquets au milieu de l'allée, une grand-mère qui s'ennuyait plantée sur un tabouret derrière une caisse enregistreuse tout près de la porte. Il n'y avait pas le moindre client.

La grand-mère leva un sourcil en voyant Meehan, mais n'ouvrit pas la bouche, alors Meehan ne dit rien non plus ; au lieu de ça, il se dirigea vers le fond où, sur une porte fermée peinte en rouge foncé percée de quatre petits hublots, un panneau indiquait « Réservé aux adultes ». Quand Meehan ouvrit la porte, un petit carillon retentit, comme si la démonstratrice des produits Avon s'apprêtait à entrer, ou comme si quelqu'un s'apprêtait à entrer, en tout cas.

Mais il n'y avait personne dans ce cagibi étroit et bariolé à l'exception de Woody, un homme à l'aspect sinistre, au physique osseux, aux cheveux noirs, qui regardait sa montre. « Je ne suis pas en retard, dit Meehan en refermant la porte (le carillon retentit de nouveau). Je suis exactement à l'heure.

— Tu ne m'en voudras pas, demanda Woody, si je te tâte un peu. »

S'écartant de la porte vitrée, Meehan ouvrit grand les bras : « C'est un drôle d'endroit pour faire ça.

— C'est du safe sex », dit Woody, et il tapota Meehan çà et là, sans appuyer fort, mais avec précision, ne cherchant pas une arme mais un micro, ça, Meehan le savait très bien. Une fois sa besogne achevée, l'air toujours pas satisfait, il recula d'un pas, croisa les bras et dit : « Raconte.

— J'étais au MCC...

— Sur une accusation bien solide, dit Woody. Et pour un crime fédéral. J'ai entendu ça. Pas moyen que tu te retrouves déjà dehors.

— Exactement, dit Meehan. Sauf que, justement, c'est fédéral, et il se trouve qu'il y a ces gens, ils ont des liens avec le président, il se présente aux élections pour un nouveau mandat, ces gens sont avec lui, ils l'aident...

— Meehan, dit Woody, qu'est-ce que tu peux bien avoir à foutre avec le président, au nom du ciel ?

— Ils veulent que je vole un truc pour lui. Il a un problème de preuves, exactement comme les gens normaux, comme toi ou moi, et il leur faut un cambrioleur, alors ils vont jeter un œil dans les taules fédérales, ils me dénichent, ils me mettent le marché en main. Je trouve ces preuves, je leur livre le bazar, ils font disparaître mon dossier, ils peuvent faire ce genre de trucs. La semaine prochaine, je suis censé me rendre au tribunal des mineurs, je plaide coupable, on me condamnera à une peine que j'ai déjà purgée. »

Woody fronça les sourcils en le dévisageant. Au plus profond de lui-même, il avait l'air de réfléchir très intensément, mais pas très vite. Enfin, il se décida à parler :

« Depuis combien de temps je te connais ?

— Sept, huit ans peut-être.

— Eh ben, écoute voir un peu, dit Woody. Ce que tu viens de me raconter, c'est le pire monceau de conneries que j'ai pu entendre, je n'oserais même pas essayer de faire avaler une histoire pareille à mon neveu qui a quatre ans, mais là, ça vient de *toi*, et même si tu es bien capable de raconter tout autant de conneries que n'importe qui, ce n'est pas ce genre de conneries-là, pas si je repense à toutes les années écoulées depuis que je te connais. Ça ne porte tout simplement pas la marque du genre d'inventions que tu aimes bien, et puis pourquoi irais-tu me mener en bateau comme ça, d'abord ? À quoi ça t'avancerait ? Tu n'essaies pas de me piéger, pas avec une histoire comme celle-là, tu ne me fais même pas la moindre offre, mais alors c'est quoi, tout ce bordel, hein ?

— Eh bien, c'est la vérité, dit Meehan.

— Jésus-Christ sur ses béquilles, dit Woody. Si ça n'est pas la vérité, alors je me demande bien ce que ça peut être. Tu peux me la payer, cette bière, maintenant. »

22

Dans un box d'un bar ténébreux de la Troisième Avenue, qui commençait à se remplir d'un agglomérat d'employés de bureaux et d'ouvriers du bâtiment ayant expédié leur journée de travail, les deux hommes se tenaient voûtés au-dessus de bières Rolling Rock en bouteille verte. Woody écoutait tandis que Meehan lui racontait toute l'histoire, de la risible imitation d'avocat tentée par Jeffords jusqu'au voyage de retour de Meehan et Goldfarb. Il laissa de côté les espions étrangers parce qu'il ne voulait pas embrouiller davantage le sujet. Pour terminer, il dit : « Ils m'ont refilé un millier de dollars, comme argent de poche. Ils ont donné à mon avocat un chèque de six mille, en guise d'avance sur ses honoraires. Ces gens sont vraiment à côté de la plaque, mais en même temps, ils ne plaisantent pas.

– Et tu ne sais rien du tout sur ce qu'il y a dans ce paquet, s'enquit Woody, ce truc qu'ils veulent que tu leur rapportes ?

– J'aime mieux ne rien savoir. J'y ai bien réfléchi, et j'ai cru comprendre que c'est une confession sur cassette vidéo qui inquiète beaucoup le président, alors est-ce que *moi,* j'ai envie de savoir ce qu'il y a sur cette cassette ? Est-ce que je veux que le président de toute cette foutue galaxie s'inquiète aussi de *mon* sort à moi ?

– Je vois où tu veux en venir, dit Woody. Mais si ce truc est tout simplement là, à attendre son heure, ces gens qui ont déjà mis la main dessus, comment tu peux être certain qu'ils l'auront encore jeudi prochain ? Peut-être qu'ils vont rendre ça public demain matin, pour les talk-shows du dimanche.

– Les gens du comité de campagne, dit Meehan, avaient tous l'air de penser qu'une Surprise d'Octobre n'arrive jamais avant les tout derniers jours d'octobre. Plus proche sera l'élection, plus le coup aura du punch.

– Dans le fond, c'est logique. Et tu as causé à Leroy ?

– Il a dit que c'est Burnstone et maintenant, nous savons que c'est bien Burnstone, et il en veut.

– Est-ce qu'il a dit pour combien il y en a ?

– On a pas encore pu discuter fric, dit Meehan. Il y avait un type du comité qui me soufflait dans le cou... Si tu veux, tu n'as qu'à appeler Leroy toi-même. Dis-lui que je t'ai demandé de venir sur le coup avec moi, demande-lui combien il pense qu'on pourra se faire au final. »

Woody étudia cette idée tout en sirotant sa bière au goulot, mais il finit par secouer la tête. « Non, laisse tomber, dit-il. Si Leroy est intéressé, il doit y avoir assez d'oseille en jeu pour que je sois intéressé, moi aussi. Et pour l'équipe, à ton avis ?

– Je me disais, quatre, dit Meehan. Mais faut que je voie l'endroit, d'abord, pour établir un plan. Écoute, t'es occupé, en ce moment ? Pourquoi on irait pas là-bas en caisse tous les deux, demain, pour y jeter un bon coup d'œil ?

– Ça peut se faire », dit Woody, hochant la tête avec lenteur. Tout autour d'eux, des employés de bureau discutaient avec des ouvriers du bâtiment, chacun d'eux espérait voir la chance lui sourire dans la vie. Woody et Meehan, dans leur propre cocon de tranquillité, survolaient les choix qui s'offraient à eux. Woody demanda : « T'as une bagnole ?

– Non, j'ai que dalle. Je devais rester dans la boîte pour le restant de mes jours, tu te rappelles ?

– Il y a une partie de moi, dit Woody, qui ne réussit toujours pas à avaler le morceau. C'est comme si tu t'étais trouvé une bonne fée, tout d'un coup, ou un génie dans une lampe. » Il frotta sa bouteille de Rolling Rock, ferma les yeux, entonna : « Je fais le vœu de ne plus être bouclé au MCC. » Il ouvrit les yeux et regarda Meehan. « Et te voilà.

– Alors, tu veux le faire ou non ? lui demanda Meehan. Rouler jusque là-bas, demain ?

– Tu vas louer une caisse ?

– Je ne peux pas, je n'ai plus de carte de crédit, et ces gars-là s'énervent diablement vite quand on essaie de louer avec du cash. Je me disais, suffit d'aller à l'aéroport Kennedy, on en emprunte une au parking longue durée. »

Woody émit un petit cliquetis avec ses dents, laissant deviner qu'il n'aimait guère cette idée. Il dit : « J'ai une cousine, en général je peux lui emprunter sa caisse, je vais lui passer un coup de fil.

– C'est encore mieux », opina Meehan.

Woody tira un papier froissé et un bout de crayon du fond de sa poche. « Où tu crèches ?

– Au motel Couronne Royale, sur la Neuvième. » Il énonça le numéro de téléphone de l'endroit, et dit : « Je suis à la 318.

– Je t'appellerai demain matin », dit Woody. Il termina sa bière, et jeta un dernier regard à travers la salle : « Tu crois qu'y a quelqu'un qui s'intéresse à l'amour, dans le secteur ? »

23

Laissant Woody en pleine conférence avec une ouvrière du bâtiment plutôt bien charpentée, Meehan s'en revint au Couronne Royale, chambre 318, pour y trouver le signal de message du répondeur en train de clignoter. Il interrogea le répondeur, et entendit la voix enregistrée de Goldfarb : « Appelez-moi, je suis à la 523. » Il se débrouilla donc pour comprendre ce qu'il fallait faire pour appeler d'une chambre à une autre, et elle répondit tout de suite : « C'était vraiment pire qu'ici, au MCC ?

— Vous rigolez, dit-il. Ici, c'est le paradis.

— Je vais mourir d'ennui. Je n'ai absolument rien autour de moi, ni mes livres, ni ce que je mange, rien du tout.

— Vous avez votre propre télé, une fenêtre, un lit moelleux et une porte qui n'est pas fermée de l'extérieur, lui dit Meehan, et aucun criminel dangereux sentant des pieds avec qui on vous oblige à partager votre espace vital. Soyez reconnaissante.

— Très bien, je suis pleine de reconnaissance, dit-elle, sans en sembler le moins du monde convaincue. J'ai parlé à Jeffords.

— Et alors ?

— Il prend le vol du soir, il veut nous inviter à dîner.

— Au lieu d'avoir à résoudre son problème ?

— Nous le lui demanderons. Vous avez des vêtements qui présentent un peu mieux ?

— Je n'ai *aucun* vêtement. Ce n'est pas du tout la vie à laquelle je m'étais préparé ces temps derniers.

— Parfait, dit-elle. Retrouvez-moi dans le hall, en bas.

— Pourquoi donc ?

– Vous venez de donner un but à mon existence, dit-elle. Je vais vous habiller. »

« Jolie veste », dit Jeffords lorsqu'il les vit approcher de sa table.

Les deux dernières heures avaient été pénibles à vivre pour Meehan. Un certain nombre des dix mille règles se rapportaient au fait qu'il ne fallait pas attirer l'attention sur soi. En dépit de cela, Goldfarb l'avait emmené chez Macy's, qui restait ouvert à une heure tardive parce que l'on était vendredi, mais où ils se trouvèrent quelque peu limités dans les possibilités parce qu'il ne pouvait choisir – ou, plus exactement, qu'*elle* ne pouvait choisir – aucun vêtement qui aurait nécessité des retouches. Il leur fallait acquérir des articles qu'il pourrait utiliser sur-le-champ.

Cela dit : tout se passa bien. Quand ils quittèrent Macy's une heure plus tard, il portait deux grands sacs du magasin qui contenaient deux beaux pantalons en flanelle, l'un gris clair et l'autre gris foncé, une belle veste de sport d'un gris bleuté, et deux belles chemises habillées, une blanche et une bleu foncé, et une belle paire de chaussures noires à lacets, et quatre paires de belles chaussettes noires. Oh, et aussi une cravate, au nom du ciel, à motifs rectangulaires bordeaux et noir.

Et ainsi ils se retrouvaient là, dans un restaurant feutré du centre-ville sur le coup des huit heures, slalomant derrière un maître d'hôtel en habit jusqu'au box tapissé d'un blanc neigeux où Jeffords les attendait, et Meehan portait ses nouvelles fringues. Lorsqu'il avait eu la possibilité de faire un choix, celui-ci s'était porté sur le gris clair et le bleu foncé, et le premier truc qui lui arrivait, avant même qu'ils s'asseyent, c'est que Jeffords lui faisait un compliment sur sa veste. Il n'aurait pas pu lui résoudre ses problèmes, plutôt ?

« Merci, dit Meehan. C'est Goldfarb qui l'a choisie.

– Mais voyons, c'est l'évidence, dit Jeffords. C'est elle, votre conseil juridique. »

Goldfarb se glissa à l'intérieur du box, Meehan suivit et le maître d'hôtel se pencha vers eux pour demander ce qu'ils souhaitaient boire. Goldfarb passa une commande longue de six mots, dont Meehan ne comprit aucun à l'exception de « vodka ». Il jeta un regard à Jeffords et vit que devant ce dernier reposait un petit verre épais rempli de cubes de glaces, d'un liquide clair et d'un mince zeste de citron vert. Alors peut-être bien qu'il n'allait pas se commander une bière, finalement : un whisky de grain sec, ça ne paraissait pas tellement de circonstance non plus. « Je prendrai la même chose qu'elle », dit-il et le maître d'hôtel s'inclina et disparut.

« Eh bien nous voici tous réunis », dit Jeffords en survolant les convives d'un regard radieux.

Goldfarb en vint à l'essentiel : « Quand vais-je pouvoir rentrer chez moi ? »

Jeffords lui décocha un sourire béat. « Aussitôt après le dîner, si vous le désirez. »

Elle s'illumina, les yeux pétillant derrière ses monstrueuses lunettes. « C'est vrai ? Ils sont partis ?

– Les voilà désormais sortis de votre vie, l'assura Jeffords. Pas de la mienne, malheureusement, mais de la vôtre, oui, et pour de bon.

– Et pour la chambre d'hôtel que j'ai dû louer ?

– Réglez-la, envoyez-moi la note, nous vous rembourserons.

– Mais je ne suis plus obligée de rester là-bas.

– Non, excepté si vous y tenez vraiment.

– Ah ah », dit-elle.

Meehan dit : « Racontez-moi tout ça. »

Jeffords resta diablement inexpressif. « Le problème s'en est allé. Est-ce que ce n'est pas suffisant ?

– Non, pas pour moi, dit Meehan. Ils en avaient après moi parce qu'ils voulaient savoir ce qu'est le *macguffin*. Eh bien, moi je ne *sais pas* ce que c'est, le *macguffin*, mais je sais où il se trouve, le *macguffin*, et eux aussi, ils doivent bien savoir que je le sais, alors qu'est-ce qui va les empêcher de venir fourrer leur nez dans mon petit coup, en collant du Scotch électrique sur les poignées de porte et en attachant les gens aux lavabos avec des menottes ?

– Tout cela est réglé, insista Jeffords. Votre partie de l'affaire est réglée.

– Expliquez. »

Jeffords soupira et puis fut momentanément secouru par un serveur qui apportait leurs boissons. Il s'agissait également de liquide clair avec des cubes de glace dans de petits verres épais mais au lieu du zeste de citron vert sur le bord, ils contenaient un cure-dents ressemblant à une petite épée dorée sur laquelle on avait empalé deux grosses olives vertes. « Ahh », dit Goldfarb à son verre, ce qui tira un sourire à Meehan, qui attendit ensuite le départ du serveur.

Celui-ci s'en alla en effet, pour être aussitôt remplacé par un autre, qui leur apportait des menus de la taille d'un set de table, puis s'incrusta pour leur réciter la liste des plats spéciaux du jour, ce qui revenait à employer un très grand nombre de mots pour leur dire que ce soir, ils pouvaient aussi commander du thon, du saumon et des côtelettes d'agneau. Finalement, quand il eut terminé, il s'éloigna, et Meehan dit : « Expliquez.

– Attendez que nous ayons commandé, Francis, dit Jeffords. Ou bien nous serons encore interrompus plusieurs fois.

– Très bien, entendu. »

Goldfarb leva son verre. « À nos succès », dit-elle.

Jeffords leva le sien. « Santé. »

Meehan leva le sien, et le trouva étonnamment lourd. « Que nos ennemis périssent dans les flammes.

– Buvons donc à cela », dit Jeffords, et ils burent. Meehan découvrit avec stupéfaction qu'il semblait avoir commandé de l'essence diluée dans de l'huile d'olive.

« Vous savez, Francis, dit Jeffords, c'est vraiment dommage que vous n'ayez pas eu cette belle veste et cette cravate lorsque nous avons voyagé ensemble, la première fois.

– Je suis navré si je vous ai embarrassé, dit Meehan.

– Non, ce n'est pas ce que je voulais dire », commença Jeffords, et le serveur numéro deux réapparut pour prendre leur commande.

Meehan voulait savoir ce que les côtelettes d'agneau avaient de si spécial aujourd'hui, aussi les choisit-il, et quand Goldfarb demanda une petite salade de mesclun en entrée, il décida qu'il en prendrait une, lui aussi.

« Et la carte des vins, dit Jeffords. Cela ne prendra qu'une minute », ajouta-t-il pour rassurer Meehan.

En fait, cela prit un peu plus. Le serveur numéro un revint en apportant un livre relié cuir, plus grand que les menus, qui semblait parfaitement adapté pour y lire la messe du dimanche, et Jeffords le feuilleta un moment, tandis que le serveur planait alentour, puis il dit : « Je pense que nous prendrons le numéro 271 », et le serveur répliqua : « Un choix très judicieux », et s'en alla.

« Est-ce qu'on va devoir attendre que vous le goûtiez, demanda Meehan, et qu'on nous le verse, et que les plats arrivent, et qu'on remette de l'eau dans les verres, et qu'on emporte les verres de l'apéritif, et qu'on nous verse encore un peu de vin, et que...

– Très bien, dit Jeffords. Très bien, vous avez raison. Vous vous rappelez notre premier vol, pour nous rendre à Norfolk ?

– Bien sûr.

– Il y avait deux autres personnes à bord de l'avion avec nous. Howie Briggs, vous vous souvenez de lui ?

– Je me souviens mieux de Cindy, dit Meehan, mais oui, bien sûr.

– Howie Briggs a trouvé que vous aviez une allure un peu étrange pour voyager à bord de cet avion, ce qui explique pourquoi il est dommage qu'à ce moment-là, vous n'ayez pas été habillé comme ce soir. Quand il a vu le propriétaire de l'avion à Hilton Head...

– Arthur, dit Meehan. Monsieur Briggs n'a pas cité son nom de famille.

– Excellent, dit Jeffords. Oui, Arthur. » Sa bouche se crispa. « Arthur est un donateur de tout premier plan pour la campagne du président, dit-il, ce qui lui vaut de pouvoir accéder au plus clair de ce que nous faisons. Et voilà que nous apprenons... Oui, c'est bien cela », dit-il à la bouteille de vin levée devant son visage, et il leva un index pour faire signe à Meehan d'attendre un peu.

Lorsqu'il put à nouveau s'exprimer, il poursuivit : « Voilà que nous apprenons qu'Arthur, à travers divers liens personnels à des compagnies internationales, démontre, disons, une loyauté divisée. Ses intérêts divergent. Il y a d'autres entités, à l'étranger, vis-à-vis desquelles il éprouve des sentiments aussi forts que ceux qu'il ressent au sujet dc la réélcction du président. Plus forts, peut-être. » Il semblait mal à l'aise, il se mit à tripoter son verre de vin, et reprit : « Il semble qu'une équipe commune d'agents du renseignement israélo-égyptiens opère dans notre pays à l'heure qu'il est, pour tenter d'influer sur le résultat de l'élection. Ils sont là depuis des mois. Ils dépensent de grosses sommes. »

Goldfarb dit : « Les gros bonnets qui ont de l'influence essaient toujours de se mêler de nos élections, pour se garantir une bonne part du gâteau. C'est exactement comme le lobbying. »

Jeffords acquiesça. « Oui, tout à fait. Quand Howie Briggs a décrit Francis à Arthur, en s'interrogeant sur la présence incongrue d'individus si peu soignés à bord du luxueux jet privé d'Arthur, celui-ci a cherché à se renseigner.

– Parce que vous n'aviez pas le contrôle de la situation, dit Meehan. C'est ce que je vous ai déjà expliqué.

– Oui, je sais, dit Jeffords, vous m'aviez prévenu, vous aviez absolument raison. Eh bien, on apprend sur le tas, dans cette opération.

– Tu parles », dit Meehan.

Jeffords ignora cette remarque. « Dieu merci, les gens à qui Arthur a parlé ignorent la nature de l'objet qui est en circulation, mais à présent, les autres amis d'Arthur savent qu'il y a quelque chose en circulation. Que quelque chose existe. »

Goldfarb dit : « Et ils veulent se l'approprier pour le rendre public ?

— Non, dit Jeffords. Ils aimeraient simplement s'assurer que le président aura une lourde dette envers eux. Ou disons plutôt, une dette encore plus lourde.

— Alors, qu'est-ce qui s'est passé aujourd'hui et qu'est-ce qui va se passer demain ? s'enquit Meehan.

— Après avoir reçu votre appel, dit Jeffords, Bruce et moi avons mené notre petite enquête et il ne nous a pas fallu longtemps pour apprendre que deux ou trois personnes avaient manqué de discrétion en compagnie d'Arthur. (Il soupira de nouveau.) Il est si difficile de maintenir un semblant de sécurité, leur dit-il, dans une organisation si pleine d'amateurs passionnés et de gens qui ont vraiment la foi. Certaines personnes diront n'importe quoi à n'importe qui, parce qu'au bout du compte, ne sommes-nous pas tous dans le même camp ? Ne représentons-nous pas la beauté et la vérité ?

— Une faille de sécurité, dit Meehan, dénichant cette expression dans il ne savait plus quel roman d'espionnage qu'il avait lu. Et maintenant, que fait-on ?

— Fort heureusement, dit Jeffords, nous avons quelques têtes chaudes à disposition lorsqu'un peu d'intimidation se révèle nécessaire, des Cubains et des Serbes pour la plupart, récemment devenus de super-patriotes américains, et je pense qu'en ce moment même (il jeta un coup d'œil à sa montre), un certain nombre d'entre eux sont en train de faire grimper la note de blanchisserie d'Arthur, là-bas à Hilton Head.

— Ça ne va pas les empêcher longtemps... » Meehan s'arrêta net et fronça les sourcils. « Une petite minute. Vous avez dit : une équipe d'agents du renseignement égyptiens et israéliens qui travaillent ensemble ? Je veux dire, j'ai entendu ça, mais je n'avais pas percuté. Comment allez-vous les faire taire, *eux* ?

— Nous pouvons leur faire très clairement savoir, par de nombreux canaux, que nous savons qu'ils savent, que nous savons ce qu'ils essaient de faire, et qu'il nous serait très désagréable d'apprendre qu'ils essaient toujours de le faire. Ou bien faire savoir à l'autre camp, accidentellement ou non, que nous savons qu'ils mijotent quelque chose. Le seul moyen efficace d'interrompre une opération d'espionnage clandestine est de lui braquer un projecteur en pleine figure, et c'est ce que vous et moi venons de faire. »

Meehan regarda Goldfarb. « Ça peut marcher, ça ?

— Probablement, dit Goldfarb. Mais pas obligatoirement.

– Le résultat est presque garanti, dit Jeffords.

– Parfait, dit Meehan. Eh bien, je vais vous dire, monsieur Jeffords. Vous dites à votre gars, Arthur, que si ces Moustafa et ces Yehudi reviennent fourrer leur nez par ici, je connais quelques Serbes-Cubains, moi aussi. Et ils n'utilisent pas de canaux, ils utilisent du ciment. »

Les côtelettes d'agneau, à ce qu'il se trouva, étaient réellement très bonnes. On aurait même très bien pu les qualifier de spéciales.

Quand il revint à sa chambre, le voyant des messages de son téléphone clignotait à nouveau, et cette fois ce fut la voix enregistrée de Woody qui en sortit : « Neuf heures demain matin, sur le trottoir devant ta piaule. »

Très bien. Ça avance.

24

« Déjeunons d'abord », dit Woody, qui conduisait la voiture de sa cousine, un break Volvo gris dont le tiers arrière avait été transformé en cage, que Meehan avait d'abord supposé destinée à accueillir des prisonniers, avant de respirer sa première bouffée, mais pas la dernière, de chien mouillé.

« Entendu », dit Meehan. À ce stade, il avait fini par s'habituer à l'odeur de chien, ne la remarquait presque plus, n'avait plus aucun mal à accepter l'idée de la nourriture. Aussi dépassèrent-ils la sortie de Spring Road, continuant sur la route nationale 7 en direction de Sheffield, où ils trouvèrent de quoi déjeuner.

Samedi, 16 octobre, ciel pâle et clair, air sec et frais ; ils n'étaient pas les seuls habitants de New York à avoir décidé de tracer la route jusqu'en Nouvelle-Angleterre aujourd'hui, ce qui expliquait pourquoi ils avaient mis trois heures à arriver jusque-là. À l'heure du déjeuner.

En revenant, Spring Road se trouvait sur leur droite, une route goudronnée à deux voies qui serpentait vers l'ouest à travers une épaisse forêt, au milieu des pins et des érables et d'une masse considérable de taillis, grimpait selon un tracé oblique sur le flanc du mont Washington, ainsi nommé d'après le nom d'un autre président, planté là comme une énorme coiffe verte et moutonneuse pour marquer le point de jonction de trois États. Ils la suivirent à une allure modeste, la route était bordée d'arbres, difficile de voir quoi que ce soit d'un côté comme de l'autre, et au bout de deux ou trois kilomètres, ils rencontrèrent une autre voiture devant eux, roulant dans la même direction.

« De la circulation », dit Meehan.

Jetant un regard à son rétroviseur, Woody dit : « Il y a aussi quelqu'un derrière nous.

– On ne s'attendrait pas à trouver toute cette circulation dans un coin pareil, commenta Meehan. C'est mauvais pour nous. »

Devant eux, la voiture qui les précédait indiqua qu'elle tournait à gauche. Quand elle effectua son virage et se déporta sur la gauche, elle laissa voir un type debout en plein milieu de Spring Road, vêtu d'un blazer bleu, d'un pantalon rouge et d'un chapeau de paille blanc. Ce type fit signe à Woody de tourner à gauche lui aussi.

« Le mec derrière moi, dit Woody, il a mis son clignotant à gauche.

– Je crois qu'on n'a plus qu'à suivre le mouvement. »

Et ils tournèrent à gauche, en suivant la première voiture, suivis par la troisième. Il y avait eu un panneau planté sur un poteau en bois au bord de la route, là où ils avaient tourné, qui indiquait BURNSTONE TRAIL, mais ce n'était pas un panneau officiel du département des autoroutes, les lettres avaient été gravées au fer dans un rectangle de bois.

Burnstone Trail était bordée d'une épaisse rangée d'arbres, apparemment pas plantés de manière concertée, mais bien soignés et entretenus. Ils avaient été décorés eux aussi en rouge-blanc-bleu, des guirlandes de fanions reliant un arbre à l'autre formant une haie d'honneur de chaque côté de la route. Entre les arbres, fichés dans le sol sur de minces pieds en métal, il y avait des affiches dans des tons rouges blanc et bleu vantant les mérites de plusieurs personnes dont le prénom semblait être Réélisez.

La voiture devant signala un nouveau virage à gauche. « Voilà quelque chose », dit Woody.

Il y avait un espace dégagé entre les arbres, libre de toute guirlande ou panneau, et au-delà de cet espace, s'étendait un champ herbeux, en pente douce vers le mont Washington. Environ trente voitures étaient garées sur ce champ, en rangées bien nettes, et deux types en chapeau de paille blanc, blazer bleu et pantalon guidaient chaque nouvel arrivant vers une place bien précise. Et oui, quand la voiture devant eux prit son virage, il y avait un autre type similaire debout au milieu de la route, qui leur fit signe de suivre.

Ils firent donc ce que tous ces types qui gesticulaient suggéraient, tandis que Meehan remarquait que les gens qui sortaient des autres voitures étaient tous plutôt bien habillés, quoique pas d'une façon extravagante, aussi Woody et lui se fondraient-ils sans mal parmi eux. De son côté, il portait la même chemise que l'autre soir, son autre pantalon neuf, avec ses chaussures neuves, et son habituel blouson à fermeture Éclair qu'il avait porté en entrant et en ressortant du MCC. Woody était habillé dans le même style, par conséquent ils ne devraient tous deux rencontrer aucun souci.

« Je pense pas que ça rimerait à grand-chose de fermer à clé », dit Woody comme ils descendaient de voiture.

Quand les gens quittaient leurs véhicules, ils remontaient la légère pente pour se diriger vers le fond du champ, où il se trouvait davantage de gens rouge-blanc-bleus, y compris des filles, qui conduisaient des petites voitures de golf électriques, avec un siège à côté du conducteur et deux autres dans son dos, tournés vers l'arrière.

« Tu sais ce que c'est, dit Woody. C'est un meeting politique. Trois semaines avant les élections, un samedi, il ne pleut pas, c'est un meeting politique.

– Ça nous aura permis de rentrer là où on voulait », dit Meehan.

Ils s'assirent aux places tournées vers l'arrière de l'une des voiturettes, et furent emmenés sur un chemin en terre battue au milieu des bois, ce qui ressemblait exactement à la vie, en ce sens que l'on ne savait jamais ce qui vous attendait, et quand ils descendirent au bout du chemin, ils virent la maison.

Une sacrée maison. Volumineuse et très longue, elle était haute de deux étages, plus les mansardes, toute en lattes de bois peintes en blanc, avec des auvents et des rehauts vert foncé, une grande véranda le long du rez-de-chaussée, une autre grande véranda arrondie sur le côté gauche. Une route bitumée, qui était sans nul doute la suite de Burnstone Trail, sinuait en venant de la droite, passait devant la maison et continuait vers la gauche dans les bois, où l'on pouvait tout juste apercevoir d'autres bâtiments entre les arbres.

« Notre affaire doit se trouver par là-bas, grommela Meehan cependant qu'ils marchaient vers la maison.

– On n'aurait pas dû déjeuner », dit Woody.

Il avait raison. Devant eux, avant la route, sous des tentes dépourvues de flancs, se dressaient de longs comptoirs où on pouvait se faire servir gratuitement des hot dogs, des hamburgers, des pilons de poulet, du cole slaw, de la crème glacée, des boissons non alcoolisées, du vin et de la bière. Chacun de ces comptoirs arborait une pancarte indiquant l'entreprise qui en avait fait don, et il semblait bien qu'un tas de gens allaient bénéficier de réductions d'impôt, à la suite de cette journée.

C'était une garden party, ça, au moins, c'était clair, même à en juger par les toilettes portatives discrètement alignées sous les arbres, d'un côté. En conséquence, la zone devant la maison était déjà relativement pleine de familles et de couples qui essayaient de s'en sortir avec une assiette en carton remplie de victuailles, une serviette en papier, et une boisson, tout cela à la fois. Certains d'entre eux se livraient même à cet exercice en tenant par la main un enfant qui essayait d'aller dans une autre direction.

« Je vais peut-être me prendre un hot dog », dit Woody, et c'est ce qu'ils firent tous les deux.

Avec juste un hot dog, une canette de bière et la serviette en papier pliée dans la poche de votre veste, il n'était pas si difficile de circuler. Meehan et Woody déambulèrent au milieu des gens, piétinant généralement vers la gauche, dans la direction où ils avaient pu entrevoir ces autres bâtiments, et Meehan dit : « Je ne crois pas qu'avec toute cette foule on va pouvoir...

« *Est-ce que ça marche ?* »

« Oui ! » s'exclamèrent bon nombre de voix tonitruantes.

Woody tapota l'épaule de Meehan et fit un signe de la tête pour dire « Éloignons-nous donc un peu plus de tout ce bazar ». Ce qu'ils firent.

« *Les amis. Je suis content de voir autant de monde aujourd'hui, et je sais que monsieur Burnstone en est tout aussi ravi que moi, et qu'il est vraiment désolé de ne pouvoir être des nôtres aujourd'hui...* »

Ils s'étaient suffisamment éloignés à ce stade pour ne pas avoir à écouter s'ils ne le souhaitaient pas, même si certaines phrases parvenaient à s'infiltrer dans leur cerveau sans qu'on les y eût invitées. Meehan dit : « Tout ce que je sais, c'est que les armes ne sont pas dans la maison principale. Il y avait bien l'air d'avoir deux ou trois autres baraques, par là-bas. »

« *... pour faire reprendre confiance au peuple...* »

Ils se trouvaient sur la route à présent, avec la plupart des participants à la fête debout sur la pelouse sur leur gauche, la maison à leur droite, l'orateur à quelque distance derrière eux sous la véranda de la façade, un pupitre recouvert d'un drapeau américain devant lui, le micro à long cou posé dessus.

« Ce serait chouette si on pouvait jeter un œil par une ou deux fenêtres », dit Woody.

« *...depuis trop longtemps entre les mains de certaines personnes qui en prennent trop à leur aise...* »

Un groupe de types rouge-blanc-bleu sous l'autre véranda, sur le côté gauche de la maison, déballaient des instruments de musique.

Que parmi ceux-ci se soient trouvés un banjo et une clarinette laissait supposer qu'on allait leur infliger du jazz façon Nouvelle-Orléans. Il y avait quelques saints qui n'allaient pas tarder à se mettre en marche.

Derrière la maison, Burnstone Trail sinuait gentiment vers la droite au milieu des érables et des pins. Au moins deux édifices se voyaient par là-bas, l'un, une version miniature de la grande maison, également en lattes de bois peintes en blanc, probablement une maison secondaire destinée aux invités, l'autre peinte du rouge dont on peint les granges. C'était donc une grange. Et il y avait peut-être encore d'autres bâtiments, un peu plus loin.

Et ici, tendue en travers de la route entre deux gros érables, il y avait une cordelette dorée, à laquelle pendouillait un petit panneau métallique : PRIVÉ. Et plus à droite, assis sur un siège pliant, ses bras épais croisés sur son torse épais, il y avait un gars dont le costume rouge-blanc-bleu ne camouflait pas du tout le fait que c'était un flic privé. Il regardait Meehan et Woody.

« Reprenons tranquillement le chemin du retour », dit Meehan. Ils s'éloignèrent.

« ...la protection de la famille américaine contre les pourvoyeurs d'obscénités et de... »

Eh oui, voilà les saints qui se ramenaient à grands pas. Se penchant à l'oreille de Woody, Meehan dit : « Je veux voir cette route d'un peu plus près.

– Et moi, cet orchestre d'un peu plus loin », dit Woody.

Ils décrivirent un grand arc-de-cercle pour s'éloigner de la maison et revenir vers le buffet, emportant au passage un autre hot dog et une autre bière avant de revenir d'un pas nonchalant vers la route.

« ...nos fils et nos filles en uniforme... »

Davantage de forêt de pins et d'érables mélangés, d'où la route sortait en serpentant, et en travers de celle-ci, une autre cordelette dorée qui soutenait une autre pancarte du genre allez-au-diable. « Contrôle de la foule, dit Meehan.

– Peut-être qu'on en a assez vu, suggéra Woody.

– Je sais que j'ai assez mangé, en tout cas », dit Meehan, et ils se dirigèrent à nouveau vers la maison.

« ...la bannière étoilée dans ce qu'elle a de plus sacré ! »

Au départ, l'orateur avait dû faire face à des gens déjà occupés par d'autres activités, par leur propre conversation, leur nourriture, leur famille, mais par pur acharnement, il était parvenu à faire taire de plus en plus de gens et à capter leur attention – un groupe dissident s'était installé derrière le coin de la maison et s'intéressait davantage à l'orchestre – et même à se faire applaudir de temps à autre. Par ailleurs, davantage de gens continuaient d'arriver, si bien que quand Meehan et Woody voulurent se frayer un chemin, ils se trouvèrent ralentis par une foule considérable massée entre eux et le chemin qui les sortirait de là. Ils avancèrent lentement à travers la meute, piétinant à contre-courant.

« Nous devons bâtir des prisons plus nombreuses et meilleures ! »

Cela remporta une belle volée d'applaudissements, et même un cri lancé par quelqu'un :

« Qu'est-ce que c'est, une meilleure prison ? »

Avec horreur, Meehan se rendit compte que le cri avait été émis par Woody.

« Une prison qui les gardera plus longtemps ! »

Déclaration qui déclencha à la fois des applaudissements et des rires, et une autre réplique. Sous les yeux effarés de Meehan, Woody lança d'une voix forte : « Vous ne croyez pas à la réhabilitation ? » Il ne s'avançait plus vers le chemin de terre qui les aurait emmenés loin de là, mais vers l'orateur perché sous la véranda.

Erreur. Meehan se fondit à nouveau dans la foule, ne s'arrêtant jamais vraiment de marcher mais ne cédant pas non plus à la panique. Woody était en train d'enfreindre à peu près une douzaine des dix mille règles. Peut-être davantage.

« Nous parlons de criminels endurcis, bien entendu. »

« Mais justement, est-ce que ce n'est pas la prison qui les a endurcis ? »

Le sentier était là, juste un peu plus loin devant lui, juste après le groupe d'auditeurs le plus éloigné de la maison. Trois ou quatre des voiturettes attendaient là, avec leurs conducteurs, mais Meehan se dit qu'il serait plus discret de s'en aller à pied à ce moment précis, tout particulièrement parce que tout le monde, y compris les conducteurs des petites voitures de golf, était fasciné par le débat entre Woody et le type au micro.

« Si ce n'avait pas été des criminels, ils n'auraient jamais fini en prison, en premier lieu. »

« Vous voulez dire que c'étaient des criminels à la naissance ? »

Étonnant, la manière dont la voix de Woody portait loin, même au-delà des petites voitures de golf, que Meehan dépassait à cet instant, galopant en son for intérieur, mais déambulant paisiblement, vu de l'extérieur. Puisqu'il savait fort bien que l'accessoire vestimentaire le plus fréquemment utilisé par Woody était le mandat d'amener – ne sortez jamais de chez vous sans en avoir un sur le dos – il n'existait aucun moyen pour cette scène de se terminer autrement que mal.

« *Ce sont devenus des criminels lorsqu'ils ont commis un crime !* »

« N'est-ce pas justement le moment où on aurait pu les rendre meilleurs, leur apprendre comment mener une vie honnête ? »

Le chemin de terre descendait doucement la pente en obliquant à travers les arbres, les voitures garées à la lisière des bois déjà visibles.

« *Ne gaspillez pas votre sympathie pour ces bêtes fauves ! Nous devons être durs avec eux !* »

« Dur ? Vous vous prenez pour un dur ? Dans les taules que je me suis fadé, vous ne tiendriez pas cinq minutes ! Vous parlez comme un dur, là-dehors, devant tous ces civils ramollis mais... Quoi ? Qu'est-ce que vous me voulez, vous autres ? »

Meehan était au milieu des voitures garées à présent, et par le ciel, certaines avaient même encore la clé sur le contact. Les membres du personnel étaient tous rassemblés à l'autre bout du terrain, attendant les arrivants tardifs. Meehan n'était pas l'objet d'une observation soutenue, mais il était certainement bien visible, aussi ne pouvait-il revenir sur ses pas ni s'arrêter le temps d'examiner différentes voitures ni rien faire d'autre que continuer d'avancer, en jetant des coups d'œil rapides à travers les vitres des voitures.

Là. Une jolie Infiniti noire, un porte-clés en cuir noir qui pendait sur le contact. Sans ralentir le pas, Meehan ouvrit la porte côté conducteur, se glissa au volant, actionna le démarreur.

Quel agréable ronronnement ce moteur émettait. Et quand Meehan passa la première et roula doucement vers l'avant, il apprécia sa nature de puissant vaisseau de la route, roulant avec grâce à travers le champ cahoteux.

Meehan fit un grand sourire et un petit geste de la main aux rouge-blanc-bleus, et ceux-ci lui rendirent sourire et petit geste. À une allure modérée, il redescendit Spring Road.

Et en plus, elle ne sentait pas le chien mouillé.

25

Meehan revint à la chambre 318 un peu après neuf heures le matin suivant pour y trouver, une fois de plus, le témoin lumineux des messages qui clignotait sur le téléphone. Cette fois, il le laissa clignoter le temps de prendre sa douche, de se raser et se brosser les dents. Puis, enveloppé dans une serviette, il écouta son message, qui était de Goldfarb : « Appelez-moi. »

Eh bien, au moins, c'était bref. Meehan n'avait pas eu besoin de mémoriser le numéro de Goldfarb, puisque le connaître ne contrevenait à aucune des dix mille règles, mais cela voulait dire qu'il lui fallait se souvenir de l'endroit où il avait rangé le morceau de papier avec son numéro et son adresse.

Dans le tiroir de la table de nuit, voilà où il est, à côté de la Bible des Gédéons. Il composa le numéro.

Elle décrocha à la première sonnerie, et répondit d'une voix de paranoïaque :

« Qui est-ce ?

– Meehan. Vous avez dit d'appeler.

– Où étiez-vous passé ? »

Question piège. « Qu'est-ce que vous voulez dire ?

– J'ai laissé ce message à quatre heures, hier après-midi.

– Je travaillais, dit-il. Vous voyez ce que je veux dire. »

Ce qui était vrai, du moins en partie. Jusqu'au moment où il avait quitté Burnstone Trail à bord de cette coquette Infiniti noire, il avait travaillé. Après ça, les cinquante kilomètres de route jusqu'à la ligne de banlieue la plus proche à Dover Plains, New York, où il avait abandonné l'Infiniti sans y laisser une seule de ses empreintes, il avait fui. Mais quand il avait commencé à bavarder avec la femme

109

en colère sur le quai de gare, la seule personne en dehors de lui à devoir se rendre en ville un samedi après-midi (parce qu'elle avait encore une fois rompu avec son petit ami trop autoritaire, à qui la maison de campagne appartenait, évidemment), il avait pris sur son temps personnel, dont Goldfarb n'avait pas à se préoccuper, en dépit du fait que la femme en colère – Rosalie, moins en colère un peu plus tard – possédait un appartement situé dans le même quartier que Goldfarb.

De telles informations sans conséquence, à ce que suggéraient les dix mille règles, pouvaient se voir omises de l'histoire officielle ; en découlait : « Je travaillais. Vous voyez ce que je veux dire.

– Oh, dit-elle, d'une voix soudain étouffée. Alors c'est fait ?

– Non, non, l'assura-t-il, c'était seulement pour jeter un coup d'œil. Quoi de neuf ?

– Il faut que vous passiez me voir. Vous pouvez venir tout de suite ? »

Du travail avec un avocat, un dimanche ? Mais bon, au fond mieux valait la brosser dans le sens du poil. « Bien sûr, dit-il.

– Bon, écoutez. »

Il écouta, mais elle ne dit rien d'autre, alors finalement il dit : « Ouais ?

– Venez tout de suite, c'est tout », et elle coupa la communication.

Elle avait l'air embêtée. Elle portait un jean noir, un pull en cachemire noir et les mêmes lunettes monstrueuses à monture noire. Elle lui tint la porte entrouverte le temps de dire : « Attendez, je vais prendre ma clé », puis elle lui claqua la porte au nez et il resta là sur le palier à laisser ses semelles refroidir une minute, jusqu'à ce qu'elle revienne, le poing crispé sur ses clés. Elle sortit sur le palier, tira la porte derrière elle, et il se dirigea vers l'ascenseur : « Où est-ce qu'on va ?

– Nulle part. On reste ici, c'est tout. »

Il la dévisagea. « Sur le palier ? »

Tout en regardant la clé qu'elle tenait à la main, elle dit : « Le bouton pour déverrouiller la porte ne marche pas. Il est coincé.

– Je sais. »

Elle se pencha vers lui, les yeux écarquillés tout grands derrière ses grosses bésicles. « Vous m'avez écouté ? Au téléphone ? »

Il ne comprenait rien à ce qu'elle racontait. « Comment ça ?

– Quand je vous ai dit d'écouter, est-ce que vous avez écouté ?

– Ouais, et vous n'avez rien dit du tout.

– Les *craquements*, dit-elle.

– Les craquements », répéta-t-il. Est-ce qu'elle avait un boulon de pété, quelque part dans sa tête ?

Elle s'approcha encore plus près de lui, et siffla à voix basse la phrase suivante : « Ils ont mis mon téléphone sur écoute !

– Oh, nom de Dieu ! » Yehudi et Moustafa, ce devait être eux forcément.

« Je pense qu'ils ont aussi dû truffer l'appartement de micros.

– Trouvons-nous une cabine téléphonique, dit Meehan, et allons faire passer une bonne matinée à Jeffords. »

« Je savais que c'était vous, dit Jeffords, l'air moins qu'heureux. Un dimanche matin.

– Ils ont installé des micros sur le téléphone de Goldfarb, dit Meehan.

– Quoi ?

– Et probablement dans son appartement.

– Oh, au nom du ciel ! Mais *pourquoi* ne se rendent-ils pas compte qu'ils feraient mieux de s'abstenir ?

– Les mains des oisifs, expliqua Meehan, sont les outils du diable. » Ce qui constituait un addenda aux dix mille règles.

« Eh bien, voilà qui explique les choses, au moins », dit Jeffords.

Meehan détestait les sous-entendus. Il dit : « Je suis bien content de le savoir.

– C'est un événement dont vous n'avez pas connaissance, lui dit Jeffords, mais un criminel notoire a été appréhendé chez, euh, à l'endroit où vous devez vous rendre.

– Ah ouais ?

– Un criminel notoire, répéta Jeffords. À un meeting politique qui se tenait là-bas. Alfonso Gorman, il a un casier judiciaire long comme le bras, il y avait une foule de mandats d'amener à son encontre qui traînaient un peu partout. »

Alfonso. Alors c'était ça, le nom officiel de Woody. Meehan dit : « Ils l'ont coincé à un meeting politique ?

– C'est cela.

– Alors comment ça se fait qu'il ait été le seul à se faire coffrer ? »

Il y eut un bref silence le temps que Jeffords comprenne ; puis il dit : « Très amusant. Mais vous comprenez ce que tout cela signifie. L'un de vous doit l'avoir mentionné. Le nom de l'endroit. »

Meehan regarda Goldfarb, debout à côté de lui en plein Broadway, devant le téléphone planté sur son poteau, ayant la mine de quelqu'un qui trouve que la moitié de la conversation dont il bénéficie ne lui apporte qu'une maigre pitance. Il dit à Jeffords : « Goldfarb ne connaît pas le nom en question, et moi je ne l'ai pas prononcé.

— Eh bien, d'une manière ou d'une autre, insista Jeffords, *quelqu'un* a su quelque chose et ils ont envoyé quelqu'un d'autre, exactement comme – sa voix s'abaissa d'un ton – exactement comme nous, nous vous envoyons.

— Ça, c'est à moi de m'en préoccuper », dit Meehan, ne voyant aucune nécessité de mettre Jeffords davantage au courant des détails de ses propres relations avec Alfonso « Woody » Gorman. « Ce dont vous devez vous occuper, vous, c'est de retirer ces micros de l'appartement de Goldfarb.

— Foutre que oui, dit Goldfarb.

— Je ne sais pas ce que je vais pouvoir faire en plein week-end, dit Jeffords d'un ton plaintif.

— Tiens, dit Meehan. Les forces de l'ordre, elles ne travaillent que cinq jours par semaine ? Si seulement j'avais pu savoir ça il y a quelques années.

— Je vais voir ce que je peux faire, promit Jeffords. Rappelez-moi dans une heure.

— Goldfarb vous rappellera.

— Pas de son appartement !

— Non, pas de son appartement.

— Évidemment que non », dit Goldfarb.

Jeffords ajouta : « Entre-temps, elle ferait mieux de se tenir à carreau, de ne rien dire d'important à qui que ce soit.

— Je vais le lui dire », dit Meehan. Il raccrocha, et dit à Goldfarb : « Rappelez-le dans une heure. D'ici, j'imagine. Dans l'intervalle, ne racontez rien d'important à personne.

— De toute manière, c'est dimanche.

— Très juste.

— J'ai trouvé, dit-elle. Ma mère se plaint toujours que je ne lui téléphone pas assez. Je vais l'appeler.

— Et laisser Yehudi et Moustafa écouter votre mère pendant une heure.

— Vous avez saisi, dit Goldfarb.

— Que la vengeance est douce », acquiesça Meehan.

26

De retour à la chambre 318, Meehan contempla sa liste d'initiales, à présent toute rétrécie au lavage. Il en restait sept paires. Il espérait que le prochain type qu'il trouverait tiendrait un peu plus longtemps que Woody.

Il sentait qu'il lui fallait un autre coup d'œil préparatoire à Burnstone Trail, à un moment où ce ne serait pas le décor d'une scène de genre dans le style fête villageoise peinte par Brueghel. Il ne voulait pas y retourner aujourd'hui, parce que ce serait le jour où le personnel se chargerait du nettoyage – la partie de la fête qu'ils laissent en dehors des scènes de genre – mais peut-être que demain les employés chargés de ce travail seraient repartis et le propriétaire pas encore revenu de Dieu sait où il était parti se planquer pour échapper au pince-fesses mondain, alors peut-être bien que le coup pourrait se faire juste comme ça, à la volée. Mais d'abord, une autre mission de reconnaissance. Avec au moins un partenaire, qui de préférence n'aurait pas un caractère si porté sur le débat d'idées.

Meehan s'assit sur le lit, le téléphone et le restant des initiales à la main, et entama sa tournée de coups de fil.

« Allô. » Une voix de dur, sur ses gardes.

« Bonjour, est-ce qu'Eddie est dans les parages ?

– C'est moi, Eddie. Vous êtes qui ? »

Ce n'était pas Eddie ; Meehan raccrocha dans le calme.

« Résidence Bismarck. » Une voix féminine cette fois, vivace, pressée.

« Bonjour, est-ce que Lou est dans les parages ?

– Je ne m'attends pas à revoir Lou dans les parages avant cinq à quinze ans.

– Ah. Eh bien, je rappellerai plus tard. »

« Allô ? » Une voix de femme, maternelle.

« Bonjour, est-ce que Bernie est dans les parages ?

– Oh, vous venez juste de le rater, je crois qu'il est déjà... Attendez une seconde !

– Bien sûr », dit-il, entendant la voix de la femme qui s'éloignait en criant : « Bernie ! Bernie ! » Puis le silence. Puis une respiration rauque, essoufflée : « Non, il est déjà parti. Avec la voiture. Il est allé au bowling.

– Au bowling.

– Il est dans une ligue qui joue le dimanche après-midi. Vous savez, il faut qu'il se garde ses soirées disponibles.

– Bien sûr.

– Il sera rentré à six heures, mais c'est à cette heure-là qu'on sert le dîner.

– Ça vous embête que je rappelle à six heures ?

– Je pourrais lui demander de vous rappeler.

– Nan, ça ira bien. » D'un ton très nonchalant : « Où va-t-il, pour le bowling ?

– Qui est à l'appareil ? » Soudain, la voix n'était plus maternelle du tout.

« Tout va bien, la rassura-t-il. Je suis un vieux copain du soir de Bernie, je m'appelle Meehan, il vous a peut-être parlé de moi.

– Bernie ne parle de personne, dit-elle d'un air toujours soupçonneux, à moins qu'il ne joue au bowling avec eux.

– Eh bien, il n'a jamais joué au bowling avec moi. Dites-moi juste quand je peux le rappeler, s'il vous plaît ?

– Parfois il... Oh, attendez une minute !

– Comment ? »

Mais elle était déjà repartie, clopinant vers de nouvelles aventures. « Bernie ! Bernie ! »

Meehan écouta une conversation indistincte, dont l'un des participants avait une voix indéniablement masculine, et puis ce qui était de manière tout à fait reconnaissable la voix de Bernie lui braillla soudain à l'oreille : « Meehan ?

– Ouais, c'est moi. Bernie, salut. Comment tu vas ?

– J'ai oublié ma boule, dit Bernie sur le ton de la confidence. Tu peux le croire, ça ?

– Ça arrive, dit Meehan.

– J'oublierais sûrement ma tête, si elle n'était pas vissée en place.

– Elle ne l'est pas ! » s'insurgea la femme à quelque distance.

Ignorant cette répartie, Bernie dit : « Alors, qu'est-ce qui se passe de beau ?

– Un petit quelque chose. On pourrait en causer, si tu es libre.

– Comme un oiseau, dit Bernie. Où veux-tu qu'on cause ?

– Où tu voudras.

– Viens au bowling.

– Vraiment ?

– Bien sûr. Il y a un bar là-bas, et toujours un long moment entre les jeux. Et puis (il baissa la voix) il y a tellement de raffut là-dedans qu'on peut avoir une conversation en privé, tu vois ce que je veux dire ?

– J'entends bien », dit Meehan.

Le bowling, comme le domicile de Bernie, se trouvait dans le Queens, ce qui voulait dire que Meehan dut d'abord prendre un métro pour passer sous l'East River, puis filer vers le bout du bout du monde et des quartiers qui n'avaient pas vu débarquer un seul nouveau venu depuis que la prohibition s'était achevée. De là, il lui fallut prendre un autobus pour traverser davantage de quartiers du même tabac, jusqu'à ce qu'il descende de son bus à une intersection où Atomic Lanes gisait là, un peu comme un hangar destiné aux appareils de rebut de l'aviation militaire qui se serait étendu en face de lui sur la largeur d'un boulevard à six voies.

Parfois, le nom d'une entreprise commerciale la situe dans le temps et l'histoire. Atomic Lanes avait été créée entre 1946 et 1949, la guerre finie, les bombes atomiques bienfaisantes, les gars de retour à la vie civile, rêvant d'une bonne partie de bowling. La plupart des cafétérias, des stations-service et autres cordonneries Atomic avaient disparu depuis longtemps, mais il restait le bowling Atomic Lanes, inchangé, tout à fait comme le quartier dans lequel il était situé, lui aussi datant à peu près de la même époque.

Meehan avait là l'occasion de rédiger dans son esprit plusieurs paragraphes de sa monographie sur les noms commerciaux à travers l'histoire, atteignant tout juste l'endroit où il essayait de s'imaginer ce qu'avait bien pu donner la première série de changements – la blanchisserie Zazou ? – avant que les feux ne passent au rouge, et qu'il devienne possible de traverser le boulevard et d'entrer au bowling Atomic Lanes.

Le bruit. Ce fut la première chose qui le frappa, presque littéralement, quand il poussa l'une des portes de verre pour entrer dans l'établissement, un vacarme continu qui se répercutait en rebondissant sur des surfaces tout aussi dures les unes que les autres, une cacophonie qu'il associait avec les piscines municipales couvertes.

Il y avait un escalier très large droit devant lui, et un plafond très haut plein de lumières brillantes au bout de l'escalier. Meehan gravit les marches, et l'intérieur se révéla un peu plus à lui à chaque marche. Il devait bien y avoir quarante pistes, toutes en cours d'utilisation. Dans la plupart des cas, il s'agissait de parties de ligue, les équipes toutes vêtues de la même chemisette, certaines ligues masculines, d'autres féminines, d'autres encore mixtes. Tout le monde jouait au bowling, et tout le monde parlait, et tout le monde braillait des paroles d'encouragement à tout le monde. Tout le monde poussait des cris en signe de triomphe ou de désespoir.

Je ne réussirais même pas à trouver cent Bernie là-dedans, se dit Meehan, mais tout d'un coup il y arriva. Enfin, au moins un. Six ou sept pistes sur sa droite, habillé comme ses coéquipiers – une chemisette à manches courtes blanche ornée de rayures bordeaux aux manches et au col et POMPES FUNÈBRES ADDISON inscrit en lettres bordeaux dans le dos. C'était bien Bernie là-bas, maigre, rapide, à peu près chauve avec de la paille de fer poivre et sel autour du crâne. Il se tenait debout sur une banquette afin de mieux voir ce que son équipier allait faire dans ce jeu où il lui restait à abattre les quilles sept et dix, mais il les manqua l'une comme l'autre, provoquant quatre rugissements de triomphe et quatre gémissements de souffrance. Puis Bernie attrapa sa boule sur le couloir de retour – une boule étincelante d'un rouge veiné de blanc, couleur populaire à l'époque d'Atomic Lanes – et se mit en position, attendant que le mécanisme automatique de remise en place des quilles termine de s'activer, ce qui représentait probablement le seul changement d'importance intervenu dans ce lieu depuis le jour de l'ouverture, le remplacement de ces gamins qui autrefois se tenaient là-bas dans le fond, s'agitant désespérément pour éviter de recevoir de plein fouet une des boules qui se précipitait droit sur eux.

Meehan s'avança sur l'allée surélevée qui courait derrière les banquettes jusqu'à ce qu'il se trouve directement derrière l'équipe de Bernie, qu'il regarda descendre sept quilles, puis les trois dernières, restées sur la gauche. Quand il se retourna vers son équipe, secouant la tête, il leva les yeux et vit Meehan. Avec un sourire, il fit un geste de la main et indiqua du doigt quelque chose derrière Meehan sur sa droite. Meehan se retourna pour regarder et c'était le bar, ouvert de ce côté, avec des tables plantées autour.

116

Meehan se retourna pour faire un signe de tête à Bernie, mais il était à nouveau intensément absorbé par son équipe, aussi Meehan marcha-t-il jusqu'au bar, se prit une Rolling Rock, et s'assit avec sa bière à une table de laquelle il pouvait observer le jeu de Bernie sans totalement le comprendre.

Au moment où Bernie se ramena en trottinant, portant des chaussures antidérapantes de la même couleur que sa boule, Meehan s'était habitué au bruit. « Qu'est-ce que tu dis de ça, mec », le salua Bernie à son arrivée, et Meehan l'entendit sans problème.

« J'en dis que c'est un truc drôlement sain, ce que tu fais là, dit Meehan.

– Ouais, remercions le ciel qu'il y ait le bar, dit Bernie. Je reviens tout de suite. » Et en effet, il revint aussitôt avec sa propre Rolling Rock : « Comment ça s'est passé, pour toi ?

– Mal, jusqu'à il y a quelques jours, lui dit Meehan, mais je vais te raconter tout ça. » Après avoir essayé son histoire sur Woody, il avait décidé cette fois d'adopter une autre approche. « J'ai un tuyau, dit-il, pour de la marchandise que Leroy de chez Cargo nous reprendrait en un rien de temps. Et ce n'est même pas si difficile que ça de se la procurer.

– Ça m'a l'air au poil, dit Bernie. C'est quoi ?

– Des armes à feu anciennes. »

Bernie pencha la tête de côté. « Pardon ?

– Il y a ce type plein aux as dans le Massachusetts, expliqua Meehan, il collectionne les armes à feu anciennes qui ont servi au cours des guerres américaines. Sa collection est célèbre, on l'envoie en tournée. Un tas de flingues de grande valeur et d'autres trucs, tout plein d'histoire, les patriotes de la guerre d'Indépendance, les courageux rebelles, et tout le toutim.

– Et tu as un moyen d'y accéder.

– Je sais où ça se trouve, dit Meehan. Il faut que j'étudie les lieux encore un peu.

– Il va y avoir des serrures pour moi », suggéra Bernie. En temps normal, c'était un spécialiste des serrures.

« Oh, ça ouais, dit Meehan.

– Ça m'a l'air intéressant, admit Bernie. Tu sais pour combien il y en a ?

– Je n'ai pas demandé à Leroy. Si tu veux, passe-lui un coup de fil, dis-lui que tu es avec moi sur le coup, c'est la collection Burnstone.

– Non, pas la peine, décida Bernie. Leroy ne s'exciterait pas dessus si ça n'était pas de la bonne camelote.

– C'est ce que je me suis dit aussi. »

Regardant derrière lui, Bernie demanda : « Tu peux rester un moment ? Je reviens après le prochain jeu.

– Bien sûr », dit Meehan.

Quand il vit Bernie se diriger à nouveau vers le bar, Meehan dit à Mona : « Voilà mon ami. Il faut qu'on se parle. Alors, c'est d'accord pour le dîner ?

– Tout à fait », dit-elle, avec ce drôle de sourire qui commençait à lui plaire. Elle était venue avec une ligue féminine.

Meehan fit un arrêt au bar pour prendre une nouvelle Rolling Rock, rejoignit Bernie qui lui dit : « Tu es toujours célibataire, hein ?

– Non, lui dit Meehan. Je suis toujours un ex-mari. Nos besoins sont plus pressants.

– C'est bien ce que je vois, dit Bernie. Alors, comment es-tu tombé sur cette affaire de flingues ?

– Eh bien, c'est le côté bizarre de l'histoire. Elle m'a été amenée par un gars.

– Tu peux compter sur lui ?

– Attends de l'entendre, le rassura Meehan. Le truc, c'est quand même qu'il y a une limite de temps dans l'histoire. Le gars a ses propres problèmes, et il faut qu'on fasse le coup pas plus tard que jeudi.

– *Ce* jeudi, là ?

– Ouais.

– Ben voyons, dit Bernie.

– Je suis déjà allé repérer les lieux une fois et ça se présente bien. Je pense qu'on devrait y retourner demain, pour être tout à fait sûrs. On peut prendre ta voiture ?

– Sans problème, dit Bernie. Mais dis-moi plutôt qui c'est, ce gars qui t'impose le délai ? »

Et Meehan le lui dit.

Quand Meehan en eut terminé, il y eut à leur table la plus longue plage de silence que cet établissement avait jamais connue. Puis Bernie dit : « Il t'a fait sortir du MCC.

– Il leur fallait quelqu'un qui vienne d'une prison fédérale.

– Est-ce que ce type ne voudrait pas te piéger ? Est-ce qu'il est vraiment celui qu'il dit qu'il est ?

– Il l'est, dit Meehan. Ils payent mon avocat, ils lui ont déjà balancé six mille, plus mille pour moi, pour me servir d'argent de poche. Je me déplace dans des jets privés qui ont été prêtés pour la campagne. Ils m'ont installé dans un centre du Département des Parcs des États-Unis, en Caroline du Nord. Ils sont bizarres, mais ils sont réels.

— Le temps est censé virer au beau demain, dit Bernie. Je n'ai pas d'autre obligation, faire un peu de route, ça pourrait être sympa. Le Massachusetts, tu dis ?

— Deux heures et demie, pas davantage.

— Très bien, dit Bernie, et il sourit. Tentons le diable, après tout. Ça vaut le coup, rien que pour faire partie de cette histoire.

— Bien parlé, vieux.

— Alors, où et quand se retrouve-t-on ? »

Meehan jeta un regard à Mona par-dessus son épaule. « Je t'appelle demain matin, dit-il. On fixera le rendez-vous. »

27

Meehan terminait son petit déjeuner à la cafétéria deux pâtés de maisons plus bas sur le même boulevard que l'Atomic Lanes – le California Dreamin Diner, d'un millésime plus récent – quand il vit Bernie entrer dans le parking à bord d'une Honda Accord grise dotée de plaques minéralogiques du Maryland. Meehan se leva, laissa un dollar sur la table, paya le caissier, et sortit pour retrouver Bernie, assis derrière son volant, occupé à lire le *Daily News*. Meehan se glissa à côté de lui : « Le Maryland ?

– Oh, oui bien sûr », dit Bernie. Jetant le journal sur le siège arrière, conduisant vers le boulevard, il ajouta : « Je mets celles-là si je travaille, si je quitte la ville un moment. Celles-là ou alors les plaques de Floride. J'ai les papiers qui vont avec les deux. » S'arrêtant à un feu rouge, il fit un petit sourire et dit : « Une fois, je me suis aperçu à la fin de la journée que j'avais les plaques de Floride sur la bagnole et les papiers du Maryland dans mon portefeuille. C'est heureux que personne ne m'ait arrêté.

– Ouais, dit Meehan. Mais tu as pris les bons papiers, aujourd'hui, pas vrai ?

– Depuis ce jour-là, je vérifie toujours deux fois. »

Bernie roula jusqu'à la voie express Van Wyck, puis ils empruntèrent le pont Whitestone et le Hutch et ensuite droit au nord, et deux heures et demie plus tard, comme Meehan l'avait promis, ils quittèrent la route nationale 7 pour prendre Spring Road. Trois ou quatre kilomètres plus loin, ils parvinrent à Burnstone Trail, sur leur gauche, avec une barrière mobile en travers qui portait une pancarte ACCÈS INTERDIT. « Aha », dit Meehan.

Bernie s'était arrêté pour étudier la route et la pancarte. Il n'y avait aucune autre circulation sur Spring Road aujourd'hui. Il dit : « Ce n'était pas là, la dernière fois que tu es venu ici ?

— Il y avait une espèce de pique-nique en route, la dernière fois. Voyons ce qui se passe si on continue un peu sur Spring Road. »

Ils continuèrent un peu à descendre Spring Road, et il ne se passa rien du tout ; pas de maisons, pas de carrefours, rien excepté une forêt qui s'épaississait de plus en plus et une colline qui grimpait de plus en plus. Quand le bitume céda la place à un chemin de terre, Bernie dit : « Que veux-tu voir de plus ?

— Revenons en arrière. »

Bernie exécuta un demi-tour en deux temps, et ils contemplèrent le même paysage en venant de la direction opposée. Tout en conduisant, Bernie dit : « Tu crois que ce serait mieux, d'y aller de nuit ?

— La sécurité doit être renforcée, de nuit, dit Meehan. Et de toute manière, je veux y jeter un coup d'œil approfondi.

— Bien sûr. »

Ils roulèrent encore, puis Bernie finit par dire : « C'est là, juste devant.

— Arrête-toi à côté », dit Meehan. C'est ce que fit Bernie, et Meehan fronça les sourcils en regardant par la vitre la barrière mobile et la route goudronnée qui s'étendait au-delà, serpentant au loin. « Faut qu'on entre là-dedans, dit-il.

— C'est évident », dit Bernie.

Meehan fronça encore un moment les sourcils en observant la barrière, et tout d'un coup il dit : « Attends une petite minute. De quoi on se soucie, là ? Ce n'est pas un système d'alarme, c'est juste une barrière mobile.

— C'est juste, dit Bernie.

— Elle ne bloque même pas toute la route.

— Juste.

— Il n'y a personne ici, personne qui rentre, personne qui sort.

— Encore juste. »

Meehan détourna les yeux de la barrière. « Tu as une carte du Connecticut ?

— On est dans le Massachusetts, ici.

— Je sais. C'est pour ça que je veux le Connecticut. »

Bernie étudia cette réponse pendant un instant, puis fit un petit sourire. « J'ai pigé. On est perdus.

— C'est exactement ça. »

Bernie fourragea dans le compartiment rangement de sa portière, et finalement en déterra une carte du Connecticut. « J'ai trouvé.

– Excellent. Et je vais te dire, dit Meehan. Prends la clé, mais ne ferme pas.

– Parce qu'on est innocents.

– On ne fait que passer. »

Ils sortirent de la Honda, contournèrent la barrière, et s'engagèrent dans Burnstone Trail, Bernie dépliant la carte pour montrer le nord-ouest du Connecticut, à l'endroit dont ils étaient le plus proches. Toutes les guirlandes et les affiches électorales avaient été enlevées.

Au bout de quelques minutes, ils dépassèrent la trouée au milieu des arbres sur leur gauche, qui débouchait sur le champ, et Meehan dit : « Pour le pique-nique, tout le monde s'était garé là, et des petites voitures de golf les emmenaient jusqu'à la maison.

– Plutôt chicos, dit Bernie.

– C'était un pique-nique politique, expliqua Meehan, pour rameuter les fidèles. Tout était offert par des gens. Le richard qui habite ici avait offert sa maison, ou au moins le terrain devant, mais il était désolé parce qu'il ne pouvait pas être là en personne.

– Ah bon, dit Bernie.

– J'espère juste qu'il n'est pas encore de retour. Ce que j'aimerais bien, c'est qu'il n'y ait personne et pas de système d'alarme trop perfectionné.

– Ce serait bien, oui.

– Si ça pouvait se passer comme ça, dit Meehan, il n'y aurait plus qu'à retourner en ville, se trouver un ou deux gars de plus et un camion, revenir cette nuit, et l'affaire serait expédiée.

– Ce ne serait pas mal du tout », opina Bernie.

Ils continuèrent à marcher, et Meehan dit : « Ça, c'est la partie de la route que je n'ai pas vue la dernière fois, parce qu'il fallait se garer là-bas derrière.

– Ce n'est pas très différent du reste.

– Non. Voilà la maison. »

Elle se trouvait devant eux, une grande masse blanche au milieu des arbres verts. Ils poursuivirent leur marche, et aucune cordelette dorée ne leur barrait le chemin, cette fois. « C'était l'endroit au-delà duquel ils ne voulaient pas qu'on aille, la dernière fois, dit Meehan. Je veux dire, les gens devaient rester dans ce coin, devant la façade de la maison. » Il remarqua que les tentes qui avaient abrité le buffet avaient disparu, elles aussi. Un beau boulot de nettoyage, tout ça.

Ils longèrent tranquillement la maison, l'examinant attentivement, et Meehan dit : « Qu'est-ce que tu en dis ? Y a quelqu'un à l'intérieur ?

– Aucune voiture garée devant, dit Bernie. Aucun signe de vie à l'intérieur.

– Alors, continuons. Ce que nous cherchons doit se trouver dans un des autres bâtiments. »

Ils dépassèrent la maison, et l'orchestre de jazz Nouvelle-Orléans avait disparu de la véranda latérale, quoique d'une façon étrange, les saints en train de marcher semblaient toujours flotter dans l'atmosphère. Meehan fit un large sourire quand ils dépassèrent l'endroit où la corde dorée indiquait PRIVÉ. Plus loin sur la droite, non seulement le type de la sécurité était parti, mais son siège aussi avait été enlevé.

En progressant vers les bâtiments annexes, Meehan pouvait maintenant voir qu'ils étaient au nombre de trois. Le premier, en lattes de bois blanches avec un décor vert foncé comme la demeure principale, ressemblait de plus en plus à une maison pour les invités, et le second, rouge comme une grange, ne ressemblait à rien tant qu'à une grange. Au-delà de la maison d'amis, il y avait un troisième bâtiment, blanc lui aussi, plus petit que les deux autres, et en majeure partie caché par eux. Construit sans étage, il avait des allures de bungalow, avec un toit pentu qui descendait bas au-dessus d'une porte centrale flanquée de fenêtres. Il n'y avait pas de porche, juste une marche donnant sur un palier devant la porte, encadré de rambardes blanches.

« Quelque chose me dit, commenta Meehan, que notre puissance de feu doit se trouver là-dedans.

– La route donne directement dessus », dit Bernie.

Et en effet, c'est bien ce qu'elle faisait ; et puis elle s'arrêtait. Le bout de la piste Burnstone, devant ce petit bungalow.

Ils marchèrent jusqu'au bungalow, et Meehan passa sur le côté pour regarder par la fenêtre de droite, pour voir ce qu'il y avait à l'intérieur, et ce qu'il vit, ce fut un visage très pâle qui le regardait. Non, ce n'était pas un reflet de son propre visage, à moins qu'il ait vieilli de quarante ans depuis la dernière fois qu'il avait vérifié. Il eut un brusque mouvement de recul et le vieil homme, une silhouette blanche et fantomatique, pour ceux qui croient aux fantômes, fit un bonjour de la main, puis s'écarta de la fenêtre pour ouvrir la porte et se pencher au-dehors en leur disant : « Dites voir, les amis. Entrez donc.

– Nous sommes... » commença Bernie, mais Meehan le prit de vitesse : « Merci. On commençait à se dire qu'il n'y avait vraiment personne ici.

123

– Je n'en pouvais plus d'attendre pour rentrer, dit le vieillard, leur tournant le dos, entrant dans le bungalow, se fiant à eux pour le suivre à l'intérieur. Une fois que toute cette racaille a été repartie, s'entend. » Il avait un accent cultivé, pas tout à fait anglais, évoquant un raclement de chaînes.

« Ils sont venus très nombreux », dit Meehan. Lui et Bernie entrèrent dans le bungalow, Bernie fourrant la carte du Connecticut dans sa poche, puisqu'apparemment le scénario semblait avoir changé. Meehan espéra qu'il réussirait à trouver à quelle page on en était avant trop longtemps.

Le vieux était très grand et mince, et habillé presque entièrement en blanc. Un costume blanc, la veste ouverte sur une chemise blanche au col déboutonné. Ses chaussures de détente en daim se détachaient de l'ensemble. La peau de son visage et de ses mains était presque aussi blanche que son costume.

Par contraste, le bungalow était tout dans les tons de brun foncé. Des couvertures indiennes étaient jetées sur de vieux canapés aux accoudoirs en bois semblables à des pagaies. Les murs étaient lambrissés de bois, avec des reproductions encadrées d'œuvres de Maxfield Parrish ; des nymphes et des colonnes, dans un univers gréco-alternatif.

« Vous pouvez tout aussi bien fermer cette porte, dit le vieil homme, et comme Bernie s'exécutait, il demanda : Vous prenez un verre, mes petits gars ?

– Bonne idée », dit Meehan. Jusqu'à ce qu'il réussisse à saisir la nature de la situation, ce serait probablement une bonne chose de créer une atmosphère amicale.

« J'ai du bourbon ou du *rye*, leur dit le vieux. Rien que du whisky américain. Et de l'eau de Saratoga, si vous voulez le gâcher. Ah, *ça*, au moins, c'était une belle bataille ! » ajouta t-il, avec un grand sourire soudain, les yeux pétillants. « Quelle est votre préférence, les amis ?

– Je prendrai du *rye* avec un peu d'eau de Saratoga, dit Meehan. Il est un peu tôt encore. (Ce qui voulait dire, avant le déjeuner.)

– Pour moi aussi, dit Bernie.

– C'est probablement plus sage. Probablement plus sage. »

Le vieil homme ouvrit une énorme armoire ancienne en acajou, qui avait été transformée en meuble-bar, avec un lavabo et un petit réfrigérateur. Les bouteilles et les verres se trouvaient sur des étagères au-dessus. Tout en préparant leurs boissons, il dit : « C'est peut-être même la bataille la plus intéressante de toute la guerre, si vous voulez mon avis. (Il ne cessait d'interrompre son activité de barman pour gesticuler, déplaçant des armées avec ses mains.) Les tuniques rouges avaient décidé une avancée sur trois fronts, vers le sud en partant du Canada, vers le nord en venant de la ville de New York, vers l'est en descendant la vallée de la Mohawk, ils avaient prévu de tailler les colonies en tranches, comme des parts de pizza, et les forces des tuniques rouges s'étaient fixé rendez-vous à Albany. La troupe qui devait venir de New York n'est jamais arrivée jusque-là ; mais après tout, à quoi d'autre pouvait-on s'attendre de la part de New York ? St. Léger, qui descendait le long de la Mohawk, parvient jusqu'à Fort Stanwix, mais Benedict Arnold le repousse ; ça se passait avant qu'Arnold se révèle un poltron. Johnny Burgoyne " le Gentleman ", qui venait du nord, capture Fort Ticonderoga, mais il ne s'en sort pas aussi bien à Bennington, et se retranche à Saratoga Springs pour y panser ses blessures. Et voilà que survient le général Horatio Gates, qui le cloue sur place, le bat à plate couture, et contraint à la reddition toute sa misérable armée. Le 17 octobre 1777. Le premier jour où les Américains ont montré qu'ils pouvaient faire davantage que jouer les tireurs embusqués et mener une gentille guérilla. Ils étaient capables de gagner une *bataille*. Voilà pour vous, mes petits gars. »

C'était l'un des ces moments où Meehan aurait souhaité avoir trouvé un intérêt quelconque à l'histoire, de manière à avoir quelque chose à dire, là tout de suite. Mais c'était le présent qui avait toujours retenu son attention pleine et entière, tandis que le passé et le futur restaient à peu près totalement en dehors de son écran radar personnel. Aussi tout ce qu'il trouva à dire quand le vieux lui tendit un grand verre orné d'un motif rouge-blanc-bleu destiné à le faire ressembler à un tambour de la guerre d'Indépendance, ce fut, « Merci. »

Bernie dit également : « Merci », mais aussitôt après il ajouta : « J'ai toujours lu que ce n'était pas qu'Arnold était devenu un froussard, mais qu'il avait des ennemis au Congrès, qui avaient fabriqué toutes ces accusations contre lui.

– Il aurait dû tenir sa position comme un homme », dit le vieux. Il leva son propre verre, plus courtaud et plus épais que les leurs, et orné de la phrase VIVRE LIBRE OU MOURIR en lettres noires (la devise du New Hampshire), dans lequel il buvait son *rye* sans eau, et proposa : « À la République.

– Qu'elle se porte bien ! » dit Bernie, et lui et Meehan levèrent leur verre à l'unisson.

125

Après quoi Meehan sirota sa boisson, trouva la combinaison pas mauvaise même s'il était effectivement un peu tôt dans la journée, cependant que Bernie disait : « À cette bataille de Saratoga, les Américains n'avaient pas d'aussi bonnes armes que les Anglais, n'est-ce pas ? »

Oh, merci à toi Bernie, pensa Meehan, tandis que le vieil homme sautait sur la question, déclarant : « Vous ne pourriez pas avoir vu plus juste ! Laissez-moi vous montrer, oui, venez plutôt voir ça ! » et il se retourna pour ouvrir une porte intérieure, pendant que Bernie décernait à Meehan un sourire géant et ouvrait grand les deux mains pour dire : qu'est-ce qui aurait pu nous arriver de mieux que ça ?

« Venez donc par ici, mes gaillards », dit le vieil homme, allumant l'électricité dans la pièce voisine.

Et c'est bien là que tout se trouvait. Une pièce carrée aux murs intégralement tapissés de vitrines à façade de verre remplies d'armes : des fusils du Kentucky, des mousquets, des mousquetons, des fusils à chargement par la culasse, et sur des étagères plus courtes un éventail varié de pistolets, de revolvers et de derringers. Les meubles étaient d'un beau bois verni tout luisant, et juste sous la vitre de la porte que chacun d'eux comportait était fixée une discrète plaque de laiton : COLLECTION DE CLENDON BURNSTONE IV. Qui devait être ce vieux-là. Clendon Burnstone IV.

Clendon Burnstone IV se lança dans un petit numéro de chant et de danse au sujet de sa collection, que Bernie encouragea par d'occasionnelles questions intelligentes (ou apparemment intelligentes), tandis que Meehan étudiait à fond l'endroit. Il n'avait jamais eu l'occasion de voir la victime d'un cambriolage lui offrir une visite guidée des lieux avant le coup, et il trouva la situation un brin émoustillante. Il était temps de se ramener les pieds sur terre en se remémorant une des plus importantes des dix mille règles : si ça a l'air trop beau pour être vrai, c'est que ça l'est.

Eh bien, quel que puisse être le problème qu'ils rencontreraient un peu plus avant, à cet instant précis, il ne restait à Meehan rien d'autre à faire que de déguster son verre sur les lieux du crime. La porte de cette pièce était en métal, astucieusement peinte pour imiter des panneaux de bois, et elle recelait trois serrures à verrou. Il ne pouvait pas réellement se faire une opinion exacte sur les murs, puisque les vitrines les recouvraient, mais il soupçonnait qu'ils seraient tout aussi durs que la porte. Le sol était revêtu d'une matière noire caoutchouteuse, élastique sous le pied mais certainement posée sur une couche de béton. Le plafond était une sorte de feuille de plastique translucide de couleur crème, avec un éclairage placé derrière qui diffusait la lumière dans toute la pièce ; lui aussi serait renforcé contre toute tentative d'intrusion.

Les vitrines elles-mêmes étaient à quelques centimètres du sol, ce qui suggérait qu'elles étaient montées sur roulettes ; l'unique bonne nouvelle jusqu'ici. Puisque la collection partait de temps à autre en tournée, et puisque chaque vitrine portait cette plaque qui l'identifiait, il paraissait logique qu'il y ait des roulettes, ce qui les rendrait plus facile à déplacer.

La porte de chacune des vitrines avait sa propre serrure d'aspect alambiqué, mais aucune ne comptait. Il suffisait d'entrer dans cette pièce avec un marteau, et le verre ne serait plus qu'un souvenir.

Enfin, la conférence de Burnstone sur ses armes à feu et les batailles auxquelles elles avaient prêté leur concours arriva à son terme, et ils les guida à nouveau vers la première pièce, refermant la porte derrière lui sans la verrouiller, souriant et opinant du bonnet devant l'expression de délectation de Bernie, minaudant un peu. « Je suis fier de tout ceci, admit-il. En premier lieu, je garde ces armes ici, en Amérique, là où elles doivent rester.

– C'est vrai, dit Bernie. Est-ce qu'il vous arrive de montrer la collection au public ?

– Oh, de temps en temps, oui, dit Burnstone, lorsqu'on peut me proposer un local adéquat, là où les valeurs américaines sont encore capables d'être comprises. À Richmond, disons, ou peut-être à Boston. Pas dans une de ces villes de youpins comme New York.

– Non, je comprends ça, dit Bernie.

– Je vous l'avais proposé, à vous autres, dit Burnstone. Mêler ça à une apparition en public du candidat. Une apparition *importante* du candidat.

– Naturellement », dit Bernie, tandis que Meehan pensait, voilà ce qu'on est censés être. Des types du comité de campagne. Pas le CC, Jeffords et Benjamin et tous ces gens-là, mais le comité de campagne de l'Autre Camp, peu importait les lettres qu'ils utilisaient pour se désigner eux-mêmes. Peut-être le COP : le Comité pour Occire le Président.

« Je ne vois rien de mal, poursuivit Burnstone, à injecter un peu de patriotisme dans cette campagne électorale. *Exhibons* le drapeau ! Rappelons à tous ces attardés mentaux, là-dehors, que *leur* liberté a été achetée au prix du sang de nos patriotes !

– Exactement », dit Bernie.

Burnstone secoua la tête. « Mais je sais bien ce que c'est, tout est devenu une question de cibles électorales de nos jours, il faut trouver ce que les gens veulent s'entendre dire, et puis le leur dire. Dieu nous préserve de laisser apercevoir nos véritables sentiments. Il m'est toujours aussi difficile de croire que l'on peut mener à bien une élection présidentielle tout entière sans que personne dise *quoi que ce soit*, par peur que quoi qu'ils puissent dire, cela pourrait bien leur coûter des votes. Et dans le fond, peut-être qu'ils ont raison. La victoire, c'est tout ce qui compte, en définitive.

— Là-dessus, vous avez entièrement raison », dit Bernie.

Mais, pensa Meehan, s'il pense que nous sommes des gars du COP venus faire le point avec lui après la petite sauterie de ce week-end, ça veut dire que *quelqu'un* du COP va se ramener sous peu. Ce qui revient à dire que ce serait une bonne idée de se tailler d'ici avant que les véritables agents de la campagne montrent leur nez, parce que ce serait une très mauvaise idée de laisser soupçonner à Clendon Burnstone IV et à l'Autre Camp qu'il pourrait bien y avoir des prédateurs dans les parages.

« Nous vous avons retenu assez longtemps, dit Meehan, posant son verre encore à moitié plein. Nous avons vraiment apprécié cette chance de voir votre collection, mais nous ferions mieux de nous retirer, de vous laisser un peu en paix.

— Eh bien, je suis heureux d'avoir eu l'occasion de faire ce que j'ai pu, leur dit Burnstone tout en les raccompagnant à la porte. Nous en arrivons à la dernière ligne droite, à présent.

— Oui, en effet, acquiesça Meehan.

— Plus que quelques semaines et l'élection sera là, dit Burnstone. Et par la grâce de Dieu, il m'est *indispensable* que notre camp la remporte !

— Absolument », dit Bernie.

Burnstone ouvrit la porte du bungalow et les raccompagna à l'extérieur. « Ce n'est pas tant la présidence, dit-il, ça, ce n'est qu'une façade, mais j'ai vraiment besoin de quelques gars au Congrès qui soient prêts à faire passer *mon* projet de loi.

— C'est exactement à cela que nous travaillons », le rassura Bernie.

Parlant sur le ton de la confidence, Burnstone reprit : « C'est vraiment la seule raison pour laquelle je me prête à tout ça, vous savez. Pour la contrepartie. (Il secoua sa tête alourdie de soucis.) Me mêler ainsi aux classes inférieures, soupira-t-il. La manière dont je me comporte en temps normal avec les masses crasseuses, c'est que je les laisse à leur sort. » Levant une main osseuse et faisant un aimable sourire, il dit : « Ce fut une agréable conversation. »

28

Tandis qu'ils s'éloignaient du bungalow, Meehan jeta un regard à la maison d'amis et dit, du coin de la bouche : « Vise-moi ça. »

Ce qu'ils n'avaient pas été en mesure de voir lors de leur marche en direction du bungalow, c'était ces trois voitures garées sur un terrain goudronné, derrière la maison d'amis. La première était une Daimler noire, la seconde une Honda Civic orange, la dernière une Chevrolet Celebrity verte.

« La sienne, et celles du personnel », suggéra Bernie.

Ils continuèrent d'avancer, faisant le tour de la maison d'amis, à présent conscients qu'il devait y avoir quelqu'un à l'intérieur. Meehan dit : « On dirait bien qu'il vit dans la maison des invités. Tu crois que le personnel est à demeure ?

– Ce type a quatre-vingts ans, il ne veut sûrement pas rester ici tout seul.

– Et moi, je ne veux pas qu'il reste ici du tout, seul ou autrement », dit Meehan.

Il suivirent Burnstone Trail jusqu'à la maison principale, où Meehan annonça : « Je veux juste jeter un coup d'œil.

– Moi aussi. »

Ils grimpèrent les marches de la véranda et regardèrent par les vitres pour voir des montagnes de meubles recouverts de draps blancs. Puis ils regagnèrent le sentier qu'ils suivirent en s'éloignant : « La grande maison est trop grande pour lui, puisqu'il vit seul, remarqua Meehan. Alors, il reste dans la petite, avec un ou deux employés à son service. Comment ça se fait qu'il n'ait pas de famille ? Comment ça se fait qu'il n'y ait pas de Clendon Burnstone V ?

– Peut-être que quatre, c'était déjà assez », hasarda Bernie.

Ils poursuivirent leur marche, la maison disparaissant peu à peu derrière eux, et Meehan dit : « Je ne vois pas comment on peut le faire avec lui dans la maison d'amis.

– C'est un problème, acquiesça Bernie.

– C'est un problème de bruit, principalement. Nous ne pouvons pas tenter le coup sans faire reculer un camion jusqu'à la porte, et on ne peut pas amener un camion sur la pointe des pieds. (Pas l'une des dix mille règles, seulement une observation.)

– On ne peut pas cacher un camion par ici non plus, dit Bernie, pas sur toutes ces routes vides. Tu vois, pour se mettre en planque et attendre qu'il s'en aille.

– Et encore, s'il doit s'en aller, dit Meehan. D'un autre côté, je n'aime pas l'idée de la confrontation.

– Je sais ce que tu veux dire, opina Bernie. Mais c'est vrai que, une fois de temps en temps, la meilleure solution pour aller du point A au point B, c'est de ligoter le propriétaire de la baraque. »

Meehan secoua la tête. « J'aimerais mieux trouver un autre moyen.

– J'ai vu cette collection, maintenant, dit Bernie, et je la veux. Et je veux la lui piquer, à *lui*.

– Je te comprends. »

Bernie plissa le front. « Mais, tu sais, dit-il, je n'ai pas vu l'autre partie du boulot. Ce paquet que tu cherches.

– Oh, il sera là, dit Meehan. J'ai bien remarqué, certaines de ces vitrines avaient de petits tiroirs.

– Pour les munitions, dit Bernie, les pierres à fusil, la poudre, les petits sacs de balles, des choses dans ce genre. Il l'a dit lui-même.

– Le paquet sera dedans, lui aussi », dit Meehan et il vit une voiture qui venait sur la route dans leur direction, une Cadillac Seville bordeaux. « Faut qu'on détourne ces types », dit Meehan, et il leva une main.

Il y avait deux hommes dans la Cadillac, courtauds, le teint rougeaud, portant costume et cravate. Ils s'arrêtèrent et le conducteur baissa sa glace électrique. Meehan se pencha tout près. « Vous êtes du comité, les gars ?

– C'est bien nous, dit le conducteur. Owen Grassmore, et voilà Herb Greedly.

– Fred Leeman, dit Meehan, se désignant lui-même du doigt, et ça c'est Dave Harkin.

– Comment va ? » se demanda tout le monde.

130

Meehan dit : « On était justement venus pour parler de l'orchestre. Ils pensent qu'ils ont peut-être oublié un banjo ici.

— C'est incroyable, dit Grassmore, à quel point ce genre de choses arrive souvent.

— Et si vous voulez un bon conseil, dit Meehan, vous feriez mieux de ne pas aller voir le vieux, pas aujourd'hui. »

Grassmore parut embêté. « Nous sommes censés lui rendre une visite de politesse, remercier le bonhomme pour l'utilisation de la propriété.

— Je comprends ça, dit Meehan, mais là tout de suite, il est fou de rage. »

Bernie ajouta : « Il vocifère au sujet de la racaille, des attardés mentaux, qui ont envahi sa propriété.

— Oh, mon Dieu, s'exclama Grassmore. Je l'ai déjà vu quand il est comme ça.

— Les masses crasseuses, dit Meehan. Il va se calmer dans un petit moment, mais là tout de suite, vous ne feriez que lui rappeler le meeting, ça ne ferait qu'empirer les choses. Comme nous l'avons fait nous-mêmes. »

Greedly, l'autre type, se pencha pour dire : « C'est un vieillard misérable, si vous voulez mon opinion.

— Je suis totalement d'accord, lui dit Meehan.

— Si ce vieux salopard ne possédait pas quatre cent millions de dollars, dit Greedly, personne sur cette Terre ne lui adresserait la parole.

— Sa *propre famille* ne lui adresse même pas la parole, dit Grassmore.

— Lui adresser la *parole ?* (Greedly se permit un aboiement d'un rire mauvais.) La famille tout entière se fait des *procès* à qui mieux mieux !

— Je déteste vraiment les gens riches, dit Grassmore, mais nous avons besoin de leur argent.

— Eh bien, vous pouvez vous épargner des ennuis, leur dit Meehan, si vous repoussez votre visite à un peu plus tard dans la semaine.

— Une fois qu'il se sera complètement calmé, dit Bernie.

— Ou qu'il sera au moins un peu plus calme, corrigea Meehan. Disons, vendredi. Il devrait être redevenu normal, d'ici vendredi. Enfin, à peu près tolérable.

— Merci pour l'avertissement, les amis, dit Grassmore. Je vais m'appliquer à suivre votre conseil. »

Greedly demanda : « C'est votre voiture, là-bas sur la route ?

– C'est la mienne », lui dit Bernie.

Grassmore demanda : « Vous voulez qu'on vous y dépose ?

– Ce serait extra, dit Meehan, et lui et Bernie grimpèrent sur le confortable siège arrière.

– Heureux de pouvoir vous aider », dit Grassmore, haletant tandis qu'il tournait indéfiniment son volant au fil de toutes sortes de manœuvres dans le but de faire exécuter un demi-tour à la grosse automobile.

Greedly leur fit un sourire, du siège avant. « Après tout, dit-il, nous sommes tous du même parti, nous luttons tous ensemble pour la bonne cause. Ce n'est pas comme si vous apparteniez à l'Autre Camp.

– Dieu nous en préserve ! » dit Meehan, et ils se mirent tous à rire.

29

Une fois à bord de la Honda immatriculée dans le Maryland, en route vers le sud, ayant fait des adieux pleins de gratitude à Grassmore et Greedly, et s'étant assurés que personne du COP (ou quoi qu'ils aient pu être) n'approcherait de Burnstone IV avant vendredi – quand le coup serait fait, ou quand Meehan serait déjà loin sur la route de l'Idaho – ils discutèrent des différentes possibilités, et apparemment, il n'en existait aucune.

« On ne peut pas entrer en silence, dit Bernie.

– Ça, je sais, acquiesça Meehan. Mais tu sais, et je sais aussi, qu'il doit y avoir un système de sécurité quelconque là-dedans, dans le bungalow et dans la maison d'amis. Des alarmes téléphoniques reliées au central de police du coin, à tout le moins. Je ne veux pas essayer d'entrer en force, de kidnapper tout le monde, de ligoter tous ces gens...

– Là, je te suis, dit Bernie. Il y a toujours un trop grand risque de violence, de quelque chose qui tournerait mal. Et puis c'est un truc risqué à tenter avec un homme de quatre-vingts ans, tu lui flanques une attaque et pan, te voilà inculpé de meurtre.

– Un kidnapping, et maintenant un meurtre. (Meehan secoua la tête.) Tout ce que je veux faire, c'est un petit cambriolage.

– Pas avec Burnstone et son personnel sur les lieux du casse, dit Bernie. Donc, soit on y va quand il est là, et on s'arrange pour le faire taire d'une façon ou d'une autre, soit on l'attire *à l'extérieur* de la propriété, par un moyen quelconque.

– Te voilà revenu au kidnapping », fit remarquer Meehan.

Ils arrivaient à une intersection, les routes 7 et 44. Bernie s'arrêta et demanda : « Quel chemin on emprunte ?

133

« – C'est très exactement la question, pas vrai ? » dit Meehan.

Quitter le Massachusetts, franchir un petit bout de Connecticut, puis redescendre sur le Taconic Parkway dans l'État de New York. Bernie conduisait, et Meehan regardait d'un air sombre le monde automnal au-dehors, sans tout à fait le voir. Il connaissait les données du problème, à présent ; il ne lui restait qu'à trouver un moyen de le résoudre et de faire le coup.

Il se prit à songer à Sherlock Holmes, dont la règle numéro un au top de ses propres dix mille règles personnelles était : Excluez l'impossible, et ce qui restera, aussi improbable que cela puisse être, sera la réponse. Très bien, excluons l'impossible. On ne peut pas entrer sans qu'on nous entende, on ne peut pas affronter la maisonnée sans le risque excessif d'une violence peu souhaitable et de systèmes d'alarme inconnus. Alors que reste-t-il ? Un hélicoptère silencieux.

Parfait. Oublions Sherlock Holmes, qui de toute manière semble vraiment travailler pour l'Autre Camp.

Rompant un silence qui durait depuis près d'une heure, Bernie survola d'un regard lugubre le Taconic Parkway, presque vide en ce lundi après-midi, et dit : « Je veux *vraiment* ces flingues.

– Oui, dit Meehan. Et moi, je veux vraiment ne pas avoir à retourner au MCC. Et je ne veux probablement pas aller dans l'Idaho non plus. Tout le monde veut quelque chose, nous voulons tous une chose ou une autre. Même Burnstone, probablement...

– Je suppose que oui, dit Bernie. Même à son âge.

– Chut, dit Meehan.

– Tu sais, on a complètement oublié de déjeuner.

– Chut ! »

Bernie lui jeta un drôle de regard, puis se retourna vers son volant et demanda : « Tu as trouvé un plan.

– J'ai trouvé une piste, dit Meehan. Je vais la suivre. Est-ce qu'elle va m'emmener jusqu'à un plan ? Fais demi-tour, il faut qu'on y retourne. Nous *savons* ce que Burnstone veut.

– Vraiment ?

– Il veut faire un discours », dit Meehan.

Cette fois, ils contournèrent la barrière mobile en voiture et roulèrent sur Burnstone Trail, en suivant la demi-boucle de bitume jusqu'à l'arrière de la maison d'amis, où ils se garèrent à côté de la Daimler, de la Honda et de la Chevy. Tandis qu'ils descendaient de leur propre Honda (d'un modèle différent), la porte de derrière de la maison d'amis s'ouvrit et une femme à l'air soucieux avec deux crayons jaunes plantés dans l'épais chignon gris et noir qui ornait le sommet de son crâne comme si c'était la Journée des Secrétaires au pays des geishas se pencha au-dehors pour demander : « Puis-je vous aider ?

— Nous sommes déjà venus tout à l'heure, lui dit Meehan. Nous sommes du comité. Je suis Owen Grassmore et voici Herb Greedly. Monsieur Burnstone est toujours à côté avec la collection d'armes ?

— Monsieur Burnstone, les informa-t-elle, avec un frisson possessif, achève sa collation de la mi-journée.

— Eh bien, je pense qu'il sera désireux de nous voir, l'informa à son tour Meehan. Dites-lui que c'est Grassmore et Greedly, les gars à qui il a montré sa collection d'armes ce matin, et que nous avons une requête à lui présenter.

— Sans aucun doute, dit-elle. Vous autres jeunes gens de la politique avez toujours des requêtes à présenter, n'est-ce pas ?

— Oui, m'dame, acquiesça Meehan.

— Un moment, je vous prie. »

Elle rentra à l'intérieur et Bernie dit : « Je crois qu'elle me plaît autant que lui.

— On ne va pas lui faire la cour très longtemps », dit Meehan, et la porte se rouvrit pour laisser passage à Burnstone en personne, son verre marqué VIVRE LIBRE OU MOURIR dans une main et une serviette en tissu blanche assez sale glissée dans le col de sa chemise. « Rebonjour, monsieur », dit Meehan.

Burnstone descendit les deux marches de ciment jusqu'au chemin goudronné, en disant : « Vous avez oublié quelque chose, mes petits gars ?

— Non, monsieur, dit Meehan. Une nouvelle situation vient de se présenter, et nous nous demandions si vous pourriez nous aider à la résoudre.

— Pour le parti ? (Le dos de Burnstone se fit plus droit.) Tout ce que je pourrai faire, je le ferai, dit-il.

— Eh bien, monsieur, expliqua Meehan, il va y avoir un grand meeting pour le déjeuner, mercredi à Bellwether, et le sénateur Windsor devait faire le grand discours de la journée, là-bas, mais nous venons d'apprendre qu'il a contracté une bronchite sévère. Et je me suis souvenu que ce matin, vous nous avez dit que vous seriez disposé à parler en public, si le besoin devait s'en faire sentir, et...

— Parler en public ? » Les yeux de Burnstone scintillèrent, mais presque aussitôt le scintillement s'évanouit, et il dit : « Vous voulez dire, lire des calembredaines tripatouillées à l'avance, l'égalité pour les femmes de chambre, et tout ce tralala ?

– Oh, non, monsieur, dit Meehan. Il n'y a rien de préparé, et il n'y a pas le temps de préparer quoi que ce soit. Monsieur Greedly et moi en avons discuté, et il nous a semblé tout à fait naturel que vous parliez de ce qui vous paraîtra le plus approprié, et la foule avalera ça tout cru.

– Particulièrement, dit Bernie, cette foule-là en particulier.

– Oh ? » Alerte, Burnstone dit : « Et qui donc sont ces gens ?

– Les ARA », dit Bernie.

Avec quelque doute, Burnstone répéta les initiales. « Je ne suis pas certain de les connaître.

– Ce sont les Amis de la Révolution Américaine, dit Bernie. C'est une organisation regroupant les gens dont les ancêtres *auraient* combattu dans la guerre d'Indépendance.

– Dans notre camp, intervint Meehan.

– Oui, évidemment, dit Bernie. Qui auraient combattu dans notre camp lors de la guerre d'Indépendance s'ils étaient arrivés ici à temps. Elle est destinée aux gens qui, à cause d'un accident de naissance...

– Et de la géographie, intervint Meehan.

– ... ne peuvent se qualifier pour faire partie des DRA ou des FRA. Alors dans leur cas, il y a les ARA.

– Eh bien, voilà qui m'a l'air fichtrement décent, dit Burnstone. Ils m'ont tout l'air de bien braves gens.

– Ils ont de la terre, pour la plupart, dit Bernie. Ils viennent de solides familles d'Europe du Nord, pour la plupart. (Il se pencha plus près.) Des gens de notre espèce, dit-il avec un clin d'œil.

– Je vous ai compris, dit Burnstone, et il se tapota un côté du nez du bout du doigt. Je me fais une joie de rencontrer ces braves gens. »

Meehan dit : « Alors, vous acceptez ? Vous nous sauveriez la vie, vous savez.

– Je vois clairement que c'est mon devoir, le rassura Burnstone. Dites-moi où je dois me trouver, et quand, et j'y serai.

– C'est probablement à une heure de voiture d'ici, lui dit Meehan. Vous savez, là-bas, à Bellwether.

– Je ne crois pas connaître l'endroit.

– Nous enverrons une limousine vous prendre, lui promit Meehan. On viendra vous chercher vers onze heures, vous pourrez prendre un bon déjeuner une fois là-bas. Combien de personnes y a-t-il avec vous, ici à la propriété ?

136

– Seulement trois, dit Burnstone. Miss Lampry, dont vous avez déjà fait la connaissance, est mon assistante personnelle. Et puis il y a les Joad, qui se chargent du nettoyage et de la cuisine et du reste.

– Emmenez-les donc, l'incita Meehan. Il y aura largement assez de place dans la limousine, et plus notre participation à cet événement sera remarquée, plus notre couverture dans les médias sera importante.

– Les emmener ? » Burnstone eut un regard plein d'incertitude.

Bernie déclara : « Les Joad pourront monter devant avec le chauffeur ; il y aura bien assez de place. »

Les cieux s'éclaircirent ; Burnstone leur décerna un large sourire à tous les deux et dit : « Cela m'a l'air d'une merveilleuse occasion. Il y a toute une série de sujets sur lesquels j'aimerais m'exprimer.

– J'en suis bien certain, dit Meehan.

– La limousine, dit Bernie, sera ici mercredi matin à onze heures.

– Je serai fin prêt », leur dit Burnstone, et il leur porta un toast avec VIVRE LIBRE OU MOURIR.

Des adieux amicaux furent échangés par tout le monde. Puis, une fois de retour dans la voiture, Bernie dit : « Meehan, on en a fait assez. Il faut vraiment que je déjeune, là. Il est presque trois heures de l'après-midi. J'ai tellement faim que, pendant qu'on était là-bas, j'aurais été capable de lui bouffer sa serviette de table. »

30

Tout en déjeunant dans un restaurant de Sheffield, Massachusetts, ils discutèrent de ce qu'ils avaient déjà et de ce qu'il leur manquait encore. « D'abord, une limousine, dit Meehan, et un chauffeur. » Bernie, essayant de manger tout un double cheeseburger d'une seule bouchée, hocha la tête.

« Ensuite, il nous faut aussi un camion », ajouta Meehan, et Bernie hocha la tête.

« Seulement, aucun de nous ne peut faire le chauffeur, parce que Burnstone nous a déjà vus tous les deux », et Bernie hocha la tête.

« Alors toi et moi nous serons dans le camion, et j'imagine que ça veut dire que l'un de nous le conduira », poursuivit Meehan, et Bernie hocha la tête et le désigna de l'index.

« Bon, donc je conduis le camion, conclut Meehan, et toi tu t'occupes des serrures et des alarmes », et Bernie mima une main-qui-tourne-une-poignée-de-porte.

« Je me demande, dit Meehan, si nous ferions mieux de déménager les vitrines complètes ou juste de briser les vitres et de prendre les flingues », et Bernie abattit un marteau imaginaire.

« Ouais, d'accord, on a aucun besoin des vitrines, dit Meehan, puisque de toute manière Leroy va disperser la collection, alors la question suivante, c'est : est-ce qu'on transbahute toute cette camelote nous-mêmes ou est-ce qu'il nous faut davantage de main-d'œuvre ? » et Bernie indiqua du doigt Meehan puis lui-même.

« Bon, je comprends ce que tu veux dire, acquiesça Meehan, parce que ça signifie qu'il y aura davantage à se partager au final s'il n'y a que nous deux et le chauffeur, mais il s'agit quand même de bouger un paquet de flingues plutôt lourds, là », et Bernie tapota la vitre de sa montre-bracelet.

Meehan fit oui de la tête. « Bien sûr, nous aurons le temps, au moins une heure, peut-être même plus. Alors d'accord, il y aura juste nous deux sur place, avec le camion. Maintenant, ce qu'il faut trouver, c'est le chauffeur », et Bernie leva une main, la paume ouverte vers l'extérieur, pour inciter Meehan à marquer une pause.

Meehan marqua donc une pause, et regarda Bernie engloutir une grande gorgée de soda allégé. Puis Bernie déclara : « Je l'ai, le chauffeur.

– Tu l'as ? Pourquoi tu ne me l'as pas dit ?

– C'est ce que je viens de faire, dit Bernie. Bob Clarence. Tu le connais ?

– Je ne crois pas.

– C'est un chauffeur, dit Bernie. Épatant. Des nerfs d'acier. Il ne repartira jamais de la banque sans les gens qu'il a amenés.

– Un bon point pour lui.

– Et le meilleur truc à son sujet, dit Bernie, c'est qu'il a déjà un uniforme de chauffeur. Tu vois, c'est de cette façon qu'il s'habille, très souvent, quand il est sur un coup. Si tu vois une auto devant une bijouterie, le moteur en marche, tu te dis : " Hé, qu'est-ce qui se passe là-dedans ? " Et alors tu vois le type en uniforme de chauffeur assis derrière son volant, et tu te dis : " Ah d'accord. " Comme si tu avais compris quelque chose.

– Ce type m'a l'air au poil, dit Meehan.

– Il l'est, dit Bernie. Je l'appellerai dès qu'on sera de retour en ville, pour voir s'il est disponible mercredi.

– Ensuite, passe-moi un coup de fil au motel.

– Ça roule, dit Bernie en souriant. Et je t'ai gardé le meilleur pour la fin, vu le client dont on s'occupe dans ce boulot.

– Quoi donc ?

– Bob est noir », dit Bernie.

Meehan sourit comme une carpe. « Tu vas faire de Clendon Burnstone IV un homme très heureux, dit-il.

– Juste pendant un petit moment », dit Bernie.

31

À chaque fois que Meehan entrait dans la chambre 318, le voyant de la messagerie de son téléphone lui clignotait à la face. Cette fois, quand il appuya sur le bouton, il y eut tout d'abord une voix spectrale qui lui annonça que trois messages l'attendaient, et tous trois provenaient de Goldfarb :

1) « Notre audience est fixée à onze heures du matin, jeudi, au tribunal familial de Queens. Nous devrions passer la situation en revue ensemble bien à l'avance. Rappelez-moi. »

2) « Meehan, il faut vraiment que vous me contactiez, là, avant qu'on se rende au tribunal. Rappelez-moi, vous voulez ? »

3) « Où êtes-vous passé ? J'ai laissé un message hier, un message ce matin, et vous n'êtes toujours nulle part, où donc disparaissez-vous tout le temps ? Il n'y a aucune raison que j'aille au tribunal demain si vous ne m'y accompagnez pas, puisque toute l'argumentation repose sur le fait que vous êtes censé être sous *ma* tutelle. Où diable êtes-vous passé, enfin ? »

Et donc il la rappela, et quand elle lui lança un « Allô » franchement irrité, il dit : « Eh bien, je m'occupais des affaires de mon employeur, et vous ne voulez pas être au courant de tout ça. Mais je suis là, maintenant.

— J'avais fini par renoncer à me soucier de vous, dit-elle.

— La plupart des gens font ça, en effet. » Il y était habitué.

Elle soupira, mais resta concentrée sur son message : « Pouvez-vous venir avec moi demain matin ?

— Bien sûr. Onze heures ? Aucun problème.

— On devrait arriver en avance, probablement quitter la ville vers neuf heures trente. (Les faubourgs de Manhattan font techniquement patrie intégrante de la ville de New York, mais tous les New-Yorkais qui s'y rendent décrivent cette action comme « quitter la ville », ce qui est en fait parfaitement juste.)

– Excellent, dit Meehan. On reprend le métro ?

– Vous avez pris le métro.

– Cette partie de ma journée était légale, lui dit-il. En fait, presque tout ce que j'ai fait aujourd'hui était légal.

– Est-ce que vous vous apprêtez à me donner volontairement des informations sur le sujet ?

– Absolument pas.

– Très bien. Nous devrions discuter un peu avant l'audience.

– Dans le métro ?

– Il est impossible d'avoir une discussion dans le métro, dit-elle. Invitez-moi à dîner.

– Moi ? C'est vous, la personne qui a empoché les six mille tickets.

– Je vous ai porté à bout de bras, Meehan, dit-elle. Maintenant, c'est votre tour. »

Il haussa les épaules, même si elle ne pouvait voir son geste. « Ouais, bien sûr, entendu, dit-il. Mais pas à l'endroit où Jeffords nous a emmenés dîner.

– Je m'en rends bien compte. Vous n'avez qu'à choisir, un rade minable qui sent le graillon, dans un coin perdu. J'apporterai les pastilles digestives.

– Je connais un super restau antillais, à Downtown, dit-il, ils ont du coude de chèvre.

– Du coude de chèvre – vous vous payez ma tête.

– Non, pas du tout. C'est la patrie de la jambe de la chèvre qui se plie, je ne sais pas comment ça s'appelle, alors je dis le coude. Avec des épices et tout ça, c'est vraiment extra.

– Tout ce que j'entends toujours raconter sur Downtown, dit-elle, me fait souvenir de la raison pour laquelle j'habite Uptown.

– Alors venez vous encanailler un peu, dit-il.

– À quelle heure on se retrouve ? »

Le restaurant, dans une petite rue de traverse du West Village, avec sa joyeuse foule de convives multilingues et dénués d'inhibitions, hurlant pour couvrir le reggae que déversaient des haut-parleurs placés à chacun des quatre coins du plafond, faisait à peine plus de bruit qu'un wagon de métro prenant un virage à pleine vitesse, mais le coude de chèvre était tel que Meehan l'avait décrit, et les margaritas n'étaient pas mal non plus. Pour s'aventurer dans les bas-fonds, Goldfarb avait enfilé des bottines noires, un pantalon de flanelle noir, et un ample pull-over couleur prune. Les lunettes géantes étaient les mêmes que d'habitude. Meehan portait son blouson à fermeture Éclair et le reste de son accoutrement standard.

« C'est impossible de discuter ici ! » s'écria-t-elle, une fois qu'ils eurent hurlé leur commande au Jamaïcain de haute taille qui assurait le service.

« Pardon ?

– C'est impossible de discuter, ici !

– Plus tard !

– Pardon ? »

Il se servit de ses doigts pour imiter deux personnes qui marchaient, et de l'index, désigna la rue. Elle acquiesça, et ils prirent leur dîner, qu'il paya en espèces, parce que c'est tout ce qu'il avait. Puis ils sortirent dans la nuit fraîche, dans les rues tranquilles de Greenwich Village, et Goldfarb dit : « Bon, le coude de chèvre, c'est très bon, mais nous étions censés discuter sérieusement.

– On peut marcher un moment. »

Ils se mirent donc en marche, et elle dit : « On a déjà pu régler beaucoup de choses au sujet du dossier, mais ce n'était que des paperasses. Pour cette dernière étape, il faut que vous soyez physiquement présent devant le juge, et c'est là que le bât blesse, parce que cette dame, c'est la juge d'un tribunal pour délinquants juvéniles. »

Meehan dit : « Mais elle est dans le coup, pour l'arnaque, hein ?

– Pas exactement », dit Goldfarb.

La nuit était fraîche, mais pas désagréable. Les arbres voilaient une bonne partie des sources de lumière publiques, il y avait peu de circulation, et d'autres gens, en couple ou en groupe, se promenaient eux aussi dans cette calme obscurité. Le West Village était un coin étrangement paisible de Manhattan, privé de la densité normale de foules, d'embouteillages et de néons, son labyrinthe de ruelles étroites offrait un trop grand défi aux touristes et aux chauffeurs de taxi. Le restaurant antillais qu'ils venaient de quitter était probablement l'endroit le plus bruyant à un kilomètre à la ronde.

Avec ces réverbères enveloppés d'ombre, cette circulation au bruit étouffé, ces gens qui vagabondaient et cet air vif, Meehan savait bien que c'était là une situation que l'on pourrait aisément qualifier de romantique, mais il savait aussi que c'était un moment gâché. En d'autres circonstances, déambuler avec une jeune femme acceptable après le dîner l'aurait probablement incité à se conduire de la manière logique, mais aucune de ces circonstances n'était réunie ce soir. Pour commencer, Goldfarb était un avocat, et entre le criminel et l'avocat, il existait des lignes qu'il ne fallait pas franchir. En second lieu, son premier contact avec elle avait eu lieu au MCC, et il planait toujours un parfum de conférence avocat-client au MCC lors de chacune de leurs rencontres, et cela jetterait un froid sur n'importe quelle tentative de rapprochement. Et puis, il y avait ces lunettes monstrueuses. Et, par-dessus tout le reste, elle était Goldfarb.

Et elle parlait. « Cette juge, disait-elle, T. Joyce Foote, tout ce qu'elle sait, c'est ce que lui ont dit les paperasses qui ont atterri sur son bureau. Et ce que celles-ci lui ont dit, c'est que ce vendredi, pendant que nous volions vers Norfolk et que mon appartement était la cible d'une invasion d'espions, par la grâce de Dieu, les petits gars de Bruce Benjamin sont allés voir le procureur général de l'État de New York, et l'ont incité à demander que votre cas passe sous sa juridiction, c'est-à-dire sous celle de l'État et non plus celle de la cour fédérale, au prétexte fourni par votre propre argumentation selon laquelle il n'y avait aucune preuve visible d'une implication du gouvernement avec le camion lui-même ou le contenu voyageant à bord du camion.

— Comme je l'ai dit.

— Comme vous l'avez dit, reconnut-elle. Maintenant, en temps normal, l'avocat général fédéral livrerait bataille face à une telle tentative d'empiéter sur son territoire, mais cette fois-ci, il avait été averti.

— Au sujet de l'arnaque en cours, dit-il.

— Peu importe ce qu'on lui a dit, coupa Goldfarb. Ce qui compte, c'est qu'il n'a pas émis d'objection, et que le changement a été effectué. Cela fait, le procureur de l'État de New York a consenti à vous transférer auprès du procureur d'un faubourg éloigné de la ville de New York, puisque vous étiez déjà incarcéré à l'intérieur des limites de la ville.

— Je parie que normalement, ça aussi, ça aurait donné lieu à une bagarre pour la question du quartier choisi.

— Tout à fait. Enfin, bref, ce matin, j'ai posé la demande pour que l'on vous confie à ma tutelle, puisque vous étiez improprement détenu dans un établissement fédéral alors qu'aucune accusation de crime fédéral ne pesait sur vous, et dans cette tournée-là de paperasses, vous êtes devenu mineur.

– Ah bon », fit-il.

Elle haussa les épaules, comme pour montrer qu'elle n'en faisait pas toute une affaire mais que pourtant il y aurait eu de quoi, et dit : « C'est comme ça que j'ai pu vous avoir sous tutelle. *Sorti* du MCC parce que vous n'étiez pas un prisonnier fédéral, *entré* sous ma garde parce que vous étiez détenu de manière inappropriée, et tout d'un coup la raison pour laquelle il est inapproprié de vous détenir au MCC, c'est que vous êtes mineur.

– Une petite partie de bonneteau, suggéra Meehan.

– Très similaire en tout cas. Maintenant, dit-elle, il y a une foule de gens à la fois au niveau fédéral et au niveau de l'État qui ont dû avoir une très grosse poussière dans l'œil quand ils ont vu passer ces papiers, mais on avait donné à comprendre à tout le monde qu'il y avait à tout ça un tas de bonnes raisons que seuls des gens très haut placés connaissent, et qu'aucun coup de pied aux fesses ne leur tomberait dessus en retour. Alors, nous voici donc à la dernière étape, la juge du tribunal des mineurs T. Joyce Foote, qui va vous jeter un seul regard et verra de suite que vous n'appartenez pas au registre habituel des PINS placées sous sa juridiction.

– Je ne suis pas un PINS, dit Meehan, se sentant dépassé.

– Personne en infraction nécessitant une supervision. C'est la formule idoine lorsqu'on traite le cas d'un mineur. »

Meehan hocha la tête. « Très bien. Donc tout ce qu'elle a vu jusqu'ici, c'est la paperasse, elle va me regarder et puis me dire : " Vous n'avez rien d'un PINS ", et elle va renvoyer cette paperasse à l'envoyeur pour me bouler de son tribunal.

– De sa cour de justice, corrigea Goldfarb. Je ne vous fais pas parader devant le tribunal des mineurs de gaieté de cœur, vous pouvez me croire. Et, non, elle ne va pas retourner le dossier à l'expéditeur, parce qu'elle verra que des gens avec davantage de pouvoir et d'importance qu'elle-même ou que n'importe qui au tribunal des mineurs ont déjà signé les papiers. Et c'est à ce moment que j'expliquerai qu'il y a d'autres raisons humanitaires au traitement spécial qu'on vous réserve, ou peut-être que vous êtes le roi des mouchards et que vous vous apprêtez à balancer un témoignage sur le monde entier. Nous allons devoir essayer de vous faire graviter dans une zone d'ombre entre le super-criminel et le raté absolu, sans nous montrer vraiment précis au sujet de rien, parce que nous n'avons pas besoin de nous montrer vraiment précis. Vous me suivez ?

– Non, dit Meehan.

– Bon, parfait. Votre boulot, devant la juge Foote, ce sera de prendre l'air misérable mais fourbe, ce que je vous crois capable de faire, et peut-être y ajouter un peu de faiblesse physique en plus. Répondez aux questions brièvement, ne vous portez jamais volontaire pour fournir aucune information.

— Je ne me suis jamais porté volontaire pour rien du tout, lui dit Meehan, au cours de mon existence entière.

— Gardez le cap, alors, lui conseilla-t-elle. Demain matin, vous serez débarrassé de vos ennuis avec la loi.

— Alléluia, dit-il.

— Cela dit, poursuivit-elle, souvenez-vous que vous êtes, ou que vous serez bientôt, en liberté conditionnelle, et sous ma tutelle. Vous avez encore une laisse autour du cou. Si vous essayez de nous jouer un tour, de vous enfuir, de ne pas livrer la marchandise à Jeffords et Benjamin, *tout* ce qui a été fait jusqu'ici sera défait, et vous vous retrouverez de nouveau en route pour le MCC.

— Pigé. »

La lumière se reflétait sur ses lunettes cependant qu'elle l'étudiait de près. « Vous comptez bien aller jusqu'au bout de cette affaire, n'est-ce pas ? Jusqu'au bout ?

— Jusqu'au bout, accorda-t-il.

— Très bien. » Elle jeta un regard devant elle, vers un carrefour où brillaient des lumières beaucoup plus vives. « On dirait que c'est la Septième Avenue, là. »

Il jeta un coup d'œil alentour pour s'orienter. « Ouais, je crois bien que c'est ça.

— On va se trouver un taxi, dit-elle en accélérant le pas. Venez, je vous dépose. »

Tandis qu'ils marchaient, Meehan jeta un regard en arrière à l'obscurité parsemée de feuillage d'où ils venaient à peine d'émerger. Dommage, vraiment dommage.

32

À tous les coups, vraiment à tous les coups. À tous les coups, quand Meehan entrait dans la chambre 318, il y avait cette lumière rouge qui clignotait sur le téléphone, comme par une espèce de réflexe. Eh bien, cette fois au moins, ça ne pouvait être Goldfarb, qu'il venait de laisser dans un taxi devant sa porte, aussi s'approcha-t-il pour voir ce que c'était, et la non-voix l'informa qu'il avait deux nouveaux messages. Merveilleux d'être si populaire.

Le premier était de Bernie : « On peut voir Bob à onze heures du matin, dans mon quartier. Ça te va ? » Bob, ce devait être le chauffeur, Bob Clarence.

Et le second message était de Jeffords : « Je crois comprendre qu'une journée chargée vous attend, au tribunal, demain. Mes félicitations. Je passerai dans l'après-midi pour votre rapport sur les progrès de l'affaire. Appelez-moi, euh, sur ma ligne privée, une fois que vous serez sorti du tribunal. »

Un rapport sur les progrès de l'affaire. La journée du lendemain se remplissait à vue d'œil, et Meehan aurait bien pu se passer de tout ceci.

Le radio-réveil riveté à la table de nuit indiquait 9:43. Bernie serait encore levé, mais est-ce qu'il serait chez lui ou dehors ? Meehan trouva son numéro dans sa banque de données mémorielle, le composa, et la dame répondit. « C'est moi, Meehan, de nouveau. Bernie est dans les parages ?

— Il regarde une de ses émissions préférées.

— Ah. Est-ce qu'il préfère me rappeler ?

— Un moment. Je vais le lui demander », dit-elle, et elle s'éloigna en clopinant, et la voix suivante qu'il entendit fut celle de Bernie : « Tu as eu mon message.

146

– Je ne veux pas te priver de ton émission préférée.

– Elle est nulle, en fait, dit Bernie. On est toujours en piste pour demain ?

– Je ne peux pas, dit Meehan. Il faut que je me montre au tribunal des mineurs. » Quand Bernie ne répondit par rien d'autre qu'un blanc, Meehan ajouta : « C'est normal, ça fait partie du processus. »

Bernie demanda : « Est-ce que ça m'intéresse de savoir de quel processus il s'agit ?

– Le processus dont on a discuté, celui qui me permet d'être ici et pas à Downtown.

– Bon, très bien, passe-moi les détails. Et ensuite ?

– Euh, non, ensuite j'ai encore un autre truc à faire.

– Meehan, il est question de faire ce machin après-demain, tu te souviens ?

– Ça, je le sais.

– Bob a besoin qu'on se rencontre, il veut que tu le mettes toi-même au parfum.

– Mais il est libre, il pourra le faire ?

– Peut-être. Il se décidera une fois qu'il aura entendu ce que tu vas lui raconter. »

Meehan fronça les sourcils en regardant le radio-réveil. « Et ce soir ?

– Ce soir ? Il est en ville, il ne va pas vouloir venir jusqu'ici ce soir.

– Bernie, dit gentiment Meehan, moi aussi, je suis en ville. »

Il y eut un autre blanc de la part de Bernie, mais cette fois Meehan attendit qu'il reprenne la parole, et finalement Bernie dit : « Tu veux dire que tu voudrais que moi, je vienne en ville ce soir.

– Après la fin de ton émission préférée.

– Non, ça on s'en fout, ce programme est nul, c'est juste la force de l'habitude. Laisse-moi voir si je réussis à joindre Bob et je te rappelle.

– Très bien », dit Meehan, et il passa le laps de temps qui suivit devant la télévision, à essayer de deviner laquelle des niaiseries que l'on diffusait était l'émission préférée de Bernie.

Toutes les niaiseries se terminaient, pour se voir remplacées par les niaiseries de dix heures du soir, quand le téléphone sonna, et c'était Bernie, apparemment très troublé : « Il pourrait nous voir vers minuit.

– Parfait, dit Meehan.

– Oh bon sang, Meehan, dit Bernie. Pour te dire la vérité, je n'ai vraiment aucune envie de prendre la voiture pour venir en ville à minuit.

– Tu es devenu un vrai banlieusard, Bernie.

– C'est ma vraie nature qui remonte à la surface. Pourquoi tu ne le verrais pas sans moi, après tout ?

– Comment est-ce que je le reconnaîtrais ?

– Je peux te le décrire, et je lui donnerai ta description à toi. »

Meehan n'était pas trop sûr de la chose. Parce que de la façon dont ça marchait en temps normal, puisqu'on était sur le point de faire quelque chose d'illégal, de la façon dont les dix mille règles prévoyaient ce genre de truc, on ne donnait pas rendez-vous à un inconnu. On donne rendez-vous à quelqu'un qu'on connaît qui connaît l'inconnu, qui vous présente l'un à l'autre.

Mais Bernie, ainsi que Meehan l'avait fait remarquer, était devenu banlieusard en atteignant l'âge mûr. Il n'y avait plus moyen de l'attirer à Manhattan à minuit, pas même un lundi soir. Aussi Meehan soupira-t-il et dit : « Bon, alors décris-le-moi.

– Il est Noir. »

Meehan attendait. Puis il dit : « Ça, je le savais déjà. Alors, où est-ce qu'on doit se retrouver, à une convention du Ku-Klux-Klan, pour que ce soit le seul Noir présent dans la salle ?

– Non, il veut fixer le rendez-vous dans un garage au coin de la 125e Rue et d'Amsterdam Avenue.

– C'est dans Harlem, ça, dit Meehan.

– Ouais, bien sûr. C'est un garage station-service ouvert toute la nuit, je suppose qu'il traîne souvent là-bas.

– Il ne sera sûrement pas le seul mec noir au coin de la 125e Rue et d'Amsterdam Avenue, dit Meehan. Donne-moi une description plus précise.

– Il a dans les quarante ans, plutôt sec, pas très grand, il porte toujours un chapeau, ou des fois une casquette. Je crois bien qu'il est chauve, en dessous.

– Bon, eh bien, on va essayer comme ça », dit Meehan.

« Le coin de la 125e Rue et d'Amsterdam Avenue », répéta Meehan.

Le chauffeur de taxi, arrivé tout récemment de Lettonie, se retourna pour regarder Meehan à travers le Plexiglas à l'épreuve des balles. « Vous êtes sûr ?

– Absolument sûr, dit Meehan. Il y a un garage là-bas qui...

– Oh, dit le Letton, vous allez conduire un taxi. D'accord. Je serai quand même obligé de vous faire payer la course.

– Pas de problème », dit Meehan, et il s'enfonça dans son siège.

148

S'il disait qu'il n'allait pas conduire un taxi, à quoi ça pourrait-il servir ? À prolonger la conversation.

La déduction du Letton, apparemment, n'avait pas constitué un saut dans le vide si improbable que cela. Juste à côté de l'intersection, il y avait une oasis de lumière éclatante au milieu de la demi-obscurité des alentours, et cette lumière éclatante brillait tout autour d'un immeuble abritant un parking et une station-service qui se nommait, à en croire la grande enseigne métallique plantée en bordure du trottoir, UPTOWN 24/7. Meehan descendit de l'auto et contempla les taxis garés dans tous les coins, le caissier du poste d'essence derrière sa vitre en Plexiglas s'ouvrant au milieu de la façade de l'édifice en brique, l'entrée du parking à côté du caissier, et la pancarte accrochée au mur qui disait que vous pouviez également louer une automobile à cet endroit, si vous le souhaitiez. Tout ce qui avait à voir avec les bagnoles, réuni sous un seul et même toit.

Meehan marcha jusqu'à l'entrée du parking et à l'intérieur, il découvrit un espace ouvert, au sol de ciment, avec des panneaux AVANCEZ JUSQU'ICI et STOP, et davantage de taxis garés dans la zone du fond, une rampe en ciment qui grimpait vers le niveau supérieur, et plus loin sur un côté, une série de petits bureaux derrière de grandes baies vitrées. Une demi-douzaine de types noirs en chemise blanche, pantalon noir et nœud papillon noir se tournait les pouces en petits groupes, bavardaient ; le personnel. L'un d'eux portait une casquette de l'équipe des New York Yankees, la visière vers l'avant. Il avait environ quarante ans, très sec, pas très grand.

C'est un autre type qui s'approcha de Meehan, la main tendue pour prendre un ticket. Il dit : « Bonsoir.

– Bonsoir. Je suis venu voir Bob Clarence. »

L'atmosphère se modifia subtilement tout autour de lui. Les gens continuaient de se parler, mais ils ne s'écoutaient plus les uns les autres, à présent, ils écoutaient Meehan. Les gens continuaient de se faire face, mais de côté, ils regardaient tous Meehan. Le type qui s'était attendu à ce qu'on lui tende un ticket laissa retomber sa main, plissa le front, prit un air pensif, puis secoua la tête. « Je ne crois pas que je le connais, dit-il. Bob comment, déjà ?

– Ben voyons », dit Meehan, et il fit quelques pas pour aller se planter devant le type avec la casquette des Yankees, qui continua à discuter des courses automobiles nationales avec ses amis jusqu'à ce que Meehan dise : « Bernie dit que sous cette casquette, tu es probablement chauve. »

Bob Clarence jeta un regard outré à Meehan. « Il a dit ça ? Où est-ce qu'il est allé chercher une connerie pareille ? »

Meehan se pencha de côté pour essayer d'examiner les cheveux de Clarence tout autour des bords de sa casquette. « Je croyais que vous, les Noirs, vous ne deveniez jamais chauves, dit-il.

— Je te conseille d'arrêter de me reluquer la tête, dit Clarence. Et tu vas vite me dire qui diable tu es censé être.

— Meehan, dit Meehan, et il haussa les épaules. S'il y a un mot de passe, Bernie ne me l'a pas donné.

— Bernie ne sait pas tout, dit Clarence, encore irrité. Viens. À plus tard », dit-il à ses amis, et il reconduisit Meehan au-dehors, où il pointa l'index vers l'ouest et déclara : « On va avaler un morceau dans un petit chinois.

— J'ai déjà mangé antillais ce soir, lui dit Meehan qui marchait à ses côtés, tandis que l'oasis de lumière s'évanouissait derrière eux. Du coude de chèvre, fameux. »

Clarence parut intéressé. « Dans le West Village ?

— Tu connais l'endroit ?

— La chèvre est excellente, là-bas », accorda Clarence. Tout en marchant, il enleva son nœud papillon et le glissa dans sa poche, défit son bouton de col, et remonta ses manches de chemise. « Tu vas l'aimer, ce chinois, dit-il. Ils font de ces trucs avec les crevettes, tu vas pas le croire. »

Il y a pire chose au monde que de dîner deux fois le même soir, songea Meehan. « Je te suis », dit-il.

Les crevettes étaient excellentes, tout comme les rouleaux de printemps, tout comme le poisson entier rôti au four. Ils buvaient de la bière chinoise de marque Tsingtao et Clarence brandissait ses baguettes comme les épées d'un samouraï, gardant sa casquette pendant qu'il mangeait, et au fil du repas Meehan lui raconta sa petite histoire. Quand il en eut terminé, Clarence fit : « Ils ne feraient jamais un truc pareil pour un mec de couleur. Jamais.

— Ils ne le font pas non plus pour beaucoup de mecs blancs », assura Meehan.

Clarence but de la Tsingtao et prit un air sombre. « Je ne suis pas très sûr de vouloir l'aider, ce président-là, dit-il.

– Je préfère me dire que je m'aide, *moi*, lui dit Meehan. Le président ne fait que profiter de l'aubaine.

– Mais si les flics nous tombent dessus, dit Clarence, ce président ne se souviendra plus du tout de nous.

– C'est pour ça qu'il faut qu'on le fasse parfaitement bien, dit Meehan, avec exactement les gens qu'il faut.

– Parle-moi de ce vieux schnock qu'on va entourlouper, dit Clarence. Je ne sais pas trop si ça me plaît, l'idée d'arnaquer un vieux comme ça.

– Eh bien, tu vas l'adorer, dit Meehan. Il pense que tout le monde à part lui, c'est de la racaille. Les masses crasseuses, il les appelle. »

Clarence réfléchit à cela. « Anti-Noirs, tu veux dire ?

– Clendon Burnstone IV ne fait pas dans le détail, dit Meehan.

– Bon, alors peut-être que ça ira, décida Clarence, s'il est comme tu dis.

– Il a été de notre côté pendant la guerre d'Indépendance, dit Meehan, mais il est contre nous depuis qu'elle est terminée.

– Très bien, je marche. Tu as un plan, pour la manière dont on va procéder ? »

Meehan lui expliqua le plan. Tout en l'écoutant, Clarence s'appliqua à dessiner le symbole des jeux olympiques sur la table laquée avec le fond de sa Tsingtao, puis il finit sa bière et déclara : « C'est un sale coup à faire à un type de cet âge.

– C'est le pire truc que je peux imaginer.

– Je vais te dire, dit Clarence. Je ferai le chauffeur pour vous, je le ferai, ce truc, mais je vais me retrouver dans la limousine avec ce type pendant un sacré bout de temps, et si je décide que c'est vraiment trop cruel de faire un coup pareil, à un vieux comme ça, je vais le ramener tout droit chez lui, comme une fleur, et le débarquer en plein milieu de votre casse, et vous vous débrouillerez entre vous.

– Je ne suis pas inquiet, dit Meehan.

– Très bien, dit Clarence. C'est juste pour que tu saches ce que j'en pense.

– Je sais ce que tu en penses.

– Voyons un peu ce que la destinée nous dit de tout ça », dit Clarence, et il attrapa un des biscuits-surprise posés au centre de la table.

Meehan prit le second, l'ouvrit en deux, et lut le ruban de papier : « Une langue d'argent a plus de valeur qu'une épée d'or. »

Qu'est-ce que ça pouvait bien vouloir dire, ça ?

Clarence dit : « Écoute un peu », et il lut : « Au grand âge on doit le respect, mais la jeunesse ne saurait être ignorée. »

Meehan dit : « Ils sont de quel côté, là ?

– Et le tien, qu'est-ce qu'il dit ? »

Aussi Meehan lui lut-il sa phrase. Tous deux songèrent à cet échantillon de sagesse orientale pendant quelques instants, puis Clarence déclara : « Et puis merde. On va tout simplement le faire, et on verra bien ce qui arrivera. »

33

Et rebelote ; juste une seule fois, quand il était revenu à la 318 au terme de son rendez-vous avec Bob Clarence, le voyant des messages n'avait pas clignoté sur le téléphone à son chevet, mais à neuf heures le lendemain matin, quand il remonta dans sa chambre après un petit déjeuner dans le quartier, elle avait repris du service, *rouge-rouge-rouge*, et une fois dc plus c'était Goldfarb : « Je passerai vous prendre en bas de chez vous à neuf heures trente. »

Par conséquent, il descendit dans la rue à neuf heures trente, et elle n'était pas là sur le trottoir, mais un instant plus tard, elle se ramena, et en limousine. Installée sur le siège arrière d'une limousine, à lui faire signe de la main, avec un chauffeur noir en uniforme derrière le volant. En proie à une curieuse sensation de paranoïa ou de surréalisme ou de quelque chose de ce genre, Meehan se pencha pour mieux voir, mais le chauffeur n'était pas Bob Clarence. Pourtant, se retrouver tout d'un coup avec une vie remplie de limos le troublait étrangement.

Meehan se glissa sur le siège arrière à côté de Goldfarb, qui lui fit un grand sourire, dit « Bonjour », et avant qu'il ait le temps de répondre, elle se pencha en avant pour appeler le chauffeur : « On peut y aller. »

Ils se faufilèrent dans la circulation, le chauffeur tenta de passer sur la file de gauche et Goldfarb sourit de nouveau à Meehan en disant : « Pas si mal, hein ?

— Non, pas si mal, dit Meehan. Je croyais qu'on était partis pour prendre le métro, alors oui, ça n'est pas mal du tout.

— Jeffords m'a téléphoné hier soir, dit-elle.

— Ouais, il a aussi laissé un message dans ma chambre. Il va nous rejoindre quelque part, il veut que je l'appelle et que je lui fasse mon rapport après le tribunal.

– Je sais déjà tout ça, dit Goldfarb, tandis que le chauffeur effectuait un lent et difficile virage à gauche sur la 42ᵉ Rue. La raison pour laquelle il m'a téléphoné, c'est qu'il voulait m'autoriser à louer cette voiture pour ce matin, pour vous emmener à votre rendez-vous avec la justice. C'est le mot qu'il a employé, autoriser.

– Ça veut dire qu'il vous remboursera.

– Exactement.

– Comment ça se fait ? demanda Meehan. Ça ne ressemble guère au Jeffords que je connais.

– Il a enfin fini par croire, dit Goldfarb, que vous allez faire ce qu'il faut, et ce qu'il m'a dit, c'est qu'il veut vous garder de bonne humeur.

– Eh bien, c'est très gentil, dit Meehan. Là, on est parfaitement d'accord sur ce point. Moi aussi, je veux me garder de bonne humeur. »

« La cour de justice » était une petite salle d'une taille à peu près équivalente à celle d'une caisse dans laquelle on aurait pu vous livrer un piano à queue, avec un plafond bas zébré de câbles et de tuyaux, et deux fenêtres haut placées, étroites et sales, donnant, au-delà d'une conduite d'aération, sur une pièce plus vaste éclairée par de violents tubes fluorescents et remplie d'armoires de classement grises au milieu desquelles des gens apparaissaient et disparaissaient, se déplaçant lentement, les bras chargés de papiers et le visage chargé de distraction, comme des animaux de laboratoire qu'on aurait laissés dans le labyrinthe juste un petit peu trop longtemps.

La cour de justice elle-même était très encombrée, avec un bureau métallique massif qui tournait le dos aux fenêtres, deux grandes armoires de classement sur la gauche, deux fauteuils en bois tournés face au bureau, et une table de bibliothèque sur la droite surchargée de livres pour enfants, de magazines et de jouets en peluche. La porte d'entrée en bois sombre s'ouvrait à l'opposé de la conduite d'aération, flanquée d'étagères grimpant du sol au plafond, bourrée jusqu'à la gueule d'ouvrages juridiques et de textes pour la jeunesse.

La juge Joyce T. Foote, dont ceci était le bureau, au plus profond des entrailles de ce monumental vieux bâtiment officiel en pierre de taille planté au fin fond de la banlieue, se leva pour les accueillir quand ils entrèrent, et Meehan pensa instantanément qu'elle ressemblait à la Madame Rat Musqué de certains de ces livres pour enfants là-bas, qui devait vivre dans un tronc d'arbre creux, avec des petits rideaux aux fenêtres, et cuisiner des tartes. Elle était noire, replète, très courte sur pattes, habillée de manière chichiteuse avec du violet et des rubans. Sur son nez reposait une paire de lunettes qui était l'exact contraire des monstres à monture noire de Goldfarb, de délicats ovales de verre suspendus à l'intérieur d'une ligne de fil d'or la plus fine possible. Elle leur fit un sourire pour les accueillir, mais on devinait quelque chose d'acéré et de calculateur derrière ses lorgnons de grand-mère. C'était une Madame Rat Musqué qui savait très bien se débrouiller au plus profond de ces bois.

Elle sourit à Goldfarb, puis à Meehan, puis à quelque chose situé entre eux, ou derrière eux, à hauteur de la taille. Tandis qu'une certaine confusion parasitait son sourire, Meehan réalisa qu'elle cherchait l'enfant. Fallait-il qu'il lève la main ?

Non. Goldfarb avait apporté une foule de documents avec elle, dans une enveloppe en papier kraft qu'elle tendait à présent à la juge, en disant : « Voici, Votre Honneur, tous les documents sont là. »

Les prenant, sourcils froncés, la juge dit : « Francis Xavier Meehan ?

– C'est moi, Votre Honneur », dit Meehan, et en effet il ne put s'empêcher de lever un peu la main.

Avant que la juge trouve le temps de réagir, Goldfarb dit : « Votre Honneur, je suis Elaine Goldfarb, l'avocate chargée de cette affaire. »

La juge soupesa l'enveloppe en papier kraft qu'elle tenait à la main, tout en décernant à Meehan le regard sceptique qu'il méritait. « Avec l'explication nécessaire, je suppose.

– Tout le nécessaire se trouve dans les documents, Votre Honneur », lui dit Goldfarb avec un petit geste réconfortant pour inviter la juge à ouvrir le dossier et à plonger dedans la tête la première.

« Eh bien, asseyez-vous donc », dit la juge, à la fois accueillante et dubitative, et elle s'assit en même temps qu'eux. « Voyons un peu si nous pouvons nous y retrouver là-dedans », dit-elle, et elle ouvrit le dossier.

Le laps de temps qui s'écoula ensuite dans la pièce fut très tranquille. Il fut tellement tranquille qu'au bout d'un moment, Meehan se rendit compte qu'il écoutait le tic-tac d'une horloge pendue dans une autre pièce.

Dans cette pièce-ci, le seul bruit perceptible était un *shoush* occasionnel lorsque la juge Foote retournait l'un des documents pour examiner le suivant d'un œil tout aussi rond et sagace. Elle examinait beaucoup d'un œil rond et sagace. De temps à autre, elle levait les yeux et examinait Meehan de son œil rond et sagace, et lui-même clignait très lentement des yeux à son intention, essayant de n'avoir absolument aucune expression, essayant selon la méthode Stanislavski, de se souvenir de comment il y était parvenu, à l'âge de dix ans, quand il était le berger agenouillé dans le tableau de l'Adoration des Mages, au catéchisme. Puis la juge Foote baissait à nouveau le regard, tournait une autre page, et cette fois examinait Goldfarb d'un œil rond et sagace. Meehan n'osait pas tourner la tête pour voir comment Goldfarb affrontait la situation mais il supposait que les avocats devaient affronter un grand nombre de paires d'yeux ronds et sagaces et avaient mis au point toute une série de méca-nismes de tolérance.

Enfin, le dernier document fut étudié et digéré – ou peut-être pas digéré – et la juge Foote leur décocha un coup d'œil rond et sagace à tous les deux à la fois, laissant le dossier ouvert sur son bureau. « Intéressant », dit-elle.

Aucun d'entre eux n'ouvrit la bouche, tandis que la juge Foote hochait la tête, pour signifier qu'elle était d'accord avec elle-même. « Une vraie foule de signatures, là-dedans, commenta-t-elle.

– Tout le monde a signé, Votre Honneur », dit Goldfarb, comme si elle se contentait d'acquiescer, mais Meehan comprit (et Votre Honneur le comprendrait certainement aussi) qu'une petite dose de pression venait de se voir exercée.

Ce qui ne plut pas du tout à la juge Foote ; Meehan vit clairement son nez se froncer, comme si elle avait senti quelque chose de nette-ment moins plaisant qu'une tarte en train de refroidir, au beau milieu de son salon dans un arbre creux tout au fond des bois. « Pas tout à fait tout le monde, dit-elle.

– Enfin, non, pas vous, Votre Honneur », dit Goldfarb, et Mee-han décida que c'était pour ça qu'elle n'était pas employée par une grosse boîte, avec toute sa science, à ramasser du fric par poignées ; elle ne savait pas avancer ses pions en douceur.

« Oh, il y a encore d'autres manques, dit la juge Foote, avec une petite moue de dédain à l'égard du dossier. Par exemple, je n'ai pas l'évaluation psychiatrique.

– Oh, mais je crois que vous l'avez, Votre Honneur, dit Gold-farb, se levant à moitié, comme pour aider la juge à brasser les documents, puis se rasseyant vite. Celle du docteur Steingutt du MCC.

– *C'est ça* l'évaluation psychiatrique ?

– Oui, Votre Honneur.

– J'ai lu ceci, dit la Juge Foote. Le docteur Steingutt écrit qu'il n'a jamais rencontré personnellement le prisonnier Meehan.

– Non, Votre Honneur, dit Goldfarb. Le docteur Steingutt explique qu'il a basé son jugement sur le compte rendu de la conduite de monsieur Meehan au cours de sa détention.

– Au cours d'une détention de onze jours ? dit la juge Foote. Nous donnons un sens tout neuf à l'expression " jugement hâtif ", ici.

– Oui, Votre Honneur », dit Goldfarb, ayant apparemment enfin saisi que son boulot consistait pour le moment à battre en retraite.

Le regard que la juge jeta à Meehan cette fois-ci était presque gentil, comme s'il était effectivement le garçonnet de douze ans un peu turbulent auquel elle s'était attendue. « Quelle est en fait votre évaluation psychiatrique, monsieur Meehan ? » lui demanda-t-elle.

Il cligna des yeux. « Je vous prie de m'excuser. Mon évaluation de quoi ?

– De vous-même, lui dit-elle. Donnez-moi votre propre évaluation psychiatrique de vous-même. »

Meehan était sur le point de décrire un lui-même basé dans les grandes lignes sur Tom Sawyer quand il se souvint tout d'un coup de l'une des plus importantes des dix mille règles, qui est : Toujours dire la vérité. (Les codicilles à cette règle sont (1) Si vous ne trouvez rien de mieux à dire, (2) Si c'est inattendu, et (3) Si ça ne peut vous faire aucun mal par la suite, tout ceci parce que (4) C'est plus facile de s'en souvenir.)

Aussi il dit : « Je m'entends plutôt bien avec les autres gens, mais dans le fond je suis quand même du genre solitaire. Je ne suis pas un cinglé ni un violeur d'enfants. Je ne suis ni politisé ni violent. Je fais ce qu'il faut pour me mettre de côté suffisamment de noisettes et de myrtilles, mais je ne crois pas que je suis trop gourmand. »

Elle hocha la tête en l'écoutant, et continua de hocher la tête lorsqu'il en eut fini, puis cessa de hocher la tête pour déclarer : « Mais vous êtes un délinquant.

– Bien sûr, dit-il.

– Et vous ne vous décririez pas vous-même comme antisocial ?

– Anti ? » Il était surpris mais pas offensé ; elle ne l'avait pas encore bien compris, c'était tout. « Je ne suis pas l'ennemi de la société, dit-il. J'ai besoin d'elle. Comme vous ou n'importe qui d'autre. Je n'ai absolument aucune objection envers la société. Mais j'essaie de ne pas me mettre en travers de son chemin.

– Et quelle est donc, demanda-t-elle, la place que vous pensez occuper dans la société ? »

157

Il ne pouvait pas résister. Essayant d'accomplir en même temps un sourire de gamin et un haussement d'épaules, il dit : « Le plus souvent, elle se trouve sur une échelle d'incendie. »

Elle rit, et il se dit que ça avait été un bon pari à tenter. Mais ensuite elle le dévisagea d'un œil méfiant et demanda : « Mais pas pour y jouer les voyeurs.

— Oh non, dit-il. Je n'en aurais pas le temps. Et puis, laisser les autres gens tranquilles, c'est ça mon idée de la vie. »

Goldfarb dit : « Votre Honneur, tout cela est très voisin des conclusions du docteur Steingutt.

— Mmm, fit la juge, et à l'intention de Meehan : Francis, avez-vous lu le rapport du docteur Steingutt ?

— Votre Honneur, dit-il, je n'ai ni lu ni même regardé une seule des feuilles de papier qui se trouvent là-dedans. Ms Goldfarb ici présente, elle me promène d'un endroit à un autre, et moi je fais ce qu'elle me dit.

— Je vois. » Elle feuilleta à nouveau les documents un bref instant, y réfléchissant visiblement, puis lança à Goldfarb un coup tout neuf de son œil rond et sagace. « Il n'y a aucune visite à domicile ici. »

Goldfarb commença, « Votre Honneur... »

La juge Foote rejeta son objection : « Je ne peux compléter cette audience sans les résultats de la visite à domicile. Une assistante sociale qualifiée doit visiter le domicile et soumettre un rapport sur l'environnement de l'enf... Enfin, bref. Sur l'environnement familial de l'enfant. Sans cela, je ne vois pas comment je pourrais poursuivre.

— Votre Honneur, dit Goldfarb, qui commençait à avoir l'air un brin désespérée, dans la période couverte par cette situation, l'environnement familial de monsieur Mee... de Francis a été le Centre correctionnel de Manhattan. Aucun d'entre nous ne souhaiterait avoir l'appréciation d'une assistante sociale quant aux conditions de vie dans cet environnement. Depuis qu'il a été retiré de cet environnement inapproprié, à la requête du procureur général, il a été sous ma tutelle. Je suis membre du barreau et officier de justice. Si vous insistez pour faire effectuer une visite de mon domici... »

D'une voix qui paraissait choquée, la juge Foote demanda : « Est-ce que cela signifie qu'il vit avec vous ?

— Non, pas du tout, dit Goldfarb, l'air tout aussi choquée.

— Je suis à la Couronne Royale, c'est un hôtel à Manhattan, lui dit en hâte Meehan, et il tira la clé de sa poche pour l'exhiber. Au 318. Vous voyez ?

– C'est une chambre d'hôtel, dit Goldfarb. Il n'y a vraiment pas grand-chose là-bas qu'une assistante sociale pourrait évaluer.

– Je n'ai pas la vue sur le fleuve, précisa volontairement Meehan (même s'il ne fallait jamais se porter volontaire pour rien). Je crois bien que si j'étais à un étage plus élevé, je l'aurais. »

La juge Foote plissa le front en contemplant les documents. « Les gens qui ont déjà validé tout ceci, dit-elle, regardant la surface de son bureau plutôt qu'eux, sont censés m'impressionner, et ils y parviennent sans mal. Il n'y a vraiment rien que je puisse faire à ce stade en dehors d'ajouter ma petite pierre à cette montagne de sottises. »

Ni Meehan ni Goldfarb ne pipèrent mot. En vérité, ni l'un ni l'autre ne respirait.

« Je suppose que si je soulevais des objections en vertu de certaines irrégularités mineures au milieu de ce monstrueux amas d'irrégularités, dit-elle, levant les yeux vers lui, l'air moins que joyeux, cela témoignerait seulement de mon incapacité à prendre un recul suffisant pour avoir une vision d'ensemble. Est-ce que vous avez une vision d'ensemble, Francis ?

– Je n'en ai jamais eu, Votre Honneur. J'ai déjà de la chance si j'arrive à avoir une vision des détails. »

Elle sourit, glaciale ; mais sourit tout de même. « J'adorerais savoir de quoi il retourne dans toute cette affaire, dit-elle, mais je suis assez futée pour m'abstenir de le demander. Très bien, Ms Goldfarb, je vais ordonner que Francis Xavier Meehan soit placé sous votre tutelle.

– Merci, Votre Honneur », dit Goldfarb.

La juge Foote se mit réellement à rire ; un grand rire de bon cœur, d'une voix de contralto. Elle dit : « Je crois que je commence à adopter l'esprit général de tout ceci. Oui, Ms Goldfarb, j'ordonne donc que Francis Xavier Meehan soit placé sous votre tutelle... jusqu'à son dix-huitième anniversaire.

– Merci beaucoup, Votre Honneur », dirent Goldfarb et Meehan.

34

La limo était censée les attendre, et elle se trouvait bien là, dans la zone marquée arrêt interdit devant l'édifice, le chauffeur au volant, lisant le *Amsterdam News* tandis que des centaines de flics, ainsi que des avocats, des délinquants, des témoins, des membres de la famille et des gens couverts de pansements, entraient, sortaient et tournaient autour du bâtiment. Il n'y avait aucun autre véhicule garé où que ce soit dans les parages, aussi semblait-il que certains véhicules étaient plus égaux que d'autres.

Meehan n'avait pas osé prendre la parole au cours de leur parcours à travers les halls, l'ascenseur et le trottoir, mais une fois en sécurité dans la limo, il s'exclama : « Mais alors, elle ne savait vraiment *rien du tout* de l'histoire ?

– Attendez, dit Goldfarb. Laissez-moi appeler Jeffords. » Et elle tira un petit téléphone portable de son gros sac.

Meehan attendit donc, écouta Goldfarb saluer Jeffords et lui dire que tout s'était déroulé pour le mieux. Puis elle se propulsa sur les sièges tournés vers l'arrière et tendit le téléphone au chauffeur, en disant : « Il va vous donner les indications pour aller au restaurant. »

Le chauffeur prit le téléphone, écouta, hocha la tête, prit quelques notes sur un bloc qu'une ventouse tenait accroché au tableau de bord, et rendit le téléphone. Puis il attendit que Goldfarb soit revenue s'asseoir à côté de Meehan avant de démarrer.

« Un tout petit peu », dit Goldfarb.

Meehan la regarda. « Un tout petit peu quoi ?

– On lui en avait dit un tout petit peu, expliqua Goldfarb.

– Oh, à la juge.

– C'est la question que vous m'aviez posée.

– Oui, je sais. Ça, je m'en souviens.

– Je ne sais pas qui lui en a parlé, dit Goldfarb, mais on a dû lui dire que c'était un cas spécial avec certaines bizarreries dans le dossier.

– J'imagine, oui.

– Avant qu'elle voie les documents réunis dans le dossier, poursuivit Goldfarb, et le nom des gens qui avaient déjà signé, ce n'aurait pas été une bonne idée de lui dire que la principale bizarrerie, c'était que le délinquant juvénile était âgé de quarante-deux ans. »

Meehan sourit. La limo, observa-t-il, passait justement devant l'Atomic Lanes. Il dit : « Elle a plutôt bien réagi, alors.

– Je suis certaine qu'elle travaille dans le système depuis longtemps, dit Goldfarb. Vous êtes peut-être la bizarrerie la plus bizarre dont elle aura jamais croisé le chemin, mais certainement pas la seule sur laquelle on a dû lui demander de cligner des yeux. »

Meehan opina du chef, songeant à tout cela. « La vie dans le monde des honnêtes gens, dit-il, est plus compliquée que je l'aurais cru. »

Le restaurant se trouvait au bout de Long Island, sur la côte nord, une pièce pâle de grandes dimensions avec de vastes fenêtres orientées au nord qui donnaient sur une vue des collines de Long Island, et, au-delà, de la côte sud du Connecticut qu'on apercevait dans le lointain. C'était mi-octobre, et il faisait déjà un peu frisquet, mais les hors-bord tressautaient et tanguaient encore çà et là, sans qu'aucune navigation sérieuse ne vienne perturber leurs évolutions.

Jeffords était arrivé le premier et non seulement leur avait fait attribuer une table près de la fenêtre, mais encore il s'était octroyé la meilleure place pour profiter de la vue sur le paysage. Il se leva de son siège pour les accueillir, serra la main de Goldfarb, hésita, puis prétendit qu'il n'avait pas hésité et se mit à secouer avec enthousiasme la main de Meehan en disant : « Alors, vous voilà un homme libre.

– Au bout d'une laisse, dit Meehan. Goldfarb me dit que je suis encore tenu en laisse.

– Oh, je ne m'en soucierais pas trop, dit Jeffords. Asseyez-vous, asseyez-vous. »

Meehan laissa la deuxième meilleure place à Goldfarb et prit lui-même la chaise qui était placée à angle droit par rapport à la vue. Il pouvait tenir une conversation, ou bien il pouvait regarder l'eau, qui renvoyait des éclats de soleil çà et là au gré des reflets sur ses petites vaguelettes.

Jeffords et Goldfarb voulaient s'adonner à leur propre conversation, au sujet de la loi et de ce qui avait été accompli et de comment cela s'était passé, aussi Meehan regarda-t-il les bateaux et les vagues jusqu'à ce qu'ils aient fini de commander différentes sortes de fruits de mer et une seule sorte de vin blanc. Puis Jeffords se tourna vers lui et dit : « Cette laisse vous sera retirée d'ici jeudi, j'en suis tout à fait persuadé, aussi il n'y a rien dont vous ayez à vous soucier.

— Demain, dit Meehan. Attendez-vous à un coup de fil.

— Pas de détails ! s'écria Goldfarb.

— C'est merveilleux, lui dit Jeffords. Je le savais, Francis, dès l'instant où je vous ai vu au MCC, je savais que vous étiez notre homme.

— Je n'ai plus eu de nouvelles de Yehudi et Moustafa, dit Meehan, mais je continue à m'interroger à leur sujet. Je ne veux pas qu'ils se pointent tout d'un coup, en faisant tout un tas de foin, pendant que je serai en plein travail.

— Voilà autre chose qui ne doit pas vous inquiéter, le rassura Jeffords. C'est l'autre chose que je souhaitais vous dire. Cette question a été totalement résolue, de manière définitive.

— Parfait, dit Meehan.

— Le président lui-même s'en est mêlé, dit Jeffords. Nous ne voulions pas qu'il soit obligé de le faire, et *lui* ne le voulait certes pas non plus, mais notre ami Arthur, lorsqu'il a parlé à ces gens des services secrets étrangers, a ouvert une véritable boîte de Pandore.

— Je n'en doute pas une seconde.

— Et c'est pour cette raison que le président a dû intervenir en personne. »

Meehan demanda : « Auprès d'Israël et de l'Égypte ?

— Non-non-non, auprès d'Arthur. Le président ne peut se permettre d'admettre qu'il est au courant de tout ceci devant nos alliés. »

Meehan n'était pas très sûr de saisir. Il dit : « Mais vous pensez qu'il a réussi à faire refermer la boîte de Pandore à Arthur.

— Absolument. » Jeffords fit une pause pour goûter et approuver le vin, puis dit : « Le président a fait peser sur Arthur la menace ultime, de sa propre bouche. »

Meehan se dit : ouh là ! Venant d'un président, ça devait faire peur, ça. Il demanda : « La menace ultime ?

– Exactement. (Jeffords se pencha en avant et baissa la voix.) Le président a dit à Arthur : s'il y a encore une apparition de ces gens, dans n'importe quelles circonstances, Arthur sera rayé de la liste des invités au bal d'inauguration de la Maison-Blanche. »

Meehan le dévisagea. Jeffords leva son verre, leur décernant à tous deux un large sourire. « Au crime », dit le nigaud, très content de lui.

35

Une pensée en amène une autre, ou bien il se produit une association d'idées, ou encore ceci conduit à cela. Peu importe ; à bord de la limo, sur le chemin du retour vers Manhattan, Meehan se retrouva à réfléchir à la limo dont ils allaient avoir besoin le lendemain soir. À l'évidence, il allait leur falloir en faucher une, mais où donc ? Avant qu'elle ne parvienne chez Burnstone, il faudrait l'avoir affublée de plaques du Massachusetts, mais cela pourrait se faire à n'importe quel moment du trajet. La question principale était, où diable piquer une limo ? Ce n'est pas comme une bagnole ordinaire, on n'en voit pas si souvent une de garée ici ou là, le long du trottoir, sans personne pour la surveiller.

Il se demanda, est-ce que je devrais demander au chauffeur où il gare celle-ci d'habitude ? Quelle raison j'aurais de faire ça ? Aucune qui soit bonne, et tout le monde se retrouverait au parfum.

Goldfarb s'immisça dans ses réflexions à ce moment-là : « D'une manière étrange, vous allez me manquer, Meehan. »

Il la contempla, n'ayant pas très bien compris. « Hein ? »

Elle jeta un regard dans le vague par sa vitre, survolant les faubourgs qui défilaient. « Même si je suppose qu'au fond, au paysage, ce qui va me manquer, c'est de ne pas aller au MCC.

– Goldfarb ? Mais qu'est-ce que vous racontez ? »

Maintenant c'était elle qui le contemplait, d'un air légèrement surpris. « Vous, vous êtes sorti du MCC, Meehan, mais pas moi. J'ai une condamnation à perpétuité qui m'oblige à rester à cet endroit.

– Oh, vous parlez du MCC.

– De quoi diable croyiez-vous que je parlais ? J'ai toujours autant besoin de gagner ma vie.

– Je croyais que vous parliez de nous deux. »

Elle baissa la tête, pour mieux le scruter à travers ses grosses lunettes. « Quel nous deux ? »

Alors, il se posa la question, regardant d'abord la nuque du chauffeur, là-bas devant, et puis ses propres genoux, et finalement le visage de Goldfarb, qui ne lui renvoya rien du tout. « C'est de nous que vous parlez, dit-il. Vous faites vos adieux.

– Je suis votre avocat, Meehan, fit-elle remarquer. La cause est jugée. Nous sommes passés au tribunal, et vous êtes un homme libre.

– Sous votre tutelle.

– C'est un détail technique.

– Selon mon expérience, lui dit-il, ce sont les détails techniques qui vous font la corde à linge. »

Elle fronça les sourcils. « Qui font quoi ?

– La corde à linge, répéta-t-il. C'est un terme de football, quand vous courez et qu'un gars lève le bras tendu à l'horizontale pour que vous vous preniez son bras en plein en travers du cou, c'est ça, faire la corde à linge. Vous ne voyez pas venir le coup, et ça peut faire du dégât. Dans une partie de football, c'est illégal.

– Pourquoi appelle-t-on ça la corde à linge ?

– J'en sais rien. »

Elle se renfonça dans son siège, et il put voir qu'elle y réfléchissait. Elle dit : « Si on ne se sert pas d'un sèche-linge, on suspend ses affaires à une corde tendue.

– Pas en ville.

– Non, acquiesça-t-elle. Dans le nord de l'État. Imaginons que vous vous trouviez dans le nord de l'État, et que vous soyez en train de commettre un cambriolage.

– Je suis réhabilité, dit-il.

– Presque, lui dit-elle. Et imaginons que le propriétaire rentre chez lui, et vous prenne en chasse. »

Des choses similaires lui étaient en effet arrivées. « Hon-hon », dit Meehan.

« Alors vous vous enfuyez en courant dans les jardinets du voisinage, poursuivit-elle, en jetant des coups d'œil par-dessus votre épaule pour voir s'il vous rattrape, et vous ne voyez pas cette corde à linge tendue devant vous.

– Aïe, dit-il, levant une main protectrice devant sa gorge. Un truc pareil pourrait bien vous arracher la tête.

– Je parie que c'est de là que ça vient. Faire la corde à linge.

165

– Ouais, c'est peut-être bien ça », dit-il en se caressant la gorge.

Elle fit oui de la tête. « J'adore ces phrases d'avant la technologie. Que nous utilisons toujours.

– Hon-hon, dit-il. Écoutez, je n'ai pas bien envie de faire des adieux. »

Elle le dévisagea. « Pourquoi ça ?

– Je sais pas. Je me suis habitué à parler avec vous. De cordes à linge et de tout le reste. Vous savez, je crois que quand je vous ai vue cette fois-là dans votre appartement avec le flingue à la main, traquant ces mecs, j'ai décidé que vous me plaisiez bien. Vous êtes plutôt maladroite et marrante.

– Merci du compliment.

– Mais si vous ne voyez plus aucune raison de traîner en *ma* compagnie, alors de toute évidence il vaut mieux oublier ce que j'ai dit.

– J'ai été engagée pour vous servir d'avocat, lui rappela-t-elle.

– Par moi.

– Et je vous en suis reconnaissante. Ça a été plutôt drôle.

– Mais maintenant, c'est fini, dit-il.

– Maintenant, vous n'avez plus besoin d'avocat. *J'espère* que vous n'avez plus besoin d'avocat.

– J'ai pigé. »

Il regarda le chauffeur et essaya de penser au fait qu'il avait besoin d'une limousine pour le lendemain. Au bout de quelques minutes, il pensait effectivement au fait qu'il avait besoin de cette limo pour le lendemain, et il pensait que la chose à faire, ce serait de monter dans le Massachusetts dès ce soir avec Bernie, de trouver une compagnie de location de limousines dans les pages jaunes, et de voir à quoi ça ressemblerait.

« Meehan », dit-elle.

Il la regarda. « Ouais ? »

Son visage s'était plissé en une moue très compliquée. « Est-ce que vous me draguez, là ?

– Quoi ? On ne peut pas draguer son avocat, ce n'est pas une des... Ça ne se fait pas. » Il avait failli dire quelque chose à propos des dix mille règles, ce qui aurait été remarquablement stupide de sa part.

« Je ne suis plus votre avocat, fit-elle remarquer. Pas depuis que nous avons quitté la cour de justice de la juge Foote.

– Ah, ouais ? (Il lui décerna un sourire radieux.) Alors je *peux* vous draguer ! »

Elle restait là à le regarder sans rien dire, jusqu'à ce qu'il ne se sente plus du tout sûr de lui. « Goldfarb, dit-il, vous m'angoissez.

– Vraiment ?

– Je ne suis pas souvent angoissé, d'habitude.

– J'ai remarqué ça », dit-elle.

Il hocha la tête, repensant à la question, puis dit : « Je vais vous dire. Passons d'abord à mon hôtel, laissez-moi deux minutes pour prendre quelques trucs, et après on passera ensemble chez vous, je veux dire, chez vous, c'est aussi votre bureau...

– En effet.

– Et on pourra discuter de tout ça, dit-il. Tirer un peu les choses au clair.

– C'est une bonne idée. Je crois que nous devrions tirer les choses au clair.

– Bien.

– Je ne veux pas que vous soyez angoissé. »

Qu'il soit damné si le voyant rouge du téléphone ne clignotait pas *encore* cette fois-ci ! Il faillit ne pas y prêter attention, ayant bien d'autres choses à penser, mais finalement il le fit, et c'était Jeffords qui avait l'air bouleversé. Chuchotant, s'étranglant, pressé, terrifié : « Francis, pour l'amour de Dieu, rappelez-moi ! Rappelez-moi aussi vite que vous pourrez ! »

C'est donc ce qu'il fit, et Jeffords répondit à la première sonnerie, d'une voix encore plus bouleversée. « Quoi ? » Un chuchotement éraillé, aigu et bruyant à la fois, tout près du téléphone.

« Je vous entends bien, dit Meehan. Détendez-vous un peu.

– Francis ! Dieu merci ! Venez me chercher, Francis ! Venez me sortir de là !

– Vous sortir d'où ? Qu'est-ce qui vous est arrivé ?

– Ils m'ont kidnappé ! Vite, venez me chercher ! »

À ce moment-là, Meehan comprit : « Qui ça, Yehudi et Moustafa ?

– Je ne sais pas qui ils sont, je veux seulement...

– Eh bien, un grand bravo pour votre président et sa menace ultime.

– Ne jouez pas au plus fin avec moi maintenant, Francis, je suis dans une situation désespérée ! Ils vont me couper les doigts !

– Mais qui ça ? Et pourquoi ?

– Ces gens ! Si je ne leur dis pas où vous êtes et ce que vous cherchez !

– Très bien, dit Meehan. Racontez-moi tout le topo une fois, de A à Z, et je vais voir ce que je peux faire. »

Jeffords s'étouffa, émit un son étranglé, puis dit : « Tout de suite après le déjeuner, dans le parking du restaurant, ils m'ont empoigné, jeté dans une camionnette de livreur, ils m'ont menacé d'une arme, m'ont conduit jusqu'ici, en disant qu'ils attendaient que leur expert arrive de Washington, c'est lui qui coupe les doigts, si je ne parle pas avant qu'il arrive, il me coupera un doigt toutes les heures, et puis un orteil, et puis les oreilles. Je ne sais pas ce qu'il fera après les oreilles.

– Je doute que la question se pose jamais, dit Meehan. Bon, et vous êtes où, là ?

– Dans l'Upper West Side, non loin de Broadway. Je pouvais voir Broadway au bout de la rue quand ils m'ont sorti de la camionnette, il y a un supermarché Sloan au coin de la rue, je suis dans un petit immeuble, il y a une enseigne au néon rouge qui dit MÉDIUM dans la vitrine, ils m'ont fourré au sous-sol, dans une espèce de réserve, il fait très noir ici, ils m'ont pris mon portefeuille et ma montre mais j'avais caché le téléphone dans ma chaussette quand j'étais dans la camionnette, et je l'ai mis sur vibreur pour qu'il ne sonne pas, et vous êtes le seul à qui j'ai pensé...

– Les flics, conseilla Meehan.

– Non !

– Les urgences, suggéra Meehan.

– Ce sera rendu public ! Toute l'histoire sera rendue publique !

– Vous aurez encore tous vos doigts.

– Mais je n'aurai plus de travail, plus jamais ! Je n'aurai plus une *administration* tout entière ! Voulez-vous voir l'Autre Camp envahir la Maison-Blanche ? Est-ce que vous vous rendez compte du désastre que cela représenterait ?

– À vrai dire, non, dit Meehan.

– Venez me chercher, Francis, le supplia Jeffords. Je vous en supplie. »

« Changement de plan », dit Meehan tout en se glissant à bord de la limousine.

Goldfarb lui jeta un regard d'un œil rond et sagace qui aurait fait la fierté de la juge Foote. « Ah bon, vraiment ?

– Jeffords, sur le répondeur. Je l'ai rappelé, et Yehudi et Moustafa l'ont enlevé, ils attendent un spécialiste qui doit venir lui couper tous les doigts s'il ne leur parle pas de moi et du paquet. Il ne veut pas appeler les flics, alors il va falloir que j'aille le sauver.

– Vous devez aller sauver Pat Jeffords, dit-elle, avec une platitude extrême.

– Voilà toute l'histoire », dit-il, et il haussa les épaules, parce que c'était là toute l'histoire.

Elle y songea un instant, puis secoua la tête : « Il doit exister des moyens plus simples d'éviter de s'engager sur le plan sentimental.

– Et je les connais tous, l'assura-t-il. Ils le gardent dans un immeuble du côté de chez vous, dans un endroit où il y a un Médium, vous savez, un de ces voyants gitans, dans le même pâté de maisons qu'une supérette Sloan.

– Il y en a bien deux ou trois, des Sloan, par là-bas, dit-elle, les sourcils toujours fortement froncés.

– Eh bien, il est tout près de l'un de ceux-là.

– Je viens avec vous.

– Ne soyez pas cinglée.

– Je ne le suis pas, et elle interpella le chauffeur : Nous devons remonter le long de Broadway. »

Il la salua dans le rétroviseur, et démarra pour s'éloigner du trottoir. Elle se retourna vers Meehan : « Vous êtes chargé ?

– Chargé de quoi ?

– D'un peu de quincaillerie ! s'exclama-t-elle. Un feu ! Un flingue !

– Je ne porte jamais d'arme, dit-il.

– Eh bien, moi si. On va d'abord passer chez moi. » Se penchant à nouveau en avant, elle rappela le chauffeur : « Oubliez Broadway, on va retourner à l'endroit où vous m'avez prise ce matin », et le chauffeur fit un nouveau petit salut dans le rétroviseur.

Ils se mirent en route vers le nord, et Meehan dit : « Ça va lui plaire, à Jeffords, de se faire sauver par un avocat en limousine. »

36

Une fois Goldfarb rentrée dans son immeuble, Meehan se déplaça sur la banquette tournée vers l'arrière, tout près du chauffeur, et dit : « C'est vraiment une jolie petite auto bien propre que vous avez là. »

Le chauffeur, surpris mais aimable, lui sourit dans le rétroviseur et dit : « Oui, en effet. Merci.

— Vous la gardez dans un garage ? »

Le chauffeur fit une petite grimace et secoua la tête. « Ce n'est pas *ma* voiture, dit-il, elle appartient à une grosse boîte, dans le Bronx.

— Ah.

— Ils ont de tout. Ils ont des autobus, des camionnettes et des limousines, et même des ambulances.

— Une sacrée organisation, risqua Meehan.

— Comme vous dites, acquiesça le chauffeur. Mais pas de garages là-bas, juste un grand parking à ciel ouvert.

— Ça par exemple, dit Meehan.

— Les limos, lui dit le chauffeur, passent au lavage à chaque fois qu'elles doivent sortir pour un boulot. Le reste du temps, elles sont juste rangées là-dedans avec tout le reste, les bus et les camionnettes et les dobermans.

— Vous aviez dit des ambulances.

— Ouais, les ambulances aussi », lui accorda le chauffeur.

Meehan dit : « Les dobermans ?

— Il y a des petits malins qui s'amusent à tout tagger, par là-bas, expliqua le chauffeur. S'il n'y avait pas tous ces dobermans dans le parking, les gamins auraient vite fait de sauter la clôture, même les barbelés ne les arrêtent pas, en deux minutes, ils seraient à l'intérieur, à tracer leurs initiales avec des bombes de peinture sur tout ce qui bouge. Même sur une belle limo comme celle-là. Ils ne respectent vraiment rien, ces gamins.

– Des dobermans, dit Meehan.

– Et eux, ils réussissent drôlement bien à les tenir à bonne distance, ces gamins, dit le chauffeur, ça je vous le jure.

– J'en suis certain », dit Meehan, et lorsque Goldfarb ressortit de son immeuble, serrant son gros sac tout contre sa hanche, Meehan avait déjà regagné sa propre banquette, et tuait le temps en contemplant la circulation d'un air lugubre, songeant aux limousines. À des limousines sans dobermans.

Le chauffeur sortit d'un bond pour ouvrir la portière à Goldfarb, et elle rentra dans l'auto, jetant à Meehan un regard lourd de sens tout en tapotant son sac. Maintenant, clle était chargée.

Le chauffeur reprit sa place derrière le volant de cette limousine inaccessible et Goldfarb l'interpella : « À présent, nous voulons rouler sur Broadway, mais plutôt lentement. Nous cherchons une supérette Sloan. »

Le chauffeur demanda : « En direction du nord ou du sud ? »

Ils échangèrent un regard et Meehan lui dit : « On va commencer par descendre au sud. Si on ne trouve rien d'ici à la 72e Rue, on remontera plus haut.

– C'est parti », dit le chauffeur, et il fit son petit salut dans le rétroviseur.

Tandis qu'ils entamaient leur descente de Broadway, Goldfarb dit : « Vous n'avez pas pris les affaires que vous comptiez prendre, dans votre chambre.

– Jeffords m'a perturbé, dit-il. Je repasserai là-bas plus tard.

– Jeffords, répéta-t-elle. C'est incroyable, d'enlever quelqu'un comme ça, en plein jour.

– Là d'où ils viennent, dit Meehan, je crois bien que c'est un procédé on ne peut plus ordinaire. Quand vous kidnappez quelqu'un, c'est juste une façon d'entamer la conversation.

– Je préfère m'en tenir au téléphone », dit-elle.

Ils trouvèrent un Sloan qui n'était pas le bon vers la 70e Rue, sans le moindre Médium alentour, et un Sloan qui était le bon près de la 90e Rue. Un peu plus bas que le Médium, il y avait une bouche d'incendie au bord du trottoir, devant laquelle le chauffeur gara la limo.

« Nous n'en aurons pas pour longtemps », lui dit Goldfarb. Meehan espéra qu'elle ne se trompait pas, et ils remontèrent la rue jusqu'à l'immeuble, qui faisait partie d'une rangée d'étroits bâtiments en brique hauts de trois étages, celui-ci étant le seul dont le rez-de-chaussée était occupé par un commerce. Des symboles du tarot, des poupées, des boules de cristal et un chat endormi encombraient la vitrine, ainsi que l'enseigne au néon en lettres fines suspendue derrière la vitre qui disait MÉDIUM, le tout encadré par ce qui ressemblait à un rideau de douche sur lequel on avait peint des lunes et des étoiles. Derrière la vitrine, on apercevait un petit salon vide, avec de petits meubles pastel posés sur un sol recouvert d'une moquette industrielle dans des tons vert pâle, des crucifix et d'autres ornements religieux accrochés aux murs ; et à côté de la vitrine, la porte d'entrée qui était fermée à clé et portait un panonceau SONNEZ SVP sous des lettres dorées peintes à la main : MADAME SYLVIA.

« Je vais me mettre sur le côté, dit Meehan. Ils ne se rendront pas tout de suite compte que c'est vous, qui êtes dangereuse.

– Ils vont s'en rendre compte très vite », dit-elle, et elle appuya sur la sonnette.

Meehan avait pensé que madame Sylvia en personne viendrait ouvrir, mais quand il se glissa par la porte ouverte à la suite de Goldfarb, ce qu'il put voir avait très peu de chances de s'appeler madame, ou même Sylvia. C'était un type râblé, aux épaules velues débordant du débardeur blanc sale qu'il portait sur un pantalon de travail bleu foncé informe et de grosses rangers noires. Il avait des bagues, des bracelets et un éventail varié de tatouages. Il commençait à dire : « Madame Sylvia va... » au moment où il vit Meehan entrer, et passa aussitôt en mode hostile : « Qu'est-ce que ça veut dire ?

– Montre-lui ton feu, poupée, dit Meehan, refermant du coude la porte dans son dos.

– Victor ! » cria le type en direction de la porte masquée par un rideau qui s'ouvrait derrière lui. Mais aussitôt il eut un mouvement de recul parce que Goldfarb sortait son arme. « Qu'est-ce que vous faites ? »

Alors que Victor – une version légèrement plus hideuse du premier type, mais vêtue d'un T-shirt qui faisait la publicité d'une marque de bière – entrait en écartant le rideau, et que Goldfarb agrippait le pistolet dans sa main droite, en appuyant la crosse sur la paume ouverte de sa main gauche pour bien montrer qu'elle avait pris des cours quelque part, sans vraiment pointer le canon de l'arme sur personne en particulier, Meehan plongea la main dans le gros sac qui lui pendait à l'épaule droite et grommela : « Votre portable. »

Victor et le premier type se posèrent des questions l'un à l'autre dans un langage assez personnel, cependant que Meehan extirpait le téléphone portable et tapait vivement le numéro de Jeffords. Il devait faire vite avant qu'ils ne lancent leur contre-attaque, ce qu'ils feraient sans nul doute une fois le choc initial passé.

« *Allô ?* » Toujours aussi terrifié.

« Jeffords ! » s'écria Meehan. Victor et son ami cessèrent de parler, et ouvrirent tout grand leurs yeux. « Raccrochez, activez la sonnerie de votre téléphone, et je vous rappelle. » Il coupa la communication, dit aux deux types : « Écoutez bien cette sonnerie », enfonça la touche de rappel automatique, et ils entendirent tous la lointaine mélodie étouffée qui provenait du sous-sol.

« *Allô !*

— Jeffords, dit Meehan, si vous entendez le moindre signe qu'il y a problème ici en haut, ou si cet appel est coupé, composez *tout de suite* le numéro des urgences et on fera le tri plus tard. Vous m'avez compris ?

— Où êtes-vous ?

— Nous sommes au-dessus, espèce d'idiot, où croyez-vous qu'on soit ? » Pointant sa main libre sur Victor, il dit : « Descendez le libérer, ou nous faisons envahir les lieux par les flics. »

Les deux types se bredouillèrent des trucs l'un à l'autre, tandis qu'une femme vêtue d'une robe de bal écarlate et d'un turban doré sortit de derrière le rideau, une hache à la main. À présent, ils bredouillaient tous les trois ensemble.

Meehan dit : « Goldfarb, vous pouvez descendre ce portrait de Satan, là-haut sur ce mur ?

— C'est donc *ça* que ça représente, ce truc affreux, dit-elle, et elle lui tira une balle en plein dans le ventre. Le *clac* se répercuta dans toute la pièce. Des éclats de verre se répandirent un peu partout, et trois enfants aux pieds nus sortirent de derrière le rideau en courant et en hurlant. Ils se mirent aussitôt à pleurer très bruyamment, tandis que la femme à la hache leur disait de se taire et que Meehan criait à Victor : « Descendez le libérer tout de suite, avant qu'ils nous envoient l'éléphant !

— Un gars va arriver, dit Victor, il expliquera tout ça.

— Le gars de Washington, qui vient lui couper les doigts, dit Meehan, et il entendit Jeffords gémir au bout du fil. Je sais déjà tout ce qu'il faut à son sujet, on fera sa connaissance une autre fois. Vous savez ce qu'on va faire, Victor ? Là tout de suite, à cette minute précise, vous allez le libérer, ou nous faisons débarquer une armada de flics. »

La femme à la hache cria quelque chose à Goldfarb, qui répondit en pointant directement le pistolet droit sur son front. La femme se renfrogna, méprisante. « Vous n'oserez tirer sur personne.

— C'est un avocat, madame, lui dit Meehan, elle est capable de tout. » Puis, dans le téléphone, puisque personne ne voulait bouger, il cria : « Très bien, tant pis, Jeffords, ils ne veulent pas vous libérer, nous allons tous les deux raccrocher, tous les deux appeler les flics, nous ne voulons pas nous trouver encore ici quand...

— Attendez ! » C'était Victor qui comprenait enfin ce qui se passait, et levait les mains devant lui comme pour arrêter un troupeau de bétail en pleine panique. « Je vais le chercher ! Je vais le chercher !

— Victor vient vous chercher, dit Meehan au téléphone. Ne raccrochez pas. Je veux entendre tout ce qui va se passer. »

Victor quitta la pièce, et la femme leva sa hache pour indiquer le tableau démoli. « C'était une antiquité, dit-elle. Vous devez payer pour ça.

— Envoyez-moi la note, dit Goldfarb.

— Je pourrais vous traîner devant un tribunal d'instance.

— J'aimerais bien, dit Goldfarb. Quelle jolie liste de témoins on pourrait aligner. »

La femme avait pris un air lugubre. « Je parie que vous êtes avocate », dit-elle, et Jeffords déboula précipitamment dans la pièce, son propre téléphone collé à l'oreille, le visage et les vêtements noirs de crasse. *« Je suis là ! »* hurla-t-il dans son téléphone et dans l'oreille de Meehan, et Meehan sursauta, criant à son tour : « *Mais bon sang*, baissez un peu le son, vous voulez ?

— On s'en va », dit Goldfarb à Jeffords, gardant les deux mains sur son arme, désignant d'un mouvement de tête la porte derrière elle, alors que Victor réapparaissait. Meehan ouvrit la porte. Jeffords sortit comme un boulet de canon. Meehan lui cria : « Filez sur la gauche ! » Puis, au moment où il le dépassait en un éclair, Meehan le suivit, et Goldfarb sortit la dernière à reculons, tandis que les hommes et la femme à la hache la dévisageaient d'un air mauvais, et que les trois gosses étaient en pleine crise de nerfs.

Goldfarb glissa le pistolet dans son sac tandis qu'elle et Meehan se hâtaient de rejoindre Jeffords, qui aurait continué à courir sans s'arrêter si Meehan n'avait pas braillé : « La limo ! » Jeffords s'immobilisa instantanément et pivota sur ses talons, ouvrit à la volée la porte de la limousine, et se jeta tête baissée à l'intérieur.

Goldfarb et Meehan suivirent à une allure plus raisonnable, et lorsque Meehan regarda à nouveau en arrière, il vit un taxi qui venait se ranger devant le Médium, et Victor et l'autre type sortaient sur le trottoir au pas de charge, montrant tous deux du doigt la limousine.

« On retourne à l'hôtel », lança Meehan au chauffeur tout en refermant la portière derrière lui.

Goldfarb avait repris sa place habituelle. Jeffords était sur le plancher et s'agitait dans tous les sens. Meehan s'assit à sa propre place et vit que la discussion continuait, là-bas derrière, deux nouveaux venus étant descendus du taxi. « Vos médecins viennent juste d'arriver », dit-il.

Le feu au coin de la rue étant miraculeusement au vert, la limo put prendre à gauche sur West End. Jeffords essaya de se remettre d'aplomb, et grimpa sur la banquette tournée vers l'arrière, puis demanda : « Pourquoi à l'hôtel ?

— Parce que moi, ils ne m'ont pas encore trouvé, lui dit Meehan. Alors on sera en sécurité. » Et à l'intention de Goldfarb il ajouta : « Chez vous, on n'y serait pas.

— Oh nom de *Dieu*, dit-elle, il va encore falloir que je prenne une chambre là-bas ?

— Moi aussi, dit Jeffords. Ils ont mon portefeuille, ils connaissent mon adresse, je n'ose pas rentrer chez moi. En fait, dit-il à Goldfarb, je vais devoir vous demander de régler ma chambre. Vous serez remboursée. »

Meehan dit : « Et pour votre portefeuille, vous allez faire quoi ?

— Appeler Arthur », dit Jeffords. Avec un sinistre sourire de satisfaction, il ajouta : « Et je vais lui dire que tout accès au président lui est coupé, c'est de l'histoire ancienne pour lui. Et je veux que ses amis à lui me restituent mon portefeuille *et* ma montre. Et il y a un certain Musée historique de la machine à vapeur, poursuivit-il, avec une joie sauvage, à présent qu'il n'était plus prisonnier des méchants, dans la circonscription d'une certaine personne à laquelle je pense, qui a *très* peu de chances de jamais se voir construit, en fin de compte. »

37

Bien entendu, le voyant rouge clignotait sur son téléphone, et cela pouvait bien être Goldfarb ou Jeffords, qu'il avait laissés tous deux dans le hall en bas, à signer le registre. Mais avaient-ils vraiment eu le temps de monter dans leur chambre si vite que ça?

Non. La voix de Bernie : « On a le camion. Bob et moi, on montera te prendre demain matin. Dis-moi où et quand on peut se retrouver. Et pour la limo, ça a avancé?

– Je te rappellerai pour t'en causer », dit Meehan au téléphone inerte, puis il raccrocha, et quand l'appareil sonna de nouveau huit minutes plus tard il se trouvait en personne dans sa chambre pour décrocher et dire : « J'écoute. »

C'était Goldfarb : « Nous avons besoin de prendre un café. »

Ça, il en doutait. « Parce que mes nerfs ne sont pas déjà assez en pelote comme ça?

– Un *kaffeeklatsch*, insista Goldfarb. Une petite mise au point autour d'une table. Vous, moi et Jeffords. Il y a des choses dont nous devons discuter.

– Et *kaffee*, ça veut dire café, alors nous voilà en piste pour une petite sortie en société. Que veut dire *klatsch*?

– À vrai dire, répondit Goldfarb, c'est le terme allemand pour bavardage. »

Satisfait, Meehan dit : « Vraiment? Quel mot formidable, meilleur que le nôtre. On devrait changer et adopter le leur. Regarde tous ces gens en train de klatscher là-bas. Klatsch, klatsch, klatsch.

– Il faut qu'on se voie », dit Goldfarb.

Jeffords choisit l'endroit, un café-hôtel du centre-ville, où le menu ne comportait rien d'autre que des desserts. Goldfarb prit du café, austère, sans fioritures. Jeffords prit un sabayon et un double crème. Meehan demanda une crème brûlée et un capuccino.

Le serveur s'éloigna en traînant les pieds et Goldfarb dit à Meehan : « Ça n'est pas très bon pour la santé, tout ça.

– Je sais, reconnut-il. Tout ce qu'ils vous donnent au MCC, c'est très sain. C'est de la daube, mais de la daube saine. Le destin qui m'attendait, c'était de manger de la daube saine et de vivre selon un horaire régulier pour le restant de mes jours.

– Profitez bien de votre capuccino, décida-t-elle.

– Comme vous dites. »

Jeffords dit : « Je croyais que le destin qui m'attendait, *moi*, c'était de finir transformé en shish kebab. » Maintenant que son calvaire et l'évasion qui lui avait permis d'en réchapper étaient derrière lui, et qu'il s'était rendu aussi présentable qu'il le pouvait sans vêtements de rechange, il ne paraissait plus tant terrifié qu'usé par une longue maladie pas tout à fait mortelle. Ses yeux étaient écarquillés, cernés tout autour d'une zone de gris clair, comme les toiles d'araignée sur une pierre tombale. Ses lèvres étaient pâles ; sa bouche ouverte plus largement que d'habitude – conséquence d'un rictus incontrôlé – tressaillait de temps en temps. Le sommet de ses oreilles semblait s'être rapproché de sa tête. Ses mains remuaient constamment, et Meehan n'était guère impatient de le voir essayer de manger son sabayon.

Pour le calmer, ou du moins essayer, Meehan dit : « Eh bien, c'est fini, maintenant.

– Ça, je n'en sais vraiment rien, dit Jeffords. J'ai dû entrer en contact avec Bruce, bien entendu, pour lui dire de passer le mot au président et de donner un très sérieux coup de bâton à Arthur, parce que tout le monde à Washington – il baissa la voix, jeta des coups d'œil chargés de culpabilité tout autour de lui, comme un conspirateur dans un film muet – est très *soucieux* de cette situation. Tout ceci pourrait bien sauter à la figure d'un tas de gens, ça pourrait devenir pire que le Watergate, pire que l'affaire Iran-Contras, pire que la petite robe bleue. »

Meehan dit : « Vous autres, vous vous faites une sorte de *spécialité* de ce genre de farce, pas vrai ?

– Pas volontairement, dit Jeffords.

– Non, je n'ai pas dit que vous faisiez quoi que ce soit volontairement, là-bas à Washington, concéda Meehan. Mais quand vous

177

dites que tout le monde à Washington se fait du mouron à cause de notre histoire, cela fait combien de gens à peu près, tout le monde ? Combien de gens il y a, en ce moment, qui me surveillent dans mon dos ? Les chefs d'état-major de l'aviation, de la marine et de l'armée de terre ? Le secrétaire d'État à la justice ? Le ministre de la santé ?

– Non, non, pas du tout, dit Jeffords, bien évidemment non. À ce stade, ce n'est encore que le cercle des intimes du président...

– Environ cent mille grandes gueules, donc, suggéra Meehan.

– Certainement pas, dit Jeffords. Un petit groupe de gens étroitement liés, d'une loyauté absolue envers le président.

– Et dans ce petit groupe, il y a votre bon ami Arthur ? »

Les lèvres de Jeffords se crispèrent. « C'est la pomme pourrie au fond du tonneau. Bruce s'occupe de tout ça, il m'a dit qu'Arthur ne pourrait pas se sentir plus honteux qu'il ne l'est déjà à cet instant.

– Je parie que moi, je pourrai facilement lui mettre encore plus la honte.

– Possible. Mais sans que vous interveniez, non, il ne pourrait pas se sentir plus honteux. Mon portefeuille et ma montre me seront livrés cet après-midi. »

Meehan se redressa tout net sur sa chaise. « Livrés où ça ?

– Je ne suis pas un imbécile, Meehan, prétendit Jeffords. On les livrera à notre quartier général de campagne, à Manhattan.

– Et comment les récupérerez-vous ?

– Une fois que nous en aurons terminé ici, je téléphonerai à un ami en qui j'ai toute confiance.

– Encore la confiance... »

Jeffords dit : « Il faut bien faire confiance à quelqu'un, quelque part, Francis. »

Meehan dit : « Comment ça se fait que vous autres, vous ne vous retrouvez pas systématiquement tous au MCC, ça, je ne me l'expliquerai jamais.

– La vie est injuste, l'informa Goldfarb. C'est un président qui a dit ça.

– Il savait de quoi il parlait », reconnut Meehan.

Goldfarb dit : « Excusez-moi, messieurs, l'appel du poudrier retentit », et elle se leva de table.

Ceci avait été arrangé à l'avance entre Goldfarb et Meehan, puisqu'elle était absolument décidée à ne rien apprendre de ce qu'elle appelait « les détails », détails que Meehan, arrivé à ce stade, devait en partie passer en revue avec Jeffords. D'ailleurs, elle avait probablement besoin de s'éclipser de toute manière. Bref, elle s'éclipsa, et Meehan dit : « Il va falloir qu'on change un peu de sujet.

— Bonne idée, dit Jeffords. Je voulais seulement ajouter que je vais *bel et bien* obtenir la restitution de mon portefeuille et de ma montre sans compromettre notre opération.

— Compromettre notre opération, dit Meehan. Ça sonne bien, ça.

— Je sais, ainsi que Bruce et moi-même en avions convenu au début de tout ceci, dit Jeffords, qu'il nous était indispensable de faire intervenir un professionnel, mais je vois maintenant que l'inconvénient d'avoir fait intervenir un professionnel, c'est qu'il intervient avec l'insupportable arrogance des professionnels. »

Meehan dit : « Vous préféreriez peut-être retourner d'où vous venez et passer un bon moment avec le Médium ?

— Bien sûr que non.

— Bon, parfait. Alors, laissez-moi vous dire ce qu'il nous reste à faire, maintenant. Vous vouliez être impliqué dans le casse, au début, et je vous ai dit non.

— Un témoignage de plus de cette insupportable arrogance, si ma mémoire est bonne, dit Jeffords. Trente-cinq dollars de l'heure si vous voulez regarder, quarante cinq si vous voulez participer.

— Ah, c'est bien, vous n'avez pas oublié, dit Meehan. Mais maintenant, la situation est différente. Vous êtes celui des membres de la bande qu'ils savent où trouver et qui sait où le casse va avoir lieu. Je ne peux plus me permettre de vous laisser vous balader comme une fleur, ni de décider à qui vous avez envie de faire confiance. »

Les desserts arrivèrent à ce moment-là, et les lèvres de Jeffords demeurèrent crispées tout le temps que dura le service, se détendant seulement lorsqu'ils furent à nouveau seuls : « Qu'est-ce que vous me proposez, alors ?

— Vous venez avec nous, lui dit Meehan. Demain matin, tôt. Nous devons nous mettre en route à sept heures.

— En effet, c'est tôt.

— Le crime ne dort jamais », dit Meehan.

Jeffords fronça les sourcils. « Je croyais que c'était la police qui ne dormait jamais.

— C'est ce qu'on dit, oui. Et voilà l'autre truc à retenir. Avant sept heures demain matin, vous devez nous avoir trouvé une limousine. »

Jeffords cligna des yeux. « Une limousine ?

— Comme celle que nous avons utilisée aujourd'hui, expliqua Meehan. Je ne sais pas si vous la louez ou quoi, mais il nous la faut sans chauffeur.

« – Pourquoi cela ? Qui va la conduire ?

– D'abord moi, ensuite quelqu'un d'autre, lui dit Meehan. Mais vous, jamais.

– Et voilà, vous recommencez », dit Jeffords.

Meehan dit : « Dites-moi que vous pouvez m'avoir cette limo.

– Bien entendu que je peux vous avoir une limousine, lui dit Jeffords, laissant percer une trace de sa propre insupportable arrogance. Le quartier général de campagne de Manhattan possède plusieurs véhicules à demeure, prêtés ou bien en location, au nombre desquels, si je ne m'abuse, se trouvent deux limousines. Celles-ci ont habituellement des chauffeurs attitrés, mais je dois certainement pouvoir signer une décharge afin d'en obtenir une pour mon usage personnel.

– Faites donc ça, dit Meehan. Arrangez-vous pour qu'ils nous la livrent à l'hôtel, à sept heures demain matin. Ils n'auront qu'à vous apporter votre portefeuille et votre montre en même temps.

– Bonne idée, dit Jeffords, en hochant la tête, et puis tout d'un coup il plissa le front et demanda : Est-ce que ce véhicule sera utilisé pour le cambriolage ?

– Bien sûr que oui », lui dit Meehan.

Jeffords souffrait le martyre, il était déchiré. « Je me retrouve impliqué de plus en plus profondément dans tout ceci, dit-il. Ça vous aspire vers les tréfonds, on ne peut pas lutter.

– On peut très bien s'en sortir tout seul, si on lutte un peu, dit Meehan. Je dois vous emmener avec moi, je n'ai pas le choix sur ce point, mais une fois qu'on sera en train d'exécuter le boulot, vous n'aurez qu'à faire ce que je vous dirai. Ne faites rien pour aider, ne discutez pas ce que l'on décidera, ne posez pas de questions. Faites simplement comme si vous n'étiez pas là, parce que Dieu sait que j'aimerais mieux que vous n'y soyez pas.

– Je comprends, dit Jeffords, et il prit un air amer. Tout cela, c'est de la faute d'Arthur », dit-il.

Meehan dit : « Parce que nous nous sommes retrouvés à bord de cet avion, et qu'un dénommé Howie était lui aussi à bord de l'avion alors que vous ne vous y attendiez pas, et qu'il avait le nez un peu trop porté à flairer ce qui ne le regarde pas et la langue un peu trop bien pendue. »

Jeffords le regarda bien en face. « Vous voulez dire que tout ça, c'est de ma faute.

– Je veux dire, répliqua Meehan, qu'il y assez de faute dans l'air pour qu'il en retombe sur tout un chacun », et Goldfarb revint à cet instant et déclara : « Ah, très bien. Je reviens assez tôt pour vous regarder manger tout votre dessert. »

Ils mangèrent pendant un moment, et puis Jeffords déclara : « Je vais devoir nous trouver un endroit d'un genre différent, pour le dîner. »

Goldfarb regarda Meehan, qui dit à Jeffords : « Goldfarb et moi, nous avons un rendez-vous pour le dîner, nous devons discuter d'un certain nombre de choses qui regardent un avocat et son client. »

Goldfarb dit : « Il y a toujours des détails de dernière minute, dans un cas comme celui-ci, des éléments à vérifier avant de boucler l'affaire.

– Eh bien dans ce cas... hasarda Jeffords, tout à fait perdu. Qu'est-ce que je vais bien pouvoir faire, ce soir ?

– Regarder la télévision, suggéra Goldfarb.

– Prendre un repas dans votre chambre, lui dit Meehan. Vous ne voulez pas vous montrer dans la rue à découvert. »

Jeffords parut saisi de stupeur.

Meehan dit : « Qui plus est, vous allez devoir vous lever tôt. »

L'idée remonta un tant soit peu le moral de Jeffords, qui entrevit soudain la possibilité d'un lendemain. « C'est vrai, au fond, dit-il, et s'adressant à Goldfarb : Nous devons nous mettre en route à sept heures du matin. »

Elle se renfonça dans son siège, les yeux grand ouverts. « C'était un détail, ça ?

– Nan », dit Meehan.

38

Cette fois, ils choisirent un petit restaurant français à l'ancienne mode du côté de la 40ᵉ Rue ouest, pas trop loin à pied du Couronne Royale, le genre d'endroit qui affiche du coq au vin au menu et des nappes à carreaux rouges et blancs sur les tables. Ils commandèrent diverses choses, y compris du vin rouge, et trinquèrent, et puis elle prit la parole. « Laissez-moi vous dire où se trouve le problème, avant tout.

– C'est moi, le problème, dit Meehan.

– Jamais paroles plus justes n'ont été prononcées. » Tout en contemplant le vin dans son verre, posé sur la nappe à carreaux rouges et blancs, elle dit : « J'ai étudié votre dossier, vous savez.

– Bien sûr, c'est vous mon avocat.

– Il n'y a rien qui donne beaucoup d'espoir, là-dedans, lui dit-elle. En fait, c'est plutôt totalement désespérant.

– Hon-hon.

– Vous êtes un récidiviste, vous êtes un autodidacte, pas de diplômes, pas de qualités à mettre sur le marché.

– Attendez un peu. Qu'est-ce que vous avez dit en dernier ? Le deuxième truc ? J'ai pigé récidiviste, c'est ce qu'on mettra sur ma pierre tombale, Francis Xavier Meehan, Récidiviste. Mais c'était quoi, l'autre mot. »

Elle lui fit un petit sourire. « C'est drôle, dit-elle. Le mot que les autodidactes ne connaissent jamais, c'est autodidacte. Ça veut dire, une personne qui s'est éduquée elle-même.

– Éduquée elle-même.

– Vous avez lâché vos études au lycée, mais vous êtes un lecteur assidu, et vous avez accumulé un tas de connaissances. Et, vu le

182

temps que vous avez passé derrière les barreaux, ajouta-t-elle sèchement, vous avez eu beaucoup de temps à consacrer à la lecture.

— Un peu plus que ce qui m'était absolument indispensable.

— Si votre pays n'avait pas fait appel à vous, dit-elle, vous auriez eu vraiment beaucoup de temps pour lire, jusqu'à la fin de vos jours.

— On appelle ça, un sauvetage *in extremis*, dit-il.

— Non, dit-elle, on appelle ça *deus ex machina*.

— Oui, je connais ça. Dieu sort de la machinerie, à la manière dont se terminaient les vieilles pièces de théâtre, en Grèce.

— Un miracle, en d'autres termes, dit-elle pour résumer. Et donc vous voilà dehors, en train de faire ce que vous faites. Comme le petit joueur de tambour annonçant l'avènement de l'Enfant Jésus, vous, vous cambriolez pour le compte des États-Unis.

— Pour le compte de mon président, corrigea-t-il. Qui que ça puisse bien être.

— Et la question est : une fois que vous aurez mené à bien ce vol avec effraction hautement patriotique, qu'est-ce qui se passera ensuite ? Est-ce que vous savez ne serait-ce qu'*où* se trouve le droit chemin ? »

Il se sentait vraiment très mal à l'aise à propos de cette question, et le lui dit : « Je me sens vraiment très mal à l'aise à propos de cette question. Je ne sais pas ce que je pourrai faire d'autre. Il y aura un petit profit à tirer des événements de demain...

— Pas de détails !

— Pas de détails, accorda-t-il. Mais après ça, qu'est-ce qui m'attend ? Je reste à la maison, ou à n'importe quel endroit, à attendre que ça se passe, au bout d'un moment je m'ennuie à mourir, et un gars que je connais m'appelle et dit : " Il se trouve que je sais qu'il y a une cargaison de huit BMW à bord d'un camion au New Jersey que personne ne surveille, tu veux venir voir ça ? " Et j'attraperai mon chapeau. Je veux dire, vous avez raison, voilà qui je suis.

— Et pourtant, dit-elle, vous avez été marié autrefois, vous avez au moins pu *imaginer* que vous alliez vous ranger des voitures.

— On n'imagine rien du tout quand on se marie, lui dit-il, sinon on ne le ferait pas. Je ne savais pas vraiment qui j'étais, à ce moment-là, voilà tout. Ça a duré trois ans, et quand Barbara m'a jeté dehors, j'étais tout prêt à m'en aller. Pas parce qu'il y avait quelque chose qui clochait chez *elle*, elle était très bien, elle et son mari suivant s'en sortent très bien tous les deux.

— Vous ne voyez jamais vos enfants.

– C'est le cadeau que je leur fais, dit-il. Et à moi aussi, pour être honnête. Si je me pointais une fois de temps en temps avec, disons, une espèce de petit cadeau idiot, et que je traînais avec eux le temps d'un week-end, et puis qu'un jour on me collait une peine de cinq à dix ans, alors qu'est-ce que ça donnerait ? Le seul plaisir que je peux donner à mes gosses, c'est de me tenir à l'écart de leur chemin. Ils ont quinze et treize ans maintenant, et quand ils en auront vingt ou vingt-cinq, si je suis encore dans le circuit, je leur passerai un petit coup de fil, et on pourra se faire une réunion de famille. Jusqu'à présent, je ne pouvais qu'être une source d'ennuis pour eux. À l'époque lointaine où on s'est séparés, j'ai discuté de tout ça avec Barbara, et au départ c'était surtout son idée, mais j'ai dû reconnaître à l'époque, et je le fais encore aujourd'hui, qu'elle avait raison.

– Une solution moins que géniale, dit-elle.

– Je suis d'accord, dit-il. Mais voilà où nous en sommes. Et à présent, on en vient à vous, et là, vous avez l'avantage sur moi, parce que moi, je ne détiens aucun dossier avec écrit en petit sur le rabat les mots Elaine Goldfarb.

– Très bien, dit-elle. Qu'est-ce que vous voulez savoir ?

– Vous n'êtes pas mariée en ce moment.

– Non.

– Vous l'avez déjà été ?

– J'ai été fiancée, une fois, dit-elle.

– Oh oh. Il ne vous a pas abandonnée devant l'autel ou un truc de ce genre, quand même ?

– Non, ça s'est juste évaporé peu à peu, c'est tout, dit-elle. Nous faisions nos études de droit ensemble, nous discutions beaucoup de nos cours, nous nous entraidions dans nos recherches.

– Vous l'aidiez davantage que lui ne vous aidait, je parie.

– Non, Doug est très intelligent, dit-elle. Il fait partie d'un des plus gros cabinets de New York maintenant, il est marié pour... la deuxième fois je crois, ou peut-être la troisième, il a des enfants.

– Comment ça se fait que *vous*, vous ne faites pas partie d'un de ces gros cabinets de New York ? »

Elle le regarda par-dessus son verre de vin. « Est-ce que vous pouvez m'imaginer dans une boîte de ce genre ?

– Non, dit-il en toute honnêteté. Alors, la question est, qu'est-ce qui ne va pas chez vous ? Nous savons ce qui cloche chez moi. Qu'est-ce qui cloche chez vous ?

– Je ne suis pas certaine d'approuver cette question, dit-elle.

– Pas de problème, dit-il. Il ne faudrait pas que les plats refroidissent, ils ont l'air d'être sacrément bons, on peut manger un petit morceau, le temps que vous y réfléchissiez.

– Hmmmmm », dit-elle.

Aussi mangèrent-ils pendant un moment, puis ils décidèrent de ne pas prendre d'autre bouteille de vin, ni de dessert ou de café, et de ne pas poursuivre la conversation dans le restaurant. Tout en marchant vers l'hôtel, elle dit : « Je n'ai pas répondu à votre question.

– J'ai remarqué.

– Eh bien, ça peut attendre, de toute manière, dit-elle. Je veux dire, on peut renvoyer ça à plus tard.

– Ah bon, vraiment ?

– Ce que je dis là, reprit-elle en regardant le trottoir sous ses pieds et en ne le regardant pas lui, c'est une chose assez gênante à dire d'ailleurs, c'est que vous ne monterez pas dans ma chambre ce soir, et que moi je ne monterai pas dans la vôtre. Alors on n'est pas obligés de se décider dès maintenant.

– Et pourquoi ça ? » demanda-t-il.

Secouant la tête, parlant comme si c'était là une évidence pour tout le monde, elle dit : « Pas avec Jeffords sous le même toit.

– Quoi ? dit-il. Mais c'est un *hôtel*, ce n'est pas une maison.

– Ça m'est égal, ça ne me paraîtrait pas correct, dit-elle. Pas avec Jeffords à côté.

– J'ai pigé, dit-il. Nous évitons de prendre une décision. »

Elle lui jeta un regard perçant. « Et *moi aussi*, j'ai pigé, dit-elle. Vous, vous vous dites, *voilà* ce qui cloche chez elle.

– Eh bien, disons que ça entame la liste », dit-il.

39

Le voyant rouge ne clignotait pas sur le téléphone, mais ce n'était pas bien grave. Ils étaient déjà dans la chambre. Deux types, sur les fauteuils inconfortables de part et d'autre de la table ovale devant la fenêtre. Celui qui écrivait sur un bloc-notes posé sur la table portait un nœud papillon à carreaux, une chemise bleue boutonnée jusqu'au col, une veste de sport beige, un pantalon de toile beige, des lunettes à monture d'écaille et des cheveux en voie de disparition couleur cheveux. Celui qui était carré au fond de son siège, les jambes étendues, les chevilles croisées tandis qu'il méditait, les yeux fixés sur le plafond, portait des mocassins noirs ornés de glands, un jean de grand couturier avec un pli bien marqué, une veste de sport gris foncé, un pull noir à col roulé, la moustache de Joseph Staline, et les cheveux de Joseph Staline. Tous deux sourirent lorsque Meehan rentra dans la chambre, et ils se levèrent d'un bond. D'un ton aimable et accueillant, Nœud Papillon dit : « Monsieur Meehan. »

Il y avait tellement de signaux contradictoires qui émanaient de ces types que Meehan, en dépit de tous ses efforts, ne parvint pas à trouver dans les dix mille règles la moindre chose capable de le guider. Souriants ? Mais dans la chambre ? Mais un *nœud papillon* ?

Ils continuèrent de lui sourire, Moustache fit un pas de côté, lui offrant le fauteuil où il avait été assis : « Prenez un siège. »

Alors la règle appropriée fit finalement surface dans son esprit : Si vous ne comprenez pas où vous êtes, allez autre part. « Je reviens dans cinq minutes, leur dit-il, une fois que vous aurez décampé d'ici. »

Tous deux élevèrent des objections, le pressant de rester, mais dans la mesure où aucun d'eux ne sortit son arme et où l'un d'eux portait bel et bien un nœud papillon, Meehan les ignora, quitta la chambre, descendit dans le hall, trouva le téléphone intérieur de l'hôtel, appela la chambre de Jeffords, et tomba sur cette foutue messagerie. « Nom de Dieu, lui dit-il, je vous avais bien dit de ne pas bouger d'ici ce soir. Il y a deux types dans ma chambre, et j'ai besoin de savoir de qui il s'agit. »

Il raccrocha, marcha jusqu'à l'un des deux sofas défoncés de la zone d'accueil du hall, s'assit dans celui d'où il pouvait regarder par-dessus l'autre pour voir la rue, et essaya de deviner qui diable pouvaient être les acteurs dans cette scène, sans disposer du moindre programme. Pas des flics, c'était clair. Sans lien avec Yehudi et Moustafa, c'était tout aussi clair. Pas menaçants, mais d'une certaine manière absolument pas gênés à l'idée d'entrer par effraction dans la chambre de quelqu'un.

Eh bien, mais au fond, ils n'étaient pas vraiment entrés par effraction, pas vrai ? Si ça avait été le cas, Meehan aurait remarqué des éraflures sur la porte. Alors ils avaient utilisé une clé quelconque. Est-ce qu'ils se baladaient avec un jeu de passe-partout sur eux, ou bien est-ce qu'ils avaient soudoyé l'employé de l'hôtel, ou bien quoi encore ?

Étaient-ils de l'Autre Camp, ces gens qui voulaient remplacer le président actuel avec leur propre président, afin que Clendon Burnstone IV puisse faire valider par le Congrès un décret à son usage personnel ? Ils avaient bien l'allure fadasse requise, mais malgré tout, ça ne semblait pas expliquer leur apparition.

Et les voilà qui rappliquaient, sortant de l'ascenseur, se parlant l'un à l'autre d'une voix franche, puis s'illuminant de plaisir quand ils virent Meehan et dévièrent de leur chemin pour fondre droit sur lui.

Et il comprit. Se levant, pointant le doigt sur l'estomac rebondi sous le nœud papillon, il dit : « Des journalistes.

— Oui, bien entendu, dit Nœud Papillon.

— Nous avons essayé de nous présenter, dit Moustache, mais vous nous avez tout simplement tourné le dos et vous êtes parti. » Et ce disant, lui et Nœud Papillon tendirent des cartes de visite, que Meehan prit sans y jeter un regard, mais qu'il garda dans sa main droite.

« Nous comprenons, dit Nœud Papillon, que vous ayez été désagréablement surpris par notre présence dans votre chambre, mais nous ne voulions absolument pas nous montrer menaçants le moins du monde, je peux vous l'assurer. »

Meehan avait déjà déduit tout ça. Et qu'ils se permettent de lui faire un coup pareil signifiait qu'ils connaissaient son parcours, savaient qu'il faisait partie des gens qu'ils pouvaient piétiner sans souci. Il dit : « Venez-en au fait, et vite. »

D'un geste, Moustache désigna les sofas. « Si nous nous asseyions ? À moins que vous n'aimiez mieux que nous parlions dans votre chambre ?

– J'aimerais mieux que nous ne parlions nulle part, dit Meehan. J'aimerais mieux que vous en veniez au fait et qu'on en finisse en vitesse. » Il faillit ajouter « parce qu'il faut que je me lève tôt », mais il ne voulait pas qu'ils soient au courant de ça, pas vrai ?

« Eh bien, au moins nous pouvons nous installer confortablement, dit Nœud Papillon. Et nous vous promettons de ne pas vous prendre davantage que quelques minutes de votre temps. »

Moustache fit un nouveau geste d'hôte bien élevé en indiquant les sofas, aussi Meehan se rassit-il au même endroit que précédemment, et ils s'installèrent sur le sofa qui faisait face à la table basse en Formica.

Nœud Papillon tira un petit gadget de la poche de sa veste en disant : « Ça ne vous ennuie pas si j'enregistre ceci ?

– Si », dit Meehan.

Nœud Papillon sembla surpris, puis il haussa les épaules, remisa sa machine dans sa poche, sortit son bloc-notes à la place, et dit : « Eh bien, je me contenterai de prendre des notes, dans ce cas.

– Non », dit Meehan.

Cette fois Nœud Papillon était réellement stupéfait. « Vous ne voulez pas que je prenne de notes ?

– Non. »

Moustache dit : « Monsieur Meehan, un enregistrement fidèle est tout à votre avantage.

– Non, c'est faux, dit Meehan. Aucun enregistrement du tout, ça, c'est à mon avantage. Qu'est-ce que vous me voulez ? »

Ils échangèrent un coup d'œil, haussèrent tous deux les épaules, et Moustache prit le commandement : « Essentiellement, tout ce que nous attendons de votre part, c'est la confirmation d'une rumeur. »

Meehan était sur le point de lui dire ce qu'il pouvait faire avec sa rumeur quand, par-dessus leurs épaules, passant la porte qui donnait sur la rue, il vit entrer Jeffords.

Reconnaîtraient-ils Jeffords juste en le voyant ? Pourquoi pas, il faisait partie du comité de campagne. Pour garder ces deux-là concentrés sur lui, et donner à Jeffords une chance de foutre le camp de là, Meehan dit : « Très bien, je vous écoute. Je ne vous promets rien.

– Bien sûr que non », dit Moustache. Lui et Nœud Papillon avaient un petit sourire sur le visage en permanence, comme s'ils en savaient juste un tout petit peu plus que le reste de la population du globe et prenaient vraiment leur pied à être dans leur peau.

Ayant traversé la moitié du hall, Jeffords aperçut le trio sur les sofas, et eut un sursaut de recul comme un chaton face à un serpent. Son expression aux grands yeux écarquillés se fixa sur Meehan comme pour dire : « Comment avez-vous pu me trahir ainsi ? » cependant que Meehan faisait de son mieux pour garder sa propre concentration fixée sur Moustache et Nœud Papillon.

« Cette rumeur, dit Moustache, est que le CC prépare une espèce de mauvais coup contre le challenger, une sorte de Surprise d'Octobre, et que vous avez été tiré d'un pénitencier fédéral pour y participer. »

Voilà bien les journalistes résumés d'une seule traite, se dit Meehan. On a *presque* vu juste sur toute la ligne, mais on ne tient rien du tout de *vraiment juste*. C'était l'Autre Camp qui avait préparé la Surprise d'Octobre, et le MCC n'était pas un pénitencier fédéral. Mais c'était assez proche pour faire l'affaire, pas vrai ?

Tandis que Jeffords, de l'autre côté du hall, se rendait enfin compte qu'il ferait mieux d'arrêter d'agiter les bras pour signaler en morse qu'on l'avait trahi et de se carapater vite fait vers les ascenseurs, Meehan dit : « Je crois que vous devez me confondre avec un autre Francis Xavier Meehan. Je n'ai absolument aucune condamnation fédérale sur le dos où que ce soit, vous pouvez vérifier ça, et ils ne me jetteraient pas dans une taule fédérale à moins de m'avoir condamné pour un crime fédéral, comme avoir déclaré la guerre au Portugal ou posté une lettre non timbrée. »

Nœud Papillon, son petit sourire supérieur toujours intact, dit : « Monsieur Meehan, prétendez-vous que vous n'avez pas participé à des réunions avec Bruce Benjamin et Pat Jeffords du CC ?

– Bien sûr que je les ai vus, dit Meehan. (Jeffords tressautait nerveusement, au loin là-bas, devant la porte fermée d'un des ascenseurs.) La vérité, c'est que, avant, je vivais une existence de délinquant, il y a un petit moment de ça déjà, mais maintenant je suis réhabilité, et je passe des entretiens pour trouver du travail. Benjamin et Jeffords pensaient qu'il se pouvait que l'Autre Camp prépare un genre de mauvais coup, et ils se sont demandé si j'avais des capacités qui auraient pu leur être utiles. (Nouvelle utilisation de la règle selon laquelle il fallait toujours dire la vérité, avec des codicilles, comme celui qui allait suivre.) Malheureusement, je ne pouvais leur être d'aucune utilité, alors je cherche toujours du boulot. Pourquoi vous ne m'embaucheriez pas, vous les gars ? »

Ils se sourirent l'un à l'autre d'un air supérieur, tandis que Jeffords se propulsait enfin dans un ascenseur et que la porte se refermait derrière lui. Moustache dit : « Nous, vous embaucher ? Pour faire quoi exactement, monsieur Meehan ?

– Pour m'introduire par effraction dans des chambres d'hôtel pour votre compte, dit Meehan. Par exemple, je ne laisserais pas une foule d'empreintes digitales là-haut, ni un employé à qui on a refilé un pot-de-vin et qui craquera la première fois qu'un flic le regardera d'un air méchant.

– Oh, allons donc », dit Moustache.

Meehan agita les petites cartes de visite. « Vous pourriez m'engager, ou bien je pourrais déposer une plainte. Vous êtes entrés dans ma chambre par effraction.

– Vous ne ferez pas une chose pareille », dit Nœud Papillon.

Meehan lui fit un grand sourire. « C'est parce que vous croyez que je suis embringué avec Benjamin et Jeffords, et donc que je ne veux pas faire de vagues, alors ça ne présentait aucun risque pour vous de débarquer dans ma chambre juste pour voir si vous pouviez y trouver quelque chose qui vous en dise un peu plus long sur ce qui se passe. Mais je ne suis *pas* embringué avec qui que ce soit, je suis juste un mec qui cherche du boulot. Alors peut-être que vous pourriez me procurer un boulot chez vous autres, ou bien je pourrais préparer mon procès contre votre journal en commençant par appeler les flics. »

Moustache se permit de prendre un air sévère. « Cela pourrait vous être utile d'avoir des amis dans la presse, monsieur Meehan », dit-il.

Meehan dit : « Est-ce qu'il existe vraiment quelqu'un qui a des amis dans la presse ? Est-ce que vous n'êtes pas toujours à mi-chemin sur l'échelle, à lécher le cul de celui qui est au-dessus de vous et à balancer des coups de pied à la figure de celui qui est en dessous ? »

Ils se levèrent, comme un seul homme ou un peloton à l'exercice. « J'espère que vous ne regretterez pas, dit Nœud Papillon, d'avoir choisi d'adopter cette attitude à notre égard.

– Quant à votre idée d'appeler la police, dit Moustache, je suis prêt à mettre ma crédibilité en balance avec celle d'un repris de justice, aujourd'hui ou n'importe quand. »

Meehan éclata de rire ; il ne pouvait pas s'en empêcher. « Crédibilité ! s'exclama-t-il. Par les larmes de la Vierge ! Crédibilité ! »

La presse battit en retraite en bombant le torse, et Meehan remonta dans sa chambre pour voir que Jeffords avait bien évidemment refait clignoter le voyant lumineux de son téléphone. Il effaça le message sans l'écouter ; ce crétin pouvait bien mariner dans son jus jusqu'au matin.

40

« Je ne savais plus que penser, dit Jeffords.

– Bien sûr que vous le saviez, dit Meehan. Vous avez pensé que je vendais la mèche, et vous avec, à une paire de journaleux.

– Vous aviez l'air de vous entendre si bien, assis là tous ensemble, expliqua Jeffords.

– Vous avez raison, dit Meehan. Ce que j'aurais dû faire, c'est me lever et crier : " Ne vous inquiétez pas, monsieur Jeffords, je ne vais pas leur dire un seul mot à votre sujet. "

– Non, non, vous avez fait ce qu'il fallait. » Jeffords mangea ses œufs brouillés et joua avec sa tasse de café. J'aurais seulement souhaité que vous m'appeliez hier soir.

– J'avais sommeil », lui dit Meehan, et il mangea un morceau de bacon.

Il était sept heures moins dix, et ils se trouvaient à la cafétéria du Couronne Royale, en compagnie d'un tout petit nombre de représentants de commerce et de jeunes recrues solitaires. « J'en ai à peine fermé l'œil, dit Jeffords, à cause de l'inquiétude.

– Vous pourrez dormir durant le trajet, lui dit Meehan, regardant à l'autre bout de la cafétéria et à travers sa vitrine. Je crois bien que voilà notre voiture. »

Jeffords se retourna, se tassa sur sa banquette, se tordit le cou pour voir. « Il est en avance.

– Parfait, allons-nous-en d'ici. »

Leur serveur était un jeune Latino souffrant d'un grave syndrome de déficit d'expression. Jeffords l'appela de la main, exécutant la signature-en-l'air qui veut dire apportez-moi-mon-addition, et il l'apporta. Dans la mesure où ce garçon ressemblait véritablement à

192

son propre masque mortuaire, mais avec les yeux ouverts, il était difficile de le regarder directement en face. Par bonheur, il repartit immédiatement, et Jeffords poussa l'addition devant Meehan, disant : « J'ai déjà réglé ma note, alors vous allez devoir mettre ça sur votre chambre. »

Meehan ajouta un pourboire, une signature, son numéro de chambre et dit : « Vous allez récupérer votre portefeuille, vous n'aurez qu'à me donner ça en liquide. Quatorze dollars.

– Les prix, à New York ! » dit Jeffords.

Quand ils sortirent, ils virent que l'homme qui enlevait sa casquette de chauffeur derrière le volant était, de manière assez surprenante, Bruce Benjamin. Abaissant sa vitre, il dit : « Bien le bonjour, mes petits. Je suppose que l'un de vous souhaite conduire. Je trouve que cela fait meilleur effet si le chauffeur porte son couvre-chef.

– Je vais conduire », dit Meehan.

Tout en descendant de la limo, Benjamin dit : « Pat et moi allons monter à l'arrière.

– Depuis quand est-ce que vous venez avec nous ? demanda Meehan.

– C'est seulement pour bavarder un peu, assura Benjamin. Vous pouvez me laisser où vous voudrez. »

Jeffords se glissait déjà sur le siège arrière, mais Meehan demanda à Benjamin : « Bavarder à quel sujet ?

– Eh bien, tout d'abord, ce que vous et Ms Goldfarb avez fait pour Pat hier est extraordinaire. Bien au-delà de ce que l'on aurait pu attendre de vous. Mes félicitations à tous deux. »

Mal à l'aise, Meehan haussa les épaules et dit : « Nous nous sommes habitués à l'avoir sous la main.

– Ensuite, dit Benjamin, quand Pat m'a téléphoné hier soir...

– J'ai compris. Montez donc. »

Ils grimpèrent tous dans l'auto, et Meehan enfila la casquette, qui lui allait assez bien, à vrai dire. Il ajusta le rétroviseur de façon à voir le duo derrière lui, Benjamin rendant son portefeuille et sa montre à Jeffords. « N'oubliez pas mes quatorze dollars, dit Meehan.

– Je n'oublie pas. »

Meehan passa une vitesse, roula jusqu'au premier feu rouge, s'arrêta, et dit : « Vous voulez savoir ce qui s'est passé hier soir.

– Oui, s'il vous plaît, dit Benjamin.

– Je vais vous le dire, dit Meehan, et il démarra au moment où le feu passait au vert. Mais vous savez, j'y ai réfléchi, et je suis heureux que vous soyez ici, parce que j'ai moi aussi quelques questions à poser, et il aurait été plus difficile d'obtenir des réponses de Jeffords seul. »

Benjamin dit : « Mais commencez par éclaircir la situation d'hier soir à mon intention, je vous prie.

– J'étais sorti dîner...

– Avec Elaine Goldfarb », interrompit Jeffords.

Même à cette distance, dans le petit rétroviseur, à la pâle lumière de l'aube, Meehan put voir les sourcils de Benjamin se lever tandis qu'il murmurait : « Ah ? »

Meehan tourna à droite au carrefour suivant et se dirigea vers le West Side Highway. « Quand je suis revenu du dîner – tout seul – ces deux clowns étaient déjà dans ma chambre. Alors je les ai laissés là et je suis descendu dans le hall.

– Pardonnez-moi, dit Benjamin. Vous les avez *laissés* là ? Dans votre chambre ?

– Ils étaient deux, dit Meehan, ils étaient déjà à l'intérieur, il n'y a rien là-dedans qu'ils ne puissent pas regarder, ou même emporter avec eux si ça leur chante, et je n'étais pas d'humeur à faire la conversation, alors je me suis taillé.

– Peu orthodoxe, commenta Benjamin, mais j'ai déjà remarqué cette attitude chez vous précédemment.

– Eh bien, dit Meehan, le temps qu'ils m'emboîtent le pas et descendent dans le hall, j'avais saisi que c'étaient des journaleux. J'étais sur le point de les envoyer au diable quand Jeffords s'est pointé. Je savais que Jeffords ne voudrait pas qu'ils le voient, alors j'ai continué à parler aux deux gars jusqu'à ce qu'il daigne finalement disparaître du paysage.

– J'ai été obligé d'attendre les ascenseurs, précisa Jeffords.

– Après avoir passé une demi-heure à me regarder dans le blanc des yeux, lui dit Meehan. Enfin, bref, ils tiennent quelque chose, mais ils ne savent pas ce que c'est. Ils savent que je vous ai déjà rencontrés tous les deux, et c'est encore un exemple de plus de votre fameuse sécurité. Ils ont dit qu'ils enquêtaient sur une rumeur comme quoi vous autres, vous prépareriez une Surprise d'Octobre pour l'Autre Camp, et vous m'auriez sorti d'un pénitencier fédéral, ce qui fait deux erreurs sur deux, mais tout de même, ça signifie qu'ils savent qu'il y a *quelque chose* qui se balade dans la nature. Ils sont sur le champ de tir. Ils n'ont pas encore le fusil à la main, mais ils sont sur le champ de tir.

– Je les connais, ces deux-là, dit Benjamin, apparemment peu satisfait de tout ceci. Ils ne tiennent peut-être pas le manche du bon

194

côté pour le moment, mais ils ont agrippé le manche, ça oui, ils savent qu'ils l'ont agrippé, et il y a peu de chances qu'ils lâchent prise. »

Jeffords dit : « Bruce, d'ici cet après-midi, tout ça n'aura plus d'importance. Je ne crois vraiment pas qu'ils auront débrouillé la totalité de la situation avant cela.

— Et ils ne nous ont pas pris en filature pour l'instant », dit Meehan en jetant un autre coup d'œil à son rétroviseur extérieur.

Benjamin accepta cette affirmation, mais Jeffords dit : « Quoi ? » et fit volte-face pour regarder au-dehors.

Benjamin ajouta gentiment : « Pat, il dit qu'ils ne sont *pas* derrière nous.

— Alors ça, j'espère bien que non », dit Jeffords, se tournant de nouveau vers l'avant, lissant ses manchettes.

Un ultime feu rouge passa au vert, et Meehan pilota la limousine sur le West Side Highway. Il avait conduit des camions plus gros que ça, mais jamais rien qui soit *exactement* comme ceci ; une voiture, mais beaucoup trop longue. C'était comme de conduire un tunnel. Les rétroviseurs extérieurs à sa droite et à sa gauche lui montraient le monde, mais le rétroviseur intérieur lui montrait le tunnel. Y jetant un coup d'œil, il dit : « Est-ce que je peux poser ma question, maintenant ?

— Bien entendu, dit Benjamin.

— Ces journaleux ne vont pas éclaircir toute l'histoire aujourd'hui, dit Meehan, mais tôt ou tard ils vont tirer des conclusions, et ils vont savoir ce qu'aura été mon rôle dans l'affaire. Ce qui veut dire que je dois moi aussi savoir, en fin de compte, ce que je fiche ici. »

Cela les surprit tous les deux, là-bas derrière. Benjamin dit : « Mais voyons, vous le savez, Francis, vous l'avez su depuis le début.

— Je vais récupérer le paquet, dit Meehan, et je vais vous le remettre.

— C'est bien cela, dit Benjamin.

— Le paquet, dit Meehan, contient une confession sur bande vidéo et quelques documents, c'est ce que vous m'avez dit quand on était en Caroline du Nord.

— Exactement, dit Benjamin.

— Tout s'est bien passé jusqu'ici, dit Meehan, mais maintenant il y a la presse qui s'en mêle, ça veut dire qu'il y aura de la publicité sur l'affaire.

– Nous espérons qu'il n'y en aura pas, dit Benjamin.

– Je ne me fie pas aux espérances, dit Meehan. Alors peut-être que je vais faire ce boulot pour vous, et peut-être pas.

– Nous avons conclu un marché ! s'écria Jeffords.

– Faites-moi un procès, suggéra Meehan. Je suis maintenant, dans une situation différente de celle où j'étais quand vous m'avez sorti du MCC.

– C'est nous, fit remarquer Benjamin, qui sommes la raison de cette situation différente.

– Ça, je le sais, dit Meehan. Vous êtes des gars épatants, je ne conduirais pas cette limo si vous n'étiez pas là. Mais est-ce que cette confession et ces documents ne vont pas m'apporter *encore plus* d'embêtements, si bien qu'une fois que je les aurai piqués et que je vous les aurai donnés, je me retrouverai coincé dans ce qu'il y aura de *pire* que le MCC ?

– Bien évidemment que non, Francis, dit Benjamin.

– Je suis heureux de vous l'entendre dire, dit Meehan, mais j'aimerais en savoir davantage.

– Au nom du ciel, Francis, s'exclama Jeffords, ne nous faites-vous donc pas *confiance ?* »

Meehan laissa la question rebondir dans le tunnel derrière lui pendant un petit moment, puis il dit : « Monsieur Benjamin, vous êtes plus près de lui que moi, est-ce que vous pouvez répondre pour moi ?

– Je pense que la question était une figure de rhétorique, dit Benjamin.

– Une figure déclarative, suggéra Jeffords.

– Peut-être même stupide, dit Benjamin. Mais je saisis votre point de vue, Francis, et je pense que vous avez raison. J'espérais que nous n'en viendrions pas à cela, mais c'est le cas.

– Vous allez me dire ce qu'il y a dans le paquet », dit Meehan.

Le soupir de Benjamin pouvait s'entendre même là, à l'avant du tunnel. « Je crains bien que oui », dit-il.

41

« Si cela ne vous ennuie pas, commença Benjamin, j'aimerais vous préparer un peu le terrain, vous donner quelques éléments d'approche, avant tout.

— Bien sûr.

— Ce qui nous occupe ici, c'est le Moyen-Orient. » Benjamin fit une pause, se pencha un peu en avant, et demanda : « Vous avez entendu parler du Moyen-Orient ?

— Bien sûr », dit Meehan, avec quelques doutes. La majeure partie de la circulation filait vers le sud, rentrant dans la ville, par conséquent Meehan avait les voies en direction du nord à peu près pour lui tout seul.

« Eh bien, ce que nous avons au Moyen-Orient, dit Benjamin, c'est un groupe de petits pays qui devraient logiquement former un grand bloc, mais qui ne le font pas. Une unique religion, une unique langue, un unique ennemi commun, mais ce n'est pas suffisant pour eux. Ils ne s'aiment guère les uns les autres, ils ne se font aucune confiance, ils sont comme une famille dysfonctionnelle.

— *C'est* une famille dysfonctionnelle, souligna Jeffords.

— Oui, c'est exact, dit Benjamin. Et certains d'entre eux sont riches, et ont du pétrole ; d'autres sont pauvres.

— Et ont du sable, dit Jeffords.

— Aussi, géopolitiquement, poursuivit Benjamin, ce que nous faisons, c'est que nous composons avec eux, du mieux que nous pouvons. »

Meehan dit : « Parce que vous voulez leur pétrole, ça au moins je le sais.

– Naturellement, dit Benjamin. S'ils n'avaient pas de pétrole, ils pourraient aller se faire voir chez les papous, comme les Guatémaltèques. Mais ils ont bel et bien du pétrole.

– Certains en ont, dit Jeffords.

– Et certains de ceux qui en ont, continua Benjamin, forment parfois des alliances avec certains de ceux qui n'en ont pas. »

Contournant un touriste trop lent qui contemplait le paysage, Meehan demanda : « Est-ce que ça va encore prendre longtemps ?

– L'important, dit Benjamin, parlant plus rapidement, est que pour la stabilité de la région, et occasionnellement pour un vote de soutien amical à l'Onu, nous venons parfois en aide à l'un d'entre eux pour ceci ou cela. Maintenant, venons-en aux détails spécifiques.

– D'accord », dit Meehan. La limousine avait une carte de télépéage sur le pare-brise tout en haut sous le rétroviseur, et donc il n'avait qu'à marquer une brève pause aux postes de péage.

« Dans cette région, dit Benjamin tandis que le péage glissait le long de l'auto, il y a deux pays, des voisins, qui ne s'entendent pas très bien. Je préférerais ne pas mentionner de nom ici.

– Ça me va parfaitement, dit Meehan.

– Mais ni l'un ni l'autre n'est l'Égypte ou Israël, dit Jeffords, alors ça n'a rien à voir avec ces types-là.

– Même s'ils adoreraient savoir, pour cette histoire, le ciel m'en est témoin, dit Benjamin.

– Et nous, nous détesterions ça, dit Jeffords.

– Oui. En tous les cas, de ces deux autres pays, celui qui détient le pétrole ne compte habituellement pas au nombre de nos amis...

– Des sagouins arrogants, dit Jeffords.

– Et celui qui est sans pétrole, poursuivit Benjamin, compte habituellement au nombre de nos amis.

– Des sagouins miséreux, précisa Jeffords.

– Mais il s'est trouvé un moment, il n'y a pas bien longtemps, dit Benjamin, où nous avons eu besoin que le pays inamical nous consente une faveur. Ce que nous avions à leur offrir ne les intéressait pas, et c'était à un moment, euh... l'autre pays à ce moment-là se montrait juste un peu trop neutre, et commençait à nous faire monter la moutarde au nez, alors le POTUS a finalement dit : qu'ils aillent au diable, montrons-leur le SLAR. »

Meehan dit : « Attendez une minute, je me souviens du POTUS. Qu'est-ce que c'est l'autre, le secrétariat d'État à l'élevage des porcs ?

198

– Non, non, dit Benjamin. SLAR signifie Système latéral aéronautique de reconnaissance, c'est un radar aéroporté, son signal rebondit sur la surface de la terre selon un léger angle, et il renvoie une quantité de détails absolument stupéfiante. »

Jeffords ajouta : « Vous pouvez détecter les vaisseaux engloutis, les mines perdues, les cours d'eau souterrains.

– Pas trop mal, observa Meehan.

– Eh bien, ce que nous avions appris, dit Benjamin, par le SLAR, et qu'aucun de ces deux pays ne savait, c'était l'existence d'un petit lac de pétrole. Il était plus profondément enfoui que les autres dépôts géologiques alentour, aucun de ces pays ne l'avait encore découvert, et nous avions l'information sous le coude depuis trois ou quatre ans. Nous la gardions comme un atout dans notre manche, dont nous pouvions nous servir si nécessaire.

– Un lac de pétrole. Où ça ?, demanda Meehan.

Benjamin dit : « Sous les deux pays à la fois.

– Celui des deux qui le découvrait en premier pouvait tout avaler, ajouta Jeffords. »

– Alors votre président dit : donnons-le aux petits gars riches ?, conclut Meehan.

– À ce moment-là, dit Benjamin, nous avions besoin des petits gars riches. »

Jeffords dit : « Et les petits gars pauvres se montraient juste un peu trop neutres, pour des gens aussi pauvres.

– Et nous avions épuisé nos réserves de colifichets à offrir à ces gens précisa Benjamin.

– Très bien, dit Meehan, alors le POTUS dit : donnez-leur le SLAR, et ils l'ont fait. Et après ?

– Malheureusement, dit Benjamin, ce qu'ils ont eu leur en a montré un peu plus que ce que nous voulions bien leur montrer.

– Inévitable, dit Jeffords.

– Oui, cela aussi, dit Benjamin. Nous ne pouvions tout simplement pas leur montrer ce qu'ils avaient besoin de voir pour atteindre ce petit lac à moins de leur montrer quelques autres détails en même temps.

– Des postes de reconnaissance camouflés, dit Jeffords. Certains nous appartenant, certains appartenant à d'autres.

– Des camps de réfugiés.

– Des camps d'entraînement. »

Meehan dit : « Et qu'est-ce qui s'est passé ?

– Du sang a été versé », répondit Jeffords.

Benjamin dit : « Eh bien, c'est ce qui se passe toujours dans cette partie du monde, de toute manière, mais malheureusement...

— Inévitablement, précisa Jeffords.

— Oui, cela aussi, dit Benjamin. Mais nous y voilà, voyez-vous. Cette histoire porte les empreintes du POTUS, et en masse. »

Meehan dit : « Et alors ? »

Benjamin n'était pas franchement à l'aise avec cette partie de l'explication ; il se trémoussait un peu, là-bas au bout du tunnel. « Eh bien, voyez-vous, dit-il, sans avoir agi avec préméditation, ou disons sans se laisser le temps de la réflexion, dans la fièvre du moment...

— La pression due à la fonction, dit Jeffords.

— Oui, cela aussi, acquiesça Benjamin. Le souci, c'est que le POTUS a légèrement dépassé la limite.

— Quelle limite ?, demanda Meehan.

— Eh bien, hrm-rm, euh, celle de ce que j'ai bien peur qu'il nous faille appeler un délit, bredouilla Benjamin. »

Il ne voulait *vraiment pas* en venir au fait. Meehan dit : « *Quel délit ?*

— Eh bien, l'espionnage.

— *Quoi ?* »

Jeffords dit : « La définition légale de l'espionnage est le fait de remettre des informations gouvernementales secrètes à des gouvernements étrangers non autorisés ou à leurs représentants.

— Le pétrole était autorisé, dit Benjamin. Le reste ne l'était pas, et ne pouvait l'être, à cause des dommages qui devaient inévitablement s'ensuivre, et qui par le fait ont suivi. »

Meehan dit : « Je n'ai jamais entendu parler d'une chose pareille.

— Oh, c'est déjà arrivé par le passé, dit Benjamin. Les présidents ont souvent tendance à oublier que, même pour les présidents, il y a des limites à ne pas franchir.

— Nixon, par exemple, dit Jeffords.

— Très bon exemple, dit Benjamin. Une situation très similaire. Richard Nixon, alors qu'il était président, a remis au Shah d'Iran des renseignements militaires top-secrets recueillis par nos avions AWACS. Étranger, et non autorisé. Même topo. Nos services de renseignement à Washington ont piqué une crise quand ils ont découvert cela.

— Et qu'est-ce que Nixon a eu à en dire ?, demanda Meehan. »

Jeffords dit : « Je ne crois pas que quiconque ait jamais eu le cran d'aborder la question avec lui.

– Très bien, alors qu'est-ce qui rend les choses différentes, ce coup-ci ?

– Le sang versé, dit Jeffords, y compris celui de certains de nos hommes.

– Dieu merci, cela n'a pas atteint le stade de la trahison, dit Benjamin, puisque nous n'étions pas officiellement en guerre avec ces gens, à ce moment-là.

– Ils étaient sur la liste des nations terroristes », indiqua Jeffords, et Benjamin soupira.

Meehan dit : « Nous n'en venons toujours pas à ce paquet que je suis censé récupérer.

– Nous y venons très bientôt, promit Benjamin. Au moment où tout ceci s'est produit, il y avait peut-être en tout quatre personnes au sein du gouvernement qui étaient au courant. Malheureusement, et pas inévitablement, il se trouve que l'une des quatre était un garçon doté d'une conscience surdimensionnée.

– Je crois que son fils était au nombre des victimes du raid sur le terrain d'aviation, précisa Jeffords. »

– Très bien, cela aide à comprendre son geste. Et c'est probablement aussi ce qui a provoqué son malaise cardiaque. Qui, malheureusement...

– Et pas inévitablement, dit Jeffords, si seulement nous l'avions su avant.

– Eh bien, malheureusement, en tous les cas, poursuivit Benjamin, le malaise cardiaque n'a pas été immédiatement fatal.

– Il a parlé, dit Meehan.

– Une confession sur son lit de mort, dit Benjamin. Enregistrée sur une bande vidéo par son avocat, en présence de sa femme et de son ministre du culte.

– Tous les trois, ajouta Jeffords, étant tenus de garder le silence en vertu de leur relation avec lui. »

Benjamin dit : « Et il avait fait des photocopies de certains documents pour soutenir son histoire.

– Qu'il a remis à sa femme, avant de quitter cette vallée de larmes.

– Alors c'est ça qu'il y a dans le paquet. Comment a-t-il atterri chez Burnstone ?

– La veuve le gardait avec elle, dit Benjamin, mais je crains qu'elle ne se soit remariée huit mois plus tard.

– Ce mariage n'a pas duré, dit Jeffords.

– Eh bien, dit Benjamin, ça s'était décidé un peu trop à la vavite. »

Jeffords dit : « Ça a duré assez longtemps pour que le joli cœur apprenne l'existence de ces preuves et les vole quand le mariage a tourné au vinaigre.

— Et les vende à l'Autre Camp, précisa Benjamin. »

Jeffords dit : « Il nous les a proposées avant, nom de Dieu !

— Mais il les a proposées à des gens qui ne savaient rien de l'affaire et ont supposé qu'il s'agissait de faux, et l'ont renvoyé à ses études. »

Jeffords dit : « Avant que le mot soit passé aux personnes qu'il fallait, c'était trop tard. Joli cœur avait conclu son affaire et avait déménagé à Virgin Gorda, aux Antilles britanniques.

— Nous sommes parvenus à le retrouver là-bas, dit Benjamin, avec une certaine satisfaction, et nous l'avons persuadé de nous dire à qui il les avait vendues, et puis à nous apprendre où on les gardait.

— Ben dis donc », dit Meehan. Ils étaient loin à l'extérieur de la ville à présent, et voguaient vers le nord à travers un paysage verdoyant. « Celui qui détient ce paquet, dit Meehan, il tient les couilles du président dans le creux de la main. »

D'un ton tranchant, Jeffords dit : « N'allez pas vous faire des idées, Francis.

— Oh, moi, jamais », dit Meehan.

42

Ils déposèrent Benjamin à la garde de chemin de fer de Katonah – « Bonne chance, mes petits gars », fut sa réplique finale – et puis ils continuèrent sur l'Interstate 684, Jeffords restant à l'arrière parce que ça semblait plus approprié comme ça, à bord d'une limousine, Meehan lui donnant un rapide aperçu du casse, afin qu'il connaisse les joueurs et la partie qui les attendait. Jeffords écouta, puis il s'endormit.

C'était agréable de conduire ce tunnel tout seul, à travers cette matinée, le gros de la circulation venant toujours sur la voie d'en face, pas grand-chose pour le distraire de la conduite même une fois qu'il eût gagné la route 22, un axe à deux voies, qui filait vers le nord le long de la Harlem Valley. Cela lui donna le temps de réfléchir à ce qu'ils allaient faire aujourd'hui, et aux changements qu'ils allaient devoir opérer parce que la limo ramassée pour ce boulot était cette limo-là et pas une autre, et ces pensées le ramenèrent vers Jeffords.

Meehan avait remarqué au fil des ans que les escrocs dans les romans et au cinéma échafaudent toujours toutes sortes de choses, avec des plans de secours, des cartes, des horaires, des graphiques, parfois même des maquettes à l'échelle de différents trucs. Il avait aussi remarqué au fil des ans que ni lui-même ni les gars qu'il connaissait ne faisaient jamais ce genre de chose, et n'auraient pas eu la moindre idée de comment s'y prendre pour faire tous ces trucs. On se forgeait une idée générale de ce qu'on voulait et de comment on s'imaginait procéder pour mener l'affaire à bien, et puis une fois sur les lieux, on improvisait, en se basant sur la situation concrète, qui n'était jamais exactement, précisément, ce qu'on avait cru qu'elle serait.

C'était de cette façon que ça avait toujours fonctionné pour lui et pour les gars qu'il avait rencontrés en chemin, même s'il s'était parfois dit que des plans bien élaborés auraient certainement eu du bon. Comme par exemple, si vous aviez décidé de construire une maison, vous auriez certainement souhaité vous procurer des plans de ce genre, mais en réalité, ils ne construisaient jamais de maison. Cambrioler une maison, c'est un genre de boulot tout différent.

Et puis, les gens qui échafaudent des plans dans leur vie et ceux qui effectuent des cambriolages ont un profil psychologique carrément différent. Les gens qui échafaudent des plans sont fort probablement capables avant tout d'échafauder des plans qui élimineront la nécessité d'avoir à effectuer un cambriolage. Meehan et ses camarades n'étant pas des planificateurs, se faisaient simplement une idée générale, s'envoyaient un petit bourbon juste avant le coup histoire de se calmer les nerfs, et inventaient ce qu'il fallait une fois que le boulot était en cours.

Cette fois-ci, par exemple, il devait imaginer quoi faire au sujet de cette limo. L'idée de départ, c'était que Bob Clarence devait conduire la limo chez Burnstone, embarquer les occupants de la maison, les conduire vers l'est pendant une heure à travers le Massachusetts, annoncer qu'il fallait prendre de l'essence, s'arrêter à une station-service, sortir de la limo, faire le tour de la station-service jusqu'à l'arrière du bâtiment où sa voiture personnelle serait déjà garée, monter dedans, et rentrer chez lui, pour venir retrouver les autres le lendemain. Burnstone et sa troupe resteraient assis à attendre dans la limo jusqu'à ce qu'il gèle en enfer, ou jusqu'à ce qu'il leur vienne à l'idée que le chauffeur ne reviendrait pas, selon ce qui adviendrait en premier.

C'était ça, l'idée que Bob Clarence avait trouvée un peu dure à faire subir à un frêle vieillard : le laisser planté là sans personne à part ses domestiques au fin fond de nulle part en plein Massachusetts. Mais c'était cette même idée que Clarence apprécierait vivement une fois qu'il aurait été exposé de plein fouet à la personnalité de Clendon Burnstone IV.

Néanmoins, c'était aussi cette même idée qui ne valait plus rien maintenant, parce que, en sautant directement sur la solution la plus simple à un problème donné, Meehan avait sauté sur la possibilité d'obtenir une limousine de campagne par l'entremise de Jeffords. Mais, puisqu'on pouvait facilement remonter la trace de cette limo jusqu'à la campagne, et probablement jusqu'à Jeffords, on ne pouvait plus l'abandonner, désormais. Alors à ce stade, un petit grain de sable s'était glissé dans son idée, parce qu'il viendrait un moment où Bob Clarence aurait roulé de-ci et de-là à travers tout le Massachusetts, mais voudrait voir s'achever définitivement ses relations avec Burnstone et compagnie, et que se passerait-il alors ?

Meehan ne pensait pas que Clarence aurait simplement envie de les descendre tous, même si à ce stade il pourrait très bien se sentir tout disposé à descendre IV. Malgré tout, il pouvait très bien se retrouver habité de sentiments chaleureux, ou du moins courtois, envers les employés de maison. Et de toutes les façons, des taches de sang à bord de la limo, ce ne serait pas une très bonne idée.

Et puis au-delà de ce détail, répandre le sang ne faisait pas partie du *modus operandi* de Meehan, ni de celui des gens avec qui il s'associait, même si un occasionnel petit coup de matraque pouvait toujours se concevoir, ou bien une petite séance de ligotage. Alors, ce à quoi tout ça se résumait, c'était que le boulot avait commencé, et qu'il lui restait encore à concevoir certaines parties de son déroulement. Non que cela lui arrivât pour la première fois, mais ça avait toujours tendance à le rendre nerveux, ce qui expliquait le bourbon, dans lequel il ne comptait pas plonger le bec avant d'avoir rejoint les autres et terminé son stage de conducteur de tunnel.

Neuf heures trente, c'était l'heure fixée pour le rendez-vous sur le parking du champ de foire au sud de Sheffield, et neuf heures quarante, l'heure qu'il était quand Meehan quitta la route numéro 7, repérant le camion de livraison noir avec sa haute remorque rangé de manière discrète le long du grillage métallique envahi de mauvaises herbes. Il n'y avait aucune foire sur les lieux ce mercredi de la mi-octobre, et ils avaient donc le parking mangé d'herbes folles pour eux tout seuls.

Bernie et Bob descendirent du camion tandis que la limo cahotait vers eux, plongeant le nez vers les graviers troués de nids-de-poule comme un tamanoir à la recherche de son déjeuner, le remue-ménage faisant rebondir hors de son sommeil Jeffords qui ouvrit grand les yeux sur ce paysage désolé et dit : « Quoi ? Quoi ?

– Terminus, lui dit Meehan. Tout le monde prend la correspondance. »

Avant qu'ils ne s'immobilisent à côté du camion, Jeffords s'était réacclimaté avec le monde et la position qu'il y occupait. Il cligna des yeux en voyant Bob et Bernie, et se rendit finalement compte que Bob n'allait pas lui ouvrir la portière en dépit de son uniforme de chauffeur – un uniforme bleu marine très bien coupé, avec une casquette à visière assortie – alors il ouvrit lui-même sa portière et sortit en trébuchant dans le froid soleil du milieu de matinée, où il resta à s'étirer, à craquer et à gémir cependant que Meehan conférait avec les deux autres.

Qui voulurent immédiatement savoir qui était l'autostoppeur. « Il fait partie de l'autre composante de ce boulot, expliqua Meehan. La composante politique. »

Bob abaissa un peu plus la visière de sa casquette. « Alors qu'est-ce qu'il fait ici ?

– Il va vous le dire lui-même. » Se tournant vers Jeffords, qui commençait à s'intéresser vaguement à ce qui l'entourait, l'appelant « Pat » pour la première fois de sa vie, Meehan dit : « Pat, nous sommes tous des prénoms aujourd'hui, voilà Bob et Bernie, et ça c'est Pat. »

Tout le monde échangea des salutations, avec quelque méfiance, et Meehan dit : « Racontez-leur les embrouilles spécifiques qui nous valent votre présence ici.

– Malheureusement, dit Jeffords, et pas inévitablement, pour-rais-je ajouter, nous avons eu des fuites de sécurité au CC, pour les-quelles je dois dire que je me sens tenu d'accepter une part de... »

Bob, reculant vers la limo, essayant de balayer tout l'horizon en un seul regard, dit : « Tu as amené les flics jusqu'ici, mec ? »

Jeffords lui décerna un regard vide. « Quoi ?

– Non, Bob, dit Meehan. Ce n'est pas du tout ça. Laissez-le vous raconter. Pat, faites un peu plus court, vous voulez ?

– En résumé, dit Jeffords, il y a des ressortissants étrangers qui ont appris l'existence de ces documents, ceux que Francis compte se procurer aujourd'hui, avec votre aide très bienve...

– Plus court », dit Meehan.

Jeffords s'éclaircit la gorge, rentra la tête dans les épaules, et dit : « Ces ressortissants étrangers savent qu'il existe une source d'infor-mations potentiellement capable de porter tort à notre président, ils ne savent pas de quoi il s'agit, mais ils la veulent, pour le faire chan-ter, ils ont essayé de m'arracher ces informations par la torture, Francis m'a sauvé, ce qui lui vaut mes remerciements...

– Alors on ne pouvait pas le laisser derrière nous, expliqua Mee-han aux autres, ou bien ils l'auraient embarqué encore une fois. Mais pour l'instant, ils n'en savent pas beaucoup plus, alors ils vont continuer de fouiner du côté de New York et de Washington, et pen-dant ce temps-là, nous, on est en train de se bouger et on se trouve ici. »

Bernie dit : « Mais ils ne vont pas débouler tout d'un coup en klaxonnant, hein ?

— Certainement pas.

— Mais on doit jouer les baby-sitters.

— Ouais, dit Meehan.

— Je resterai complètement en dehors des choses, promit Jeffords.

— Ça, c'est foutrement vrai », lui dirent-ils, et puis Meehan dit aux autres : « Mais il y a encore un problème qu'on doit résoudre. »

Bernie prit un air alarmé. « Quoi donc ?

— À l'origine, dit Meehan, Bob était censé abandonner la limo avec tout ce petit monde dedans.

— À moins que je ne trouve le vieux sympathique, dit Bernie.

— Aucune crainte là-dessus. Mais ça, nous ne pouvons plus le faire, parce que c'est une limo en règle du comité de campagne du président que Pat nous prête et qu'il faut la rendre après. C'était tout simplement plus facile de faire comme ça. Alors on ne peut plus l'abandonner quelque part avec Burnstone à l'intérieur.

— Ah bordel, dit Bob, on n'a qu'à aller faucher une autre limo.

— Un peu tard pour ça, observa Bernie. »

— Je me suis demandé comment on pourrait séparer Burnstone de la limousine sans éveiller ses soupçons.

— Bordel, dit Bob, j'avais trouvé une planque parfaite pour ma voiture, là où je comptais les laisser. Maintenant, il va falloir que j'aille récupérer ma voiture, en plus.

— Il y a toujours ces foutus imprévus de dernière minute, se lamenta Bernie. Une petite seconde, je vais chercher ma bouteille. »

Pendant que Bernie récupérait sa bouteille dans l'habitacle du camion, Jeffords risqua d'une voix hésitante : « Si j'osais, je tremperais bien un orteil. Francis ? »

Meehan le regarda d'un œil noir. « Vous voulez *dire* quelque chose ?

— Eh bien, juste une question, pour commencer, dit Jeffords, puis il se tourna vers Bob. Cette voiture que vous avez planquée, puis-je vous demander ce que c'est ?

— Une Jag, lui dit Bob.

— Une Jaguar ? La petite, ou la conduite intérieure ?

— Elle est flambant neuve, lui dit Bob avec un certain agacement, Jaguar Xj8, moteur V8, quatre portes, cinq places assises, onyx et blanche.

— Oh, très bon choix, dit Jeffords, cependant que Meehan et Bernie contemplaient toux deux Bob avec un respect tout neuf. Voyez-vous, dit Jeffords, voici la petite idée qui m'est venue.

– Pas de petites idées, lui dit Meehan.

– Non, attends, dit Bob, n'ayons pas de préjugés uniquement parce que ce n'est pas l'un d'entre nous. Écoutons ce qu'il a à dire.

– Et ensuite, on pourra avoir des préjugés », suggéra Bernie. Il avait sa bouteille avec lui, maintenant, et un petit sourire pour aller avec.

Meehan secoua la tête en regardant Jeffords. « Il vaudrait mieux pour vous que ce soit une bonne idée.

– Eh bien, je ne sais pas si c'en est une ou non, dit Jeffords, mais il y a le téléphone dans la limousine, ça au moins, je le sais.

, – Il y a un téléphone dans toutes les limos.

– Oui, bien entendu, dit Jeffords. Et *moi*, j'ai mon portable. Maintenant, si vous pouvez m'emmener là où se trouve votre voiture... »

Bob commençait à manifester une certaine dose de préjugés. « *Vous* voulez conduire *ma* voiture ?

– Je n'ai jamais eu un seul accident de toute mon existence, le rassura Jeffords. Mais voila mon idée. À un moment donné, vous, à bord de la limousine, vous tombez en panne. Vous dites : " Oh mon Dieu, je ferais mieux d'appeler les gens qui se trouvent là où vous êtes censé intervenir ", et vous me téléphonez à *moi*. Je vous donne mon... (il prit une voix étouffée)... mon numéro de portable, que je ne donne jamais à personne, et que je vous supplie de ne donner à personne d'autre...

– Venez-en au fait, Pat, dit Meehan.

– Très bien, soit. Vous, Bob, vous me téléphonez, je me rends là où vous vous trouverez dans votre Jaguar, je dis que j'ai été envoyé par l'organisation à laquelle ce Burnstone est censé s'adresser, je vais les emmener pour le restant du chemin. Ils s'entassent à l'intérieur... »

Bob dit : « Pourquoi est-ce que je ne prendrais pas la Jaguar ?

– Non, non, dit Jeffords, le chauffeur doit rester dans la limousine.

– Il a au moins raison sur ce point-là, dit Meehan.

– Merci, dit Jeffords. Bien, ensuite j'emmène ces gens devant un quelconque lycée ou un hôtel de ville ou je ne sais quoi, je dis : " Oh, tout le monde est déjà à l'intérieur, c'est parce que nous sommes en retard, ça a déjà commencé, dépêchez-vous d'entrer tous pendant que je vais garer la voiture. " Ils sortent de la voiture, et moi, je reviens ici. »

Bob dit : « Pourquoi est-ce que je ne fais pas tout ça moi-même avec la limo, je les dépose quelque part, je m'en vais ?

– Parce que le chauffeur doit descendre de la limousine, lui dit Jeffords, pour ouvrir toutes les portières. Il n'y aura pas assez de temps pour disparaître avant qu'ils découvrent que l'hôtel de ville est vide. *Moi*, je suis un homme très occupé, j'ai d'autres rendez-vous, je trépigne derrière le volant le temps qu'ils descendent de voiture, et puis je file comme un petit lapin pressé.

– Attention à ma voiture », dit Bob, et Bernie demanda : « Comme un petit lapin pressé ?

– Quoi qu'il en soit, dit Jeffords, voilà ma contribution. »

Ils échangèrent tous un regard. Bob dit à Meehan : « Qu'est-ce que tu en dis ?

– Je crois bien, dit Meehan, que si ce n'était pas Pat, ça pourrait bien marcher.

– Eh bien, vous savez quoi, dit Bernie, je ne peux pas conduire la limo *et* la Jag, alors on a besoin d'un autre chauffeur. »

Quelque part dans les dix mille règles, il était dit un truc du genre n'acceptez jamais les contributions des amateurs, mais à un autre endroit, il était dit qu'il fallait s'adapter aux circonstances. Par conséquent : « Peut-être que oui », finit par dire Meehan.

« Je peux me montrer très réaliste dans le rôle, lui promit Jeffords, parce qu'en réalité, j'ai déjà joué ce rôle plusieurs centaines de fois au cours de ma carrière, déposer les VIP à l'endroit où ils doivent faire leur discours. Je pourrais faire ça dans mon sommeil. En particulier avec cette Jaguar, ça ne soulèvera pas la moindre question dans leur esprit. »

Meehan dit à Bob : « C'est ta Jag. »

Bob dit : « Non, c'est la foutue limo avec laquelle tu t'es ramené, elle a un fil à la patte. »

Bernie prit une lampée de sa bouteille. « Je trouve que c'est génial, dit-il. Et puis, ça veut dire que cet oiseau-là n'est plus seulement un témoin, il devient l'un des nôtres.

– En effet, c'est juste », dit Meehan.

Avec un peu de retard, Jeffords prit soudain l'air alarmé. « L'un des vôtres ? Un quoi ?

– L'entreprise criminelle, comme on appelle ça », lui dit Bernie.

Meehan fit à Jeffords un sourire teinté d'un plaisir non feint. « Bienvenue à bord », dit-il.

43

Tandis que Meehan et Bernie installaient sur la limo un jeu de plaques minéralogiques du Massachusetts que Bernie avait emprunté quelque part le matin même, Bob et Jeffords étudiaient des cartes routières étalées sur le capot, pour s'assurer que Jeffords saurait où il se trouvait une fois que Bob l'aurait laissé à la Jaguar, et serait ensuite capable de retrouver Bob une fois la limo « tombée en panne » et serait en mesure de trouver la salle des fêtes rurale dont ils avaient décidé d'un commun accord que ce serait le meilleur endroit où se débarrasser de Burnstone et sa clique, et ensuite serait capable de retrouver son chemin jusqu'à ce champ de foire, tout cela sans se perdre, se faire arrêter, démasquer, kidnapper ou inoculer une maladie infectieuse rare. Pour une raison inconnue, Bob ne faisait aucunement confiance au sens de l'orientation de Jeffords, et ne cessa de lui faire répéter son texte encore et encore, jusqu'à ce que l'échange de plaques d'immatriculation soit terminé, les plaques d'origine de la limo à présent enveloppées dans de la toile à sac et posées sur le sol de la remorque ; puis Bob dit : « Si vous déconnez avec ma Jag, si vous me l'abîmez, si vous lui balancez les flics aux fesses, si vous lui faites *n'importe quoi*, vous n'allez pas seulement avoir de mes nouvelles à *moi*, vous allez en avoir de tous les gens que je connais.

— Bob, dit Jeffords avec un self-control plein de dignité, c'est exactement le genre de choses que je fais dans la vie. Arriver sur un territoire vierge, découvrir les coutumes du pays, emprunter le véhicule, déposer l'orateur devant son public, recueillir les dons, regagner l'aéroport. Les seules différences, cette fois, c'est qu'il n'y aura pas de dons, et que ceci n'est pas un aéroport, même si, dans le fond, cela ressemble à certains des aéroports que j'ai pu voir. »

210

Une fois que Bob fut plus ou moins rassuré à propos des compétences de Jeffords, il se glissa derrière le volant de la limo, Jeffords prit sa place habituelle sur la banquette arrière, et ils se mirent en route. Meehan, ayant sorti sa propre bouteille de la limo avant qu'elle ne reparte, arrosa la poussière au fond de sa gorge et dit : « On ferait aussi bien d'aller faire un tour.

– Bien parlé », dit Bernie, et ils montèrent dans le camion.

Ce camion avait été emprunté dans le New Jersey la nuit précédente, et arborait maintenant lui aussi des plaques du Massachusetts. Ses deux portes étaient ornées de lettres argentées avec l'inscription LIVRAISONS EXPRESS au-dessus d'un dessin du casque ailé de Mercure, sans mentionner aucune adresse pour la société, et il faisait apparemment partie de l'une des nombreuses petites flottilles de véhicules qui opéraient dans la zone portuaire là-bas. C'était une boîte rectangulaire, haute mais peu profonde, si bien qu'on pouvait se tenir debout à l'arrière mais qu'on s'y sentait à l'étroit, et il tenait plutôt mal la route dans les virages, en tout cas quand il était à vide, comme en cet instant.

Il n'était pas encore dix heures, et de là, ils n'étaient qu'à dix minutes de Burnstone Trail, mais Bob n'était pas censé se ramener avec la limo avant onze heures, alors ils ne pouvaient pas encore se diriger vers ce secteur. D'un autre côté, s'ils se contentaient de traîner là, sur ce parking de champ de foire complètement vide, pendant une heure entière, en pleine vue de la route nationale 7, ils risquaient bien d'attirer l'attention d'un flic qui s'ennuyait, ce qui ne leur plaisait guère. Aussi se dirigèrent-ils vers le nord pendant un moment, en cherchant un poste d'essence.

Tout en roulant, Meehan dit : « Il m'a surpris, avec son histoire de bagnole, Bob.

– Pourquoi ? Bob a bon goût.

– La plupart des gars qui travaillent dans des parkings peuvent avoir tout le bon goût qu'ils veulent, ils ne conduisent quand même pas une Jag du dernier modèle. À moins qu'ils l'aient piquée. »

Bernie éclata de rire. « *Travailler* dans ce garage ? Je viens juste de découvrir que le garage *appartient* à Bob !

– Sans rire, dit Meehan, comprenant à présent pourquoi Bob pouvait quitter son boulot quand ça lui chantait pour aller manger un bout au chinois du coin. C'est pas si mal, ça. Il doit pouvoir faire disparaître un bon paquet de cash, dans un endroit de ce genre.

– Bob connaît les lois fiscales, dit Bernie, comme un gamin connaît son alphabet.

– Peut-être qu'il pourrait m'aider avec mes impôts, dit Meehan, si je suis encore en circulation dans un an. » Une pensée curieuse ; il ne restait en général jamais assez longtemps au même endroit pour remplir une déclaration.

« Bien sûr qu'il pourrait, dit Bernie. Si tu paies le prix. »

À onze heures passées de dix minutes, Bernie conduisait le camion sur la route nationale 7 en dessous de Sheffield quand ils croisèrent la limo qui roulait vers le nord. « C'est eux », dit Meehan.

C'était eux. Empilé sur le siège avant à côté de Bob se trouvait le couple de paysans du célèbre tableau de Grant Wood, moins la fourche mais avec une grande quantité de misères et de griefs en plus. Bob, au volant, jeta à leur camion de livraison, par-dessous la visière de sa casquette de chauffeur, un regard si lourdement chargé de haine et de malveillance qu'il fut aussitôt évident que le charme magique de Clendon Burnstone IV avait déjà fait son œuvre.

Ils continuèrent de se croiser, avec, sur la banquette arrière, une Miss Lampry écrasée comme une noix contre la portière opposée, et du côté le plus proche d'eux, un Burnstone... occupé à discourir. À en juger au petit sourire sur son visage, il était satisfait de ce qu'il s'entendait dire.

« Wow », dit Bernie, suivant du regard la limo dans son rétroviseur de côté.

Meehan dit : « Ils auront de la chance si Bob ne brûle par la limo jusqu'à la dernière cendre avant qu'ils arrivent au point de rendez-vous.

– Oh, Bob est un vrai professionnel, dit Bernie tout en empruntant le virage qui donnait sur Spring Road. Mais je n'aimerais vraiment pas avoir à travailler pour lui au garage ce soir. »

Une fois de plus, à bord de ce nouveau véhicule, ils contournèrent la barrière mobile et son panneau ACCÈS INTERDIT et roulèrent tout au bout de Burnstone Trail. Les trois voitures habituelles étaient à leur place le long de la maison d'amis, et aucun véhicule supplémentaire n'était visible aux alentours. Bernie fit décrire au camion un virage en U qui ne se souciait guère des pelouses ou des massifs de fleurs, et recula jusqu'à la porte du bungalow.

Bernie était le spécialiste des serrures et des alarmes, aussi Meehan resta-t-il dans le camion, prit une autre lampée à sa bouteille, et regarda le rien du tout qui se passait le long de Burnstone Trail cependant que Bernie rôdait tout autour du bungalow, cherchant ses défenses. Cela ne lui prit que cinq minutes, et quand il revint voir Meehan de son côté du camion, il dit : « C'est bon, tu peux venir. »

Descendant sur le sol, laissant la bouteille à l'intérieur, Meehan dit : « Ça aura été du rapide.

— Nous sommes perdus au fond du fond, dit Bernie, et la camelote qui se trouve là-dedans n'a quand même pas *tant* de valeur que ça. Il y a des fils sur les portes et les fenêtres, une alarme sur la ligne téléphonique, probablement reliés à un poste de la police d'État, quelque part dans le coin. J'ai court-circuité la ligne téléphonique, tout vérifié, il n'y a rien d'autre. »

Meehan longea en compagnie de Bernie le flanc du camion jusqu'au bungalow. Fronçant les sourcils devant la porte d'entrée, pas encore ouverte, il dit : « Tout ça a vraiment l'air trop facile.

— Il n'y a rien d'autre, l'assura Bernie. Tu vois cet adhésif argenté, tout le long du bord de la vitre ? Ici dans les bois, c'est de la haute technologie. »

Les dix mille règles disaient : Ne croyez jamais que c'est votre jour de chance. Meehan dit : « Tu as le matériel pour tester la ligne de téléphone ?

— Bien sûr. » Il y avait un sac de toile rempli d'outillage sur le sol du camion, juste à côté de la porte. « L'idée n'est pas mauvaise », admit-il, ouvrant le sac, passant le testeur à Meehan, un petit appareil noir en forme de crabe, avec un cadran sur le dos. « La ligne sort ici, dans ce coin-là. Tu devrais pouvoir l'attraper. »

Tout en marchant vers le coin, Meehan demanda : « C'est la seule ligne ?

— La seule. »

Un fil téléphonique noir sortait de la maison juste au coin, à environ deux mètres dix du sol. S'appuyant contre la maison, se hissant sur la pointe des pieds, Meehan tendit la main et accrocha le crabe à cheval sur le fil, le tenant de manière à voir le cadran. « C'est bon, tu peux ouvrir. »

Bernie cogna sur la vitre de la porte avec une clé anglaise, passa la main par la vitre brisée, et ouvrit la porte. Le cadran sur le dos du crabe ne frétilla pas. Bernie entra à l'intérieur, et une minute plus tard, Meehan entendit une autre vitre éclater, celle-ci appartenant à la porte de la salle des armes. Le crabe semblait n'en avoir toujours rien à faire.

Malgré tout nerveux, Meehan continua de maintenir le crabe en l'air, à sa place sur le fil, et appela : « Brise une des vitrines. »

Crash ; ting-ding-ting. Aucune réaction de la part du crabe.

213

Ici et là dans les dix mille règles, on en trouvait une qui ne laissait aucune place au doute : Quand tout roule, n'hésitez pas à foncer. Meehan se détendit, remisa le crabe dans le sac de Bernie, et entra dans le bungalow tandis que retentissait le doux bruit du verre brisé.

44

Le paquet n'était pas là. Ils avaient tout bien fait comme il fallait, et pourtant le paquet n'était pas là.

Pour protéger toutes ces armes à feu anciennes, ils avaient commencé par étendre sur le plancher du camion des couvertures indiennes prises dans le salon du bungalow, puis étalé une couche de fusils et de mousquets par-dessus, puis une autre couche de couvertures indiennes, et ainsi de suite. Quand ils se trouvèrent à court de couvertures indiennes, ils utilisèrent les rideaux des fenêtres et les serviettes de la salle de bains. Quand ils se trouvèrent à court d'armes à feu à voler, ils se regardèrent l'un l'autre et Bernic dit : « Bon, alors où il est ? »

– Ici, quelque part. »

Bernie désigna d'un geste la pièce, avec les vitrines en miettes, des éclats de verre et de bois répandus partout sur le sol, les tiroirs retournés, une paire de bouteilles qui avaient contenu le bourbon de Burnstone et qui à présent ne contenaient même plus les empreintes de ceux qui l'avaient bu. « Où ça ?

– Quelque part *là-dedans*. »

En proie à une frustration croissante aux frontières de la panique, qui se mélangeait avec une certaine dose d'inquiétude au sujet du temps imparti, Meehan explora la pièce en jouant des pieds et des mains, et ce foutu paquet continuait de refuser de se trouver là. Ce fut seulement en se coupant avec un petit triangle de verre effilé et obtus qu'il aperçut soudain la lumière : « Nom de Dieu ! » s'écria-t-il, et il fourra le doigt qui saignait dans sa bouche. Tout comme Bernie, il portait des gants de cuisine en caoutchouc rose, alors le goût lui parut franchement mauvais et il retira son doigt de sa bouche.

« Ne laisse pas ce bout de verre, dit Bernie. Ton ADN.

— Nom de Dieu, tu as raison. » Trouvant le coupable, le ramassant avec précaution, il dit : « Bernie, il faut qu'on entre dans la maison d'amis.

— Pourquoi ? Tu crois que ce sera là-bas ?

— Je sais que c'est là-bas. Viens. »

Bernie le suivit au-dehors, où Meehan laissa tomber le verre sur le bitume, le brisant encore un peu plus, puis le réduisit en poussière sous son talon, tout ceci pendant que Bernie disait : « Je ne sais pas, Meehan, c'est une proposition complètement différente, il y a un bureau là-dedans, plus des pièces d'habitation, il doit y avoir plus d'une ligne de téléphone, peut-être un dispositif de sécurité alternatif dans le bureau, et de toute façon, si le paquet n'est pas là où il est censé être, qu'est-ce qui te fait croire qu'il sera là-dedans, alors qu'il pourrait bien être n'importe où ? Peut-être qu'ils l'ont déposé chez CNN hier soir.

— Il est dans la maison d'amis », dit Meehan, retirant le gant qui lui collait à la peau pour pouvoir se sucer le doigt. Ce n'était pas une vilaine coupure, mais il ne voulait pas laisser des flots de sang sur les lieux. Même pas un ruisselet.

Bernie empoigna son sac rempli d'outillage, soupira, et dit : « Bon, très bien, allons jeter un coup d'œil. »

Le temps. Combien de temps Jeffords pouvait-il tenir avant de se débarrasser de Burnstone ? Combien de temps avant que Burnstone — ou plus probablement Miss Lampry — ne se rende compte que tout l'exercice avait été simulé uniquement dans le but de les éloigner de sa propriété ? Combien de temps ensuite avant qu'ils téléphonent à la police d'État, et combien de temps encore avant que ce ravissant paysage bucolique se remplisse de sirènes et de lumières rouges clignotantes ?

Ainsi que Bernie l'avait prédit, il y avait plus d'une ligne téléphonique dans la maison d'amis. Il y avait, de fait, trois lignes, qui servaient probablement pour le téléphone, le fax et l'ordinateur, et peut-être que Burnstone et compagnie avaient fait le grand saut dans la modernité, même en se trouvant isolés ici au milieu de nulle part, et peut-être qu'ils avaient relié l'ordinateur de la maison à un système d'alarme distant, ce qui serait impossible à détecter avant de l'avoir déclenché.

« Bon, déclara enfin Bernie, tandis que Meehan essayait de ne penser ni à sa propre bouteille restée dans le camion ni à la façon dont le temps filait, voilà le mieux que je puisse faire.

– Parfait. Fais-le donc. »

Mais Bernie avait besoin de décrire le processus avant d'agir. « Je peux rendre toutes ces lignes téléphoniques occupées en les faisant se parler les unes aux autres, dit-il. *Ensuite*, je pourrai débrancher l'ordinateur, une fois qu'on sera entrés. Mais même comme ça, je dirais que ce qu'il faut, c'est vite entrer et vite ressortir.

– C'est bien mon intention », l'assura Meehan, et il sautilla sur place pendant trois minutes, le temps que Bernie fasse tout ce qu'il avait dit qu'il allait faire, programme qu'il acheva en fracassant la vitre de la porte d'entrée de la maison d'amis avec sa clé anglaise. Puis il passa la main au travers, ouvrit la porte, regarda Meehan par-dessus son épaule, et dit : « Jusqu'ici, tout va bien.

– Au premier. J'ai besoin de monter au premier », dit Meehan, s'élançant dans la maison, apercevant l'escalier, grimpant quatre à quatre jusqu'au premier tandis que Bernie s'en allait anéantir l'ordinateur.

Toutes les portes de l'étage s'ouvraient sur un palier central. Meehan décrivit un cercle sur ses talons, trouva la chambre de Burnstone – jeté de lit rouge-blanc-bleu, drapeaux de bataille anciens montés dans des cadres accrochés aux mur – se précipita à l'intérieur, et fonça droit sur le téléviseur posé sur la commode en face du lit. Sur la TV, il y avait un magnétoscope, et sur le magnétoscope une enveloppe kraft rembourrée, et sur l'enveloppe un boîtier de vidéocassette vide sans étiquette.

Quand Bernie, qui suivait, débarqua dans la pièce, Meehan étudiait le magnétoscope d'un œil mauvais, grommelant : « Aucun de ces trucs ne marche de la même façon. Là. » *On* ; appuyer dessus ; lumière verte ; parfait. *Eject* ; appuyer dessus, *grunchgrunchgrunch* dit l'appareil, et il lui recracha une cassette au visage.

Tandis que Meehan fourrait la cassette dans le boîtier et le boîtier dans l'enveloppe à côté du tas de papiers pliés en deux qui s'y trouvait déjà, Bernie dit : « Il était en train de la regarder ?

– Bien sûr », dit Meehan, et il se mit à parcourir les autres vidéocassettes empilées dans leur boîtiers à côté du téléviseur. « Confessions sur un lit de mort, une bonne soirée vidéo en perspective, beaucoup plus marrant que les 101 Dalmatiens. » Il choisit une bande, reprit le chemin de l'escalier. « Il faut que je passe dans le bureau, et puis on se tire d'ici. »

45

Ils arrivèrent les premiers au parking du champ de foire, et Meehan dit : « Je pourrais bien regretter qu'on ne se soit pas trouvé un lieu de rendez-vous un peu plus à l'écart.

— Mais non, t'en fais pas, ça ne prendra pas longtemps », lui dit Bernie, et aussitôt la limo se ramena.

Bob jaillit de derrière son volant en bouillant de rage, sa casquette de chauffeur toujours vissée sur le crâne, courut vers l'endroit où Meehan et Bernie se tenaient debout à côté du camion, agita les bras comme un fou furieux, et s'écria : « Je vais aller là-bas, je vais lui foutre le feu à sa baraque ! Où est ma putain de Jag, je veux aller là-bas *maintenant* !

— Tu ne veux pas vraiment faire un truc pareil, Bob », dit Bernie.

Bob hurla : « Je n'ai jamais voulu faire quoi que ce soit plus – plus *plus* de toute ma vie entière ! »

Meehan dit : « Non, Bob, ce que Bernie a voulu dire, c'est que tu ne veux pas que notre voie de fuite soit remplie de camions de pompiers. »

Ça retint l'attention de Bob. « Merde, dit-il. Il faut encore qu'on rentre chez nous, t'as raison. »

Bernie lui tendit ce qu'il restait de sa bouteille. « Bois un coup.

— Oui », dit Bob. Il avala une longue gorgée, et déclara : « Je pourrai toujours revenir demain.

— Ou la semaine prochaine, dit Meehan, ce sera encore mieux.

— Je voudrais pas que ce fils de pute casse sa pipe avant que je revienne ici, dit Bob.

— Tu l'as vu de tes yeux, dit Meehan.

— Ça, oui.

218

– Il est solide comme un élan, il vivra éternellement.

– C'est ce qu'on verra, justement », dit Bob d'un air sombre.

Bernie dit : « Vous savez, je crois que je ferais mieux de décoller, maintenant. Vous deux, vous pouvez attendre dans la limo. »

Meehan demanda : « Tu vas directement voir Leroy chez Cargo ?

– Bien sûr, dit Bernie. Ensuite je me débarrasse du camion.

– Dis à Leroy que Bob et moi, on l'appellera bientôt, pour avoir des nouvelles.

– Entendu.

– Laisse-moi récupérer mes affaires », dit Meehan, et il sortit ses affaires du camion ; le paquet, une grande enveloppe blanche du bureau de Burnstone avec un drapeau Betsy Ross à côté de l'adresse de l'expéditeur sur Burnstone Trail, les plaques d'origine de la limo, ct sa bouteille, à présent à moitié vide ; ou peut-être bien, à moitié pleine.

Bernie remonta dans le camion, fit un au revoir de la main, et disparut. Ils le regardèrent s'éloigner, puis Meehan dit : « On devrait échanger ces plaques.

– Allons-y. »

Ils marchèrent jusqu'à la limo, Meehan fourra le reste de ses affaires sur le siège arrière, ils procédèrent ensuite à un nouvel échange des plaques minéralogiques, Meehan s'occupant de celle de l'arrière tandis que Bob remplaçait celle de l'avant. Une fois qu'ils eurent terminé, ils se retrouvèrent sur la spacieuse banquette arrière de la limo, se partagèrent encore un peu de bourbon, et Bob dit : « J'ai lu quelque part, un jour, que la vengeance est un plat qui se mange froid. Je serai vraiment bien froid, quand je vais revenir dans le coin. »

Meehan savait que les dix mille règles n'étaient pas d'accord avec cette idée, que les dix mille règles disaient : Si vous ne vous jetez pas à l'eau quand vous êtes chaud, vous finirez par oublier toute l'histoire. Mais tout le monde a son propre catalogue de croyances, et il n'allait certes pas se lancer dans une discussion théologique avec Bob, alors il se contenta de dire : « Bien », et puis il dit : « Tu sais, Bob, si tu es partant, tu pourrais me faire une fleur. »

Bob lui décocha un regard méfiant dans le style de la juge T. Joyce Foote. « Ça ne fait quand même pas si longtemps que ça que je te connais, dit-il.

– Ça n'est pas une si grande fleur que ça », dit Meehan.

Bob hocha la tête, réservant son jugement. « Je t'écoute.

« — Dans ton garage, là, dit Meehan, je parierais que tu as deux ou trois planques où tu pourrais mettre de côté des trucs, et personne ne les trouverait jamais.

— Eh bien, oui, bien sûr, dit Bob. C'est ma base d'opérations, là-bas. »

Meehan ramassa l'enveloppe blanche de Burnstone Trail et la montra à Bob. « Tu prends ça, dit-il. Quand Jeffords se ramènera, tu le caches quelque part où il ne le remarquera pas, sous ta veste ou je ne sais quoi, et quand tu seras rentré à ton garage, tu le caches à un endroit où *personne* ne le remarquera. »

Bob prit l'enveloppe dans sa main et la contempla. Il leva un sourcil sur Meehan et puis de nouveau sur l'enveloppe. « Pour combien de temps ?

— Peut-être pour deux ou trois heures, peut-être pour toujours. »

Bob secoua l'enveloppe, mais elle ne fit rien d'intéressant. « Ce truc, ça risque d'exploser, à un moment ?

— Pas dans ton garage. »

Bob songea à tout ça. « Mais ça pourrait bien le faire, quelque part, dit-il.

— On ne peut jamais savoir, lui dit Meehan, choisissant une citation dans une autre section importante des dix mille règles, ce que demain peut nous apporter. »

46

Il s'écoula près d'une heure avant que Jeffords réapparaisse avec la Jaguar, et à ce stade, Meehan et Bob se trouvaient tous deux plus que désireux de se séparer pendant quelque temps. Ils ne se connaissaient pas vraiment, ils n'avaient pas grand-chose en commun, il n'y avait pas tant de sujets que cela dont ils pouvaient discuter ensemble, et la bouteille de bourbon était vide.

« Ça nous aiderait bien, dit Meehan à un moment, si l'un de nous était le genre de mec qui raconte toute sorte d'anecdotes amusantes et fantaisistes au sujet de son passé, et de ses casses, et de ses mariages, et tout ça.

— Je déteste ce genre de mecs, dit Bob.

— Moi aussi, acquiesça Meehan, mais si on en avait un sous la main, là tout de suite, ça nous serait vraiment utile.

— Ce qui me serait vraiment utile, c'est ma Jag, dit Bob. Je n'arrête pas de me l'imaginer dans un fossé quelque part, pulvérisée, complètement foutue, et Jeffords qui n'a même pas une égratignure.

— La partie au sujet de Jeffords sans une égratignure, je peux y croire sans problème », dit Meehan.

Mais à cet instant, finalement, la beauté argentée survint, ronronnant de satisfaction, glissant pareille à un nuage sur le gravier rugueux du parking. Quand Jeffords descendit de l'auto, il avait la mine légèrement envapée de qui vient juste de sortir d'un massage très long et vraiment délicieux. Il continuait de regarder la Jag, là tout à côté de lui, et de la tapoter délicatement du bout des doigts.

Meehan et Bob sortirent de la limo pour venir près de la Jag, Bob entamant immédiatement une tournée d'inspection lente et soupçonneuse de toute l'automobile, plissant les yeux, se courbant, à l'affût ne serait-ce que de la plus petite rayure, tandis que Meehan disait : « Ça vous a pris un sacré bout de temps.

— Eh bien, j'étais censé les tenir à distance le temps nécessaire pour que vous accomplissiez votre travail, lui rappela Jeffords.

— Un *sacré* bout de temps, dit Meehan.

— Et puis, il faut bien que je l'avoue, dit Jeffords, j'ai emprunté une route qui n'était pas la plus directe. J'ai tout simplement trouvé ça fascinant, d'écouter ce bonhomme. »

Bob interrompit son inspection pour jeter le mauvais œil à Jeffords. « Vous avez fait *quoi* ?

— J'ai observé la façon dont un esprit de ce genre fonctionne, dit Jeffords, et il secoua la tête en signe d'admiration. Il traite les mêmes informations en provenance du monde extérieur que vous et moi, et il les transforme en quelque chose qui vient d'un autre univers. C'est un peu comme écouter un membre de la Société de la Terre plate, ou ces gens qui croient que les alunissages ont été recréés et simulés sur des plateaux de cinéma à Hollywood. »

Meehan dit : « On croirait presque à vous entendre que vous l'admirez, ce type.

— J'admire l'effet produit, dit Jeffords. Si *moi* je parvenais à prendre appui sur cette accumulation sous-jacente de peurs et de préjugés et de motifs d'orgueil et d'histoire mal comprise ainsi qu'il réussit à le faire, mais avec un peu plus de recul, à en tirer un discours un peu plus suave, un peu plus aseptisé, je ne resterais pas un homme de terrain au CC, je me présenterais moi-même à la présidence.

— Vous n'aurez pas mon vote, en tout cas », dit Bob, et à Meehan, il dit : « Salut.

— Salut », répliqua Meehan.

Bob grimpa dans sa Jaguar et s'éloigna en rugissant. Jeffords et Meehan marchèrent jusqu'à la limo tandis que Jeffords lui disait : « J'en déduis que votre expédition a été un succès ?

— Oh, ouais.

— Vous avez le, euh, le matériel incriminant ? »

Meehan pointa l'index sur le paquet à l'intérieur de la limo, posé sur le siège passager à l'avant. « Il le rangeait dans sa chambre à coucher, pour se passer la bande.

— Vraiment ? ricana Jeffords. Eh bien, est-ce que *vous*, vous n'en auriez pas eu la tentation ?

— De regarder quelqu'un dans un lit, en train de mourir ? Je ne crois pas, non.

« — Eh bien, donnez-moi le paquet, et mettons-nous en route. »

Meehan ouvrit la portière arrière. « Montez donc, dit-il. Je vous donnerai le paquet une fois que nous serons en ville. »

Jeffords lui grimaça un sourire. « Francis ? Vous ne me faites vraiment pas confiance ?

— Bien sûr que si, dit Meehan. Je veux juste que tout ça se termine par un *happy end*.

— J'adore les *happy ends* », dit Jeffords, et il grimpa dans la limousine.

Ils roulèrent en direction du sud, Meehan portant la casquette de chauffeur – pas la belle casquette bleu marine de Bob, mais la casquette marron qui était venue avec cette voiture – tandis que Jeffords à l'autre bout du tunnel jouait avec son téléphone portable, menait des conversations sporadiques à voix basse, ou laissait des messages ; rien que des affaires du CC, à ce que Meehan pouvait entendre, la logistique d'une campagne présidentielle, la besogne ordinaire que Jeffords avait quelque peu négligée ces jours derniers.

À un moment où Jeffords avait raccroché son téléphone pour une seconde, Meehan l'interrompit : « Appelez-moi Goldfarb, vous voulez ?

— D'accord. Que dois-je lui dire ?

— On se retrouve tous à son appartement. C'est là que je vous donnerai le paquet.

— Parfait. Vous savez, il va bien falloir s'arrêter pour déjeuner, pendant le trajet. »

Le tableau de bord de la limo indiquait 13h17. « Bien sûr. Dites-lui que nous serons là-bas en fin d'après-midi.

— Je connais un bon petit *diner* à Hillsdale, au nord de New York, dit Jeffords. Ça ne nous écartera pas vraiment de notre chemin.

— Très bien. »

Jeffords joua encore un moment avec son téléphone, puis annonça : « Elle n'était pas chez elle. J'ai laissé un message. »

De retour à sa besogne ordinaire, elle aussi, fort probablement au MCC. « Wow », dit Meehan.

Jeffords, là-bas tout au fond de son tunnel, parut intéressé. « Wow ?

— Je pensais juste au MCC », lui dit Meehan.

Le visage de Jeffords se crispa d'un coup. « Au nom du ciel, mais pourquoi ?

– C'est probablement là que se trouve Goldfarb.

– Oh.

– Cela fait juste une semaine aujourd'hui que je suis sorti, dit Meehan. De mercredi à mercredi. Quelle semaine.

– Pour nous tous, Francis », dit Jeffords.

***

Au restaurant de Hillsdale, ils s'assirent dans un box de la zone non-fumeurs, à côté d'une fenêtre qui donnait sur la route nationale 22, et Jeffords dit à la serveuse blonde qu'il prendrait un sandwich au pastrami et pain de seigle. Meehan dit : « Pour moi ce sera le cheeseburger avec un supplément de beignets d'oignons et de cornichons. » Quand on leur posa la question, ils admirent tous deux qu'ils désiraient du café.

Elle s'en alla et Meehan regarda au-dehors la limo et la station-service avec son petit magasin de l'autre côté de la rue et se demanda de quoi son avenir serait fait, à présent qu'il allait en avoir un. Puis on leur apporta le repas et ils plongèrent tous les deux le nez dedans. Meehan avait posé la casquette de chauffeur et le paquet à côté de lui sur la banquette, le long du mur, mais il fut obligé de les ramasser pour se les mettre sur les genoux lorsque les deux Buster se joignirent à eux, l'un se glissant à côté de Meehan, l'autre à côté de Jeffords.

Meehan, le cheeseburger transformé en débris dans sa bouche, dit : « Oh, Jeffords. »

Jeffords eut l'élégance de ne pas regarder Meehan droit dans les yeux. « Croyez-moi si vous le voulez, Francis, dit-il, je suis désolé de ce qui arrive.

– *Vous* êtes désolé !

– Je le suis. Je passerai de mauvais moments, en me remémorant tout ceci.

– Je vous ai sauvé, lui rappela Meehan. Je vous ai sauvé la vie. Au moins, je vous ai sauvé les doigts.

– Je sais bien, confirma Jeffords, hochant la tête, martelant la table en Formica du bout de ces fameux doigts. Ça ne rend pas les choses plus faciles, bien au contraire.

– Mais quel besoin avez-vous de les faire, en ce cas ? »

À présent, Jeffords regarda bel et bien Meehan droit dans les yeux, et rien de ce que Meehan y vit ne lui apporta la plus petite aide. Jeffords n'était pas cruel, ni vindicatif, ni en colère, ni maléfique, ni rien de ce genre. C'était simplement un employé au bas de l'échelle qui faisait son boulot. Il dit : « Francis, on ne peut pas vous laisser vous promener dans le monde extérieur comme ça.

– Et pourquoi pas ?

– Vous êtes une anomalie, vous êtes un boisseau tout entier de questions qui attendent simplement d'être posées. Vous êtes un homme âgé de quarante-deux ans en libération conditionnelle grâce à un tribunal des mineurs. Vous êtes un délinquant récidiviste, censé se trouver dans un pénitencier fédéral, sorti du MCC absolument sans la moindre bonne raison, sans documents officiels capables de tenir face à un examen sérieux. Et maintenant, disons, juste pour le plaisir de la discussion, disons que, à un moment quelconque de l'avenir, vous vous retrouviez furieux contre nous, ou déprimé, ou ivre, ou avec l'envie de nous faire chanter pour obtenir de l'argent, ou que pour n'importe quelle autre raison, vous vous mettiez à parler.

– Je n'ai jamais parlé, dit Meehan.

– Il y a toujours une première fois pour tout », dit Jeffords. Meehan détestait ces moments où les gens lui renvoyaient à la figure des citations extraites des dix mille règles. « Tout cela se résume à une seule chose, dit Jeffords, à présent il semblait presque embarrassé, je déteste dire ça, c'est un cliché si éculé dans les vieux films et les romans policiers, mais le fait est, Francis, que vous en savez trop. »

Tristement conscient du fait que discuter davantage ne le mènerait nulle part, mais obligé de tenter le coup parce qu'il faut toujours tout tenter, Meehan dit : « Qu'est-ce que ça veut dire, j'en sais trop ? Vous parlez de me *tuer*, là ?

– Non, bien évidemment que non », dit Jeffords. Il paraissait à la fois horrifié et insulté. « Pour qui nous prenez-vous donc ?

– Alors, j'en saurai *toujours* trop quand ce sera fini.

– Notre unique dessein ici, expliqua Jeffords, se montrant généreux avec lui, est tout simplement de vous ôter toute crédibilité. Si jamais vous deviez décider de porter l'affaire en place publique, alors que vous vous trouvez en liberté de manière inexplicable, entouré d'une foule d'anomalies judiciaires, les gens vous écouteraient, vous les intrigueriez, ils remonteraient vos traces et ils nous trouveraient, *nous*. Mais si vous n'êtes qu'un détenu grincheux de plus, qui écrit des lettres insensées du fond de sa cellule et lance des accusations délirantes contre des citoyens respectables, personne ne daignera même vous dire l'heure qu'il est. Vous me comprenez, Francis ? C'est la seule chose que nous puissions faire. »

Meehan comprenait. C'était la pire des choses, quelquefois, de comprendre le point de vue du gars en face de vous. « Je n'aurais pas imaginé que vous me feriez un truc pareil, Jeffords. »

Jeffords soupira. « Oh, personne ne le fait jamais, dit-il. Et pourtant, ça finit toujours pas leur retomber dessus, un jour ou l'autre. Ils ont beau avoir été prévenus, ils se croient plus malins, ils connaissent tous ces précédents qui ont laissé un goût amer, mais ils ne peuvent tout simplement pas s'en empêcher. Ils *veulent* nous croire. Tout le monde, à un moment ou à un autre de sa vie, fait confiance à un politicien. »

47

« Pas tout à fait tout le monde », dit Meehan.

Il ramassa le paquet sur ses genoux, le sépara de la casquette de chauffeur, et le déposa sur la table à côté de ce cheeseburger qu'il ne mangerait jamais. Du bout du doigt, il le fit glisser sur la surface de Formica jusqu'à Jeffords, qui le regarda approcher avec une subite méfiance. Il examina le visage de Meehan, et ce qu'il y vit ne lui plut pas du tout. Il dit : « Qu'avez-vous donc fait, Francis ?

– Vous n'avez jamais eu une seule seconde l'intention de me laisser à l'extérieur du MCC, lui dit Meehan. Je pouvais sentir ça sur vous, sur vous et sur Benjamin, venus vous encanailler un peu parce qu'il vous fallait un expert, une source extérieure. Et puis vous me faisiez une faveur. Voyons donc les choses sous cet angle, vous offriez au petit délinquant ses dernières vacances dans le monde, un petit bonus avant qu'on l'enferme pour toujours dans ce – comment appelez-vous ça déjà ? Un établissement correctionnel. Un mot qu'il est facile d'employer, quand rien ne vous empêche d'aller vous établir ailleurs que là-dedans. »

Jusqu'ici, les deux Buster s'étaient contentés de rester assis sans bouger, ces deux nouveaux types qui ressemblaient comme deux gouttes d'eau aux précédents, mais à présent on voyait clairement qu'ils éprouvaient un certain intérêt pour le paquet, et le Buster assis à côté de Jeffords dit : « Monsieur Jeffords, vous pensez qu'il est piégé ? Vous voulez que je l'emporte dehors et que je l'ouvre ?

– Non non, dit Jeffords, et il soupira. Ça ne va pas être ça, notre problème. (Il toisa Meehan d'un regard lugubre.) Vous ne me le direz pas, n'est-ce pas ? Il va falloir que je l'ouvre.

– Pourquoi vous gâcherais-je la surprise ? »

Jeffords soupira de nouveau. Il soupesa le paquet. « Une vidéo-cassette, et des documents.

— Très bonne réponse », lui dit Meehan.

Jeffords déchira un des bords du paquet et regarda à l'intérieur. « Une vidéocassette, et des documents.

— C'est la même chose, eh oui.

— Mais pas la même, pourtant, dit Jeffords. Non, ça, j'en doute fort. Pas du tout la même. »

Il renversa le paquet et aussitôt en dégringolèrent les feuilles de papier à en-tête de Burnstone Trail et la cassette vidéo dans son boîtier brillamment coloré. Retournant le boîtier du bout d'un doigt, comme un prélèvement de laboratoire, il lut à haute voix les mots qui composaient le titre : « *Les Bérets verts.* »

« John Wayne, lui dit Meehan. Wayne l'a aussi mis en scène. C'est produit par son fils Michael. Vous parlez d'une confession à faire sur votre lit de mort.

— Vous l'avez donné à un de vos amis », dit Jeffords.

Meehan le regarda en levant les sourcils. « Mes amis ? Et de qui pourrait-il bien s'agir ?

— Ces deux autres types avec qui vous avez fait le, le truc, dit Jeffords, désignant vaguement du geste et avec irritation la route nationale 22 devant la fenêtre. Le type blanc, et le type noir.

— Ce ne sont pas mes amis, dit Meehan. Le type noir, je ne l'avais jamais vu avant que nous mettions ce boulot en route. Le type blanc, j'ai travaillé avec lui deux ou trois fois au fil des années. Monsieur Jeffords, dans ma partie, on ne traîne pas avec les autres types qui font le même boulot comme si on était de bons amis. Ces gens-là, et je suis l'un d'eux, les flics peuvent débarquer chez eux à n'importe quel moment, avec des gilets en Kevlar. À moins d'avoir à travailler avec ces gens-là, on se tient *à l'écart* d'eux. On ne vit pas tous dans le même quartier, comme les flics ou les musiciens de jazz, avec nos femmes dans le même groupe de lecture, nos enfants tous ensemble dans le club sportif des juniors. On ne s'entraide pas, on ne donne pas de petites fêtes les uns pour les autres. On est ce qu'on est, des *solitaires*.

— Vous avez bien dû en faire *quelque chose*, insista Jeffords.

— Bien sûr que oui, dit Meehan. Pendant que vous vous promeniez à travers tout le Massachusetts, fasciné, occupé à écouter l'un des plus brillants esprits du treizième siècle.

— Oh, mon Dieu, dit Jeffords. Je vous ai laissé seul trop longtemps.

– C'est à mon tour de jouer, maintenant, dit Meehan. Si quelque chose me cause du désagrément, ce paquet va se retrouver lâché dans le circuit comme un film qu'on sort à la va-vite en plein été. Si rien ne me cause de désagrément, alors peut-être que personne ne reverra jamais ce truc. »

Jeffords dit : « Peut-être ? Vous voulez davantage d'argent ?

– Bien sûr, dit Meehan. Tout le monde veut davantage d'argent. Mais ce n'est pas l'argent qui va me garder bouche cousue, monsieur Jeffords. Vous allez me donner de l'argent, et *ensuite* me renvoyer au MCC ? Ça ne me dit trop rien. »

Jeffords dit : « Alors qu'est-ce que vous voulez donc ?

– Tiens, j'ai trouvé, dit Meehan, et il ouvrit les mains aussi grand qu'il le pouvait tout en étant coincé entre un Buster et le mur. Ma liberté. »

Jeffords y songea un instant. Puis il haussa les épaules, décerna à Meehan un pâle sourire, et dit : « Eh bien, je pourrais toujours dire à Bruce que j'ai essayé.

– Je vous ferai même un mot, si vous voulez.

– Non, ce ne sera pas nécessaire, il saisira la situation. » Jeffords secoua la tête. « Vous voyez, Francis, dit-il, au bout du compte, Bruce et moi, le président et tout le reste d'entre nous, cet abruti de Burnstone et *son* candidat, ce que nous voulons tous, c'est le contrôle. Nous voulions terminer toute cette affaire avec les preuves entre nos mains, vous de retour au MCC, et tout aurait été sous contrôle.

– Eh non, dit Meehan.

– Cela nous perturbe, dit Jeffords, quand quelque chose échappe à notre contrôle. Cela nous met mal à l'aise.

– Au cas où vous penseriez, dit Meehan, que cela pourrait vous mettre tellement mal à l'aise que vous vous sentiriez obligé de dire à ces deux braves garçons de m'emmener faire un tour en voiture et de me perdre en route, laissez-moi juste vous dire que si je me retrouvais perdu tout d'un coup, ça ferait remonter cette bande à la surface. » Un pur mensonge, et alors ?

Mais Jeffords écarta cette idée d'un revers de la main : « Non, ne songez même pas à une chose pareille, Francis, c'est bon pour les mélodrames. Il est déjà assez difficile de masquer vos empreintes de pied quand vous jouez un simple petit tour en douce à l'Autre Camp. Puisque nous avions déjà pris conscience que nous ne pouvions pas réussir à exécuter un cambriolage par nous-mêmes, fiez-vous à moi, nous sommes assez malins pour ne pas nous croire capables de nous en tirer avec un meurtre.

– Engagez un autre expert. »

Le rire de Jeffords était amer. « Vous voulez rire ? Regardez tous les ennuis que nous aura causés le premier. Et puis, tous les flingueurs professionnels en activité en Amérique sont en réalité des agents du FBI camouflés, comme le savent tous les écoliers du pays, et comme le démontrent régulièrement les manchettes des journaux. Non, vous voilà libre, nom de Dieu. Vous allez terminer votre déjeuner ?

– Non. Vous m'avez coupé l'appétit.

– Désolé. » S'adressant aux deux Buster, il déclara : « Nous partons, maintenant. » Ils se levèrent tous trois, et Jeffords dit : « L'addition est pour moi, cette fois.

– Merci. Et laissez-moi un billet de cent, vous voulez ? Un peu de monnaie pour mes déplacements. »

Jeffords pinça les lèvres. Plongeant la main dans son portefeuille, il dit : « J'aurais dû vous laisser moisir au MCC.

– Vous auriez pu choisir n'importe qui d'autre, il aurait été encore pire que moi.

– Doux Jésus, et c'est probablement vrai, ce que vous dites », dit Jeffords, laissant tomber quelques billets verts à côté des beignets d'oignon.

« N'oubliez pas votre chapeau », dit Meehan en tendant la casquette de chauffeur.

Jeffords la lui prit. « La prochaine fois que vous vous ferez pincer, dit-il, vous serez tout seul pour vous en sortir.

– Non, je ne crois pas », dit Meehan.

La première fois qu'il essaya d'appeler, du restaurant, il raccrocha juste avant que le répondeur n'ait le temps de se mettre en marche. Puis il dépensa une partie de l'argent de Jeffords – qui ne lui avait laissé que quatre-vingt-dix dollars – pour franchir en taxi les trente kilomètres vers l'ouest jusqu'à la gare de chemin de fer de Hudson, au bord de l'Hudson River, d'où il essaya à nouveau de téléphoner, et à nouveau il évita de laisser un message sur le répondeur.

Il eut donc du temps pour patienter tranquillement, là, sur le quai de la gare, regardant couler de l'autre côté des voies le lent et large fleuve et l'Amérique qui s'étendait au-delà, en se disant que, si cela lui chantait, il pouvait probablement décider du résultat de la prochaine élection présidentielle là tout de suite, à lui tout seul. Mais cela voudrait dire qu'il lui faudrait regarder ces gens, ces candidats, s'impliquer sérieusement, étudier leur histoire et leur programme, prendre une décision en connaissance de cause ; alors, qu'ils aillent tous se faire foutre. Que les Américains fassent le tri par eux-mêmes. Pouvaient-ils vraiment faire un si mauvais choix que ça ?

Au bout du troisième coup de fil sans succès, il s'assit sur un banc à l'intérieur de la gare, attendant que le temps passe, et il y était encore quand les deux types entrèrent, jetèrent un coup d'œil alentour, le regardèrent bien en face et puis se dirigèrent droit sur lui. Oh, c'est pas vrai, se dit-il. Ça commence vraiment à bien faire, là.

Les deux types n'étaient pas tout à fait jumeaux. Ils étaient tous deux nu-tête, avec d'épais cheveux noirs empilés partout sur leur crâne. Tous deux avaient la peau olivâtre avec une ombre de barbe plus foncée et une moustache noire très fournie. Tous deux portaient des blousons en vinyle foncés avec la fermeture Éclair remontée jusqu'au col, et des blue-jeans propres avec un pli bien net, et des mi-bottes noires. Tous deux étaient un peu plus volumineux que nécessaire, tout comme l'était leur nez. L'un d'eux portait des lunettes à verres transparents de style aviateur, et l'autre n'en portait pas.

Meehan soupira et attendit, et le duo vint s'asseoir à côté de lui sur le banc, l'encadrant. Le type sur sa droite, celui qui avait les lunettes d'aviateur, dit : « Vous allez vous lever et nous suivre tout de suite là-dehors jusqu'à notre voiture, ou bien nous vous tuerons. Cela nous est égal. »

Meehan fronça les sourcils, se penchant vers lui : « Est-ce que vous pouvez dire quelque chose ? »

Les deux types échangèrent des regards stupéfaits. Le type aux lunettes d'aviateur, dit : « J'ai déjà dit quelque chose. Vous voulez mourir ?

– Ah, dit Meehan, tirant les choses au clair. Donc, c'est vous, Moustafa. » Pointant l'index sur l'autre, à sa gauche, il dit : « Alors, ça veut dire que vous êtes Yehudi. »

Yehudi secoua la tête. « Pourquoi dites-vous ça ?

– Bien sûr, c'est tout à fait ça, dit Meehan, en parfait accord avec lui-même. Vous êtes celui qui m'a parlé au téléphone. » Se retournant vers Moustafa, il dit : « Je ne vous ai jamais vus ni l'un ni l'autre, les gars, mais je vous ai entendus causer. »

Moustafa leva les paupières derrière ses lunettes d'aviateur. « Vous nous avez entendus causer ?

– Mais oui. J'étais dans le placard chez Goldfarb la fois où vous vous êtes pointés là-bas, vous savez, le ruban adhésif collé sur la porte pour l'empêcher de se refermer ? Ce blouson que vous portez, vous l'aviez pendu dans le placard, vous gardez une espèce de pistolet dans cette poche, là. Je l'ai même touché. »

Ils le dévisageaient tous les deux avec incrédulité. Moustafa dit : « Vous avez touché mon pistolet ?

– Écoutez, lui dit Meehan, ce n'est pas à mon sujet que vous devriez vous inquiéter. Je l'ai laissé là où il était, ce pistolet. Je voulais simplement voir à quoi vous ressembliez, tous les deux, sans chercher la confrontation, mais au moment où j'allais passer dans la cuisine pour voir vos têtes, pendant que vous étiez occupés à boire le thé là-bas...

– C'est de la pure démence, dit Yehudi. Qu'est-ce que vous inventez là ?

– C'est moi qui ai laissé l'escabeau dans l'ascenseur, lui dit Meehan. Vous vous en souvenez ? Moustafa vous a dit qu'il y avait un escabeau dans l'ascenseur.

– C'est vrai, dit Moustafa, qui semblait dépassé.

– Et donc, reprit Meehan, j'allais vous jeter un petit coup d'œil, juste un coup d'œil vite fait, quand Goldfarb est sortie de la chambre à coucher avec vos menottes sur un poignet et dans l'autre main son pistolet à elle. Elle voulait vous abattre tous les deux, sans rire. »

Leurs regards se croisèrent devant lui, les sourcils froncés, et Moustafa dit, pas à Meehan mais à Yehudi : « C'est la femme qui tenait le pistolet, chez Victor.

– Oh, le Médium, vous voulez dire, intervint Meehan. Ouais, c'est exactement ce que j'essaie de vous dire. Je l'ai dissuadée de vous tuer dans son appartement, pour éviter d'avoir à nettoyer toutes ces taches de sang dans sa cuisine, mais c'est d'elle dont vous devez vous soucier, pas de moi. Et au fait, le boulot est terminé. »

Ni l'un ni l'autre n'accueillit cette nouvelle avec plaisir. Moustafa, essayant apparemment de jouer au plus malin, demanda : « Quel boulot ?

– Le boulot sur lequel vous vouliez tout savoir, expliqua Meehan. Le paquet, un genre de preuve qui pourrait causer quelques ennuis au président. Je l'ai pris, je ne sais pas ce qu'il y a dedans, je ne *veux pas* savoir ce qu'il y a dedans, et je l'ai donné à Jeffords il y a tout juste une paire d'heures, et c'est la raison pour laquelle je me trouve ici, à attendre le train. Mais le truc important, c'est que, si vous me faites quoi que ce soit, Goldfarb va vous arracher le cœur de la poitrine à tous les deux. Ce n'est qu'un avertissement amical. »

Tous deux gardèrent le silence, aussi il se mit debout, se retourna pour les regarder, et dit : « Et voilà une autre question que vous devriez vous poser. Combien de temps encore est-ce que vous allez rester dans le même camp, tous les deux ? » Il leur fit un sourire d'adieu, et sortit ne rien regarder du tout au bord de la voie ferrée sur le quai. Un peu plus tard, quand il revint à l'intérieur pour se servir à nouveau du téléphone, ils n'étaient plus là.

Mais ce ne fut qu'à son sixième appel, à six heures moins le quart, qu'elle daigna enfin répondre : « Goldfarb.

— Meehan, dit-il.

— Eh bien, bonsoir. Où donc êtes-vous ?

— Pas au MCC, dit Meehan, qui se trouve pourtant être l'endroit où Jeffords a essayé de m'envoyer.

— Merde alors, mais quel salopard ! Enfin, ça ne me surprend même pas, je dois dire. Et alors, vous vous planquez ? Vous êtes en route pour l'Idaho ?

— Non, je suis tiré d'affaire », dit Meehan, et il pouvait à peine le croire lui-même. Libre, sain et sauf et tiré d'affaire. « Et je me demande si je dois revenir en ville pour qu'on discute un peu.

— Mechan, dit-elle, je ne peux pas vous demander de changer de vie.

— Non, je sais.

— Alors je ne peux pas traîner en votre compagnic. Vous comprenez ça, hein ?

— J'ai réfléchi, dit-il. Je vais me retrouver plein aux as, à cause d'aujourd'hui.

— Pas de détails !

— Non, ne vous en faites pas. Mais j'ai réfléchi, avant que je ne sois de nouveau fauché, vous pourriez peut-être me brancher avec un de ces organismes des services sociaux, vous savez, je pourrais conseiller les ex-taulards, ce genre de truc. »

D'une voix extrêmement soupçonneuse, elle dit : « En leur disant quoi ?

— Comment réussir à se réhabiliter, dit-il. Comment faire marcher les dix mille règles dans le bon sens, *pour* vous et pas *contre* vous.

— Les quoi ?

— Je n'ai jamais parlé à personne de tout ça avant, dit-il. C'est une longue conversation. Et si j'attrapais un train maintenant, histoire de vous retrouver en ville ? »

Dans la même collection

Cesare Battisti, *Terres brûlées* (anthologie sous la direction de)
Cesare Battisti, *Avenida Revolución*
William Bayer, *Labyrinthe de miroirs*
William Bayer, *Tarot*
William Bayer, *Le Rêve des chevaux brisés*
Marc Behm, *À côté de la plaque*
Marc Behm, *Et ne cherche pas à savoir*
Marc Behm, *Crabe*
Marc Behm, *Tout un roman!*
James Carlos Blake, *Les Amis de Pancho Villa*
James Carlos Blake, *L'Homme aux pistolets*
James Carlos Blake, *Crépuscule sanglant*
Lawrence Block, *Moisson noire 2002* (anthologie sous la direction de)
Edward Bunker, *Aucune bête aussi féroce*
Edward Bunker, *La Bête contre les murs*
Edward Bunker, *La Bête au ventre*
Edward Bunker, *Les Hommes de proie*
James Lee Burke, *Prisonniers du ciel*
James Lee Burke, *Black Cherry Blues*
James Lee Burke, *Une saison pour la peur*
James Lee Burke, *Une tache sur l'éternité*
James Lee Burke, *Dans la brume électrique avec les morts confédérés*
James Lee Burke, *Dixie City*
James Lee Burke, *La Pluie de néon*
James Lee Burke, *Le Brasier de l'ange*
James Lee Burke, *Cadillac Juke-Box*
James Lee Burke, *La Rose du Cimarron*
James Lee Burke, *Sunset Limited*
James Lee Burke, *Heartwood*
James Lee Burke, *Purple Cane Road*
Daniel Chavarría, *Un thé en Amazonie*
Daniel Chavarría, *L'Œil de Cybèle*
Daniel Chavarría, *Le Rouge sur la plume du perroquet*
Daniel Chavarría, *La Sixième Île*
George C. Chesbro, *Bone*
George C. Chesbro, *Les Bêtes du Walhalla*
Michael Connelly, *Moisson noire 2004* (anthologie sous la direction de)
Christopher Cook, *Voleurs*
Robin Cook, *Cauchemar dans la rue*
Robin Cook, *J'étais Dora Suarez*
Robin Cook, *Le Mort à vif*
Robin Cook, *Quand se lève le brouillard rouge*
David Cray, *Avocat criminel*
Pascal Dessaint, *Mourir n'est peut-être pas la pire des choses*
Pascal Dessaint, *Loin des humains*
Tim Dorsey, *Florida Roadkill*
Tim Dorsey, *Hammerhead Ranch Motel*

Tim Dorsey, *Orange Crush*
Wessel Ebersohn, *Le Cercle fermé*
James Ellroy, *Le Dahlia noir*
James Ellroy, *Clandestin*
James Ellroy, *Le Grand Nulle Part*
James Ellroy, *Un tueur sur la route*
James Ellroy, *L. A. Confidential*
James Ellroy, *White Jazz*
James Ellroy, *Dick Contino's Blues*
James Ellroy, *American Tabloid*
James Ellroy, *Crimes en série*
James Ellroy, *Moisson noire 2003* (anthologie sous la direction de)
James Ellroy, *Destination morgue*
Valerio Evangelisti, *Anthracite*
Davide Ferrario, *Black Magic*
Barry Gifford, *Sailor et Lula*
Barry Gifford, *Perdita Durango*
Barry Gifford, *Jour de chance pour Sailor*
Barry Gifford, *Rude journée pour l'Homme-Léopard*
Barry Gifford, *La Légende de Marble Lesson*
Barry Gifford, *Baby Cat Face*
James Grady, *Le Fleuve des ténèbres*
James Grady, *Tonnerre*
James Grady, *Comme une flamme blanche*
James Grady, *La Ville des ombres*
Patrick Hamilton, *Hangover Square*
John Harvey, *De chair et de sang*
John Harvey, *Demain ce seront des hommes* (anthologie sous la direction de)
Vicki Hendricks, *Miami Purity*
Vicki Hendricks, *Sky Blues*
Tony Hillerman, *Le Voleur de temps*
Tony Hillerman, *Porteurs-de-peau*
Tony Hillerman, *Dieu-qui-parle*
Tony Hillerman, *Coyote attend*
Tony Hillerman, *Les Clowns sacrés*
Tony Hillerman, *Moon*
Tony Hillerman, *Un homme est tombé*
Tony Hillerman, *Le Premier Aigle*
Tony Hillerman, *Blaireau se cache*
Tony Hillerman, *Le vent qui gémit*
Tony Hillerman, *Le Cochon sinistre*
Craig Holden, *Les Quatre Coins de la nuit*
Craig Holden, *Lady Jazz*
Rupert Holmes, *La Vérité du mensonge*
Philippe Huet, *L'Inconnue d'Antoine*
Thomas Kelly, *Le Ventre de New York*
Thomas Kelly, *Rackets*
Helen Knode, *Terminus Hollywood*
William Kotzwinkle, *Midnight Examiner*
William Kotzwinkle, *Le Jeu des Trente*

Jake Lamar, *Nous avions un rêve*
Terrill Lankford, *Shooters*
Michael Larsen, *Incertitude*
Michael Larsen, *Le Serpent de Sydney*
Dennis Lehane, *Un dernier verre avant la guerre*
Dennis Lehane, *Ténèbres, prenez-moi la main*
Dennis Lehane, *Sacré*
Dennis Lehane, *Mystic River*
Dennis Lehane, *Gone, Baby, Gone*
Dennis Lehane, *Shutter Island*
Dennis Lehane, *Prières pour la pluie*
Elmore Leonard, *Zig Zag Movie*
Elmore Leonard, *Maximum Bob*
Elmore Leonard, *Punch créole*
Elmore Leonard, *Pronto*
Elmore Leonard, *Beyrouth-Miami*
Elmore Leonard, *Loin des yeux*
Elmore Leonard, *Viva Cuba libre!*
Elmore Leonard, *Dieu reconnaîtra les siens*
Elmore Leonard, *Be cool!*
Elmore Leonard, *Tishomingo Blues*
Bob Leuci, *Odessa Beach*
Bob Leuci, *L'Indic*
Jean-Patrick Manchette, *La Princesse du sang*
Dominique Manotti, *À nos chevaux!*
Dominique Manotti, *Kop*
Dominique Manotti, *Nos fantastiques années fric*
Tobie Nathan, *Saraka bô*
Tobie Nathan, *Dieu-Dope*
Tobie Nathan, *Serial eater*
Jim Nisbet, *Prélude à un cri*
Jim Nisbet, *Le Codex de Syracuse*
Jack O'Connell, *B.P. 9*
Jack O'Connell, *La Mort sur les ondes*
Jack O'Connell, *Porno Palace*
Jack O'Connell, *Et le verbe s'est fait chair*
Jean-Hugues Oppel, *French Tabloïds*
Samuel Ornitz, *M. Gros-Bidon*
Hugues Pagan, *Tarif de groupe*
Hugues Pagan, *Dernière station avant l'autoroute*
David Peace, *1974*
David Peace, *1977*
David Peace, *1980*
David Peace, *1983*
Andrea Pinketts, *La Madone assassine*
Andrea Pinketts, *L'absence de l'absinthe*
Andrea Pinketts, *Turquoise fugace*
Michel Quint, *Le Bélier noir*
Rob Reuland, *Point mort*
John Ridley, *Ici commence l'enfer*

Édouard Rimbaud, *Les Pourvoyeurs*
John Shannon, *Le Rideau orange*
Pierre Siniac, *Ferdinaud Céline*
Jerry Stahl, *À poil en civil*
Les Standiford, *Johnny Deal*
Les Standiford, *Johnny Deal dans la tourmente*
Richard Stark, *Comeback*
Richard Stark, *Backflash*
Richard Stark, *Flashfire*
Richard Stark, *Firebreak*
Richard Stratton, *L'Idole des camés*
Paco Ignacio Taibo II, *À quatre mains*
Paco Ignacio Taibo II, *La Bicyclette de Léonard*
Paco Ignacio Taibo II, *Nous revenons comme des ombres*
Ross Thomas, *Les Faisans des îles*
Ross Thomas, *La Quatrième Durango*
Ross Thomas, *Crépuscule chez Mac*
Ross Thomas, *Voodoo, Ltd*
Jack Trolley, *Ballet d'ombres à Balboa*
Andrew Vachss, *Le Mal dans le sang*
Y. S. Wayne, *Objectif Li Peng*
John Wessel, *Le Point limite*
John Wessel, *Pretty Ballerina*
John Wessel, *Kiss It Goodbye*
Donald Westlake, *Aztèques dansants*
Donald Westlake, *Faites-moi confiance*
Donald Westlake, *Histoire d'os*
Donald Westlake, *361*
Donald Westlake, *Moi, mentir?*
Donald Westlake, *Le Couperet*
Donald Westlake, *Smoke*
Donald Westlake, *Le Contrat*
Donald Westlake, *Au pire, qu'est-ce qu'on risque?*
Donald Westlake, *Mauvaises Nouvelles*
Donald Westlake, *Moisson noire 2001* (anthologie sous la direction de)
Donald Westlake, *Dégâts des eaux*
J. Van de Wetering, *Retour au Maine*
J. Van de Wetering, *L'Ange au regard vide*
J. Van de Wetering, *Le Perroquet perfide*
Charles Willeford, *Miami Blues*
Charles Willeford, *Une seconde chance pour les morts*
Charles Willeford, *Dérapages*
Charles Willeford, *Ainsi va la mort*
Charles Willeford, *L'Île flottante infestée de requins*
Daniel Woodrell, *Sous la lumière cruelle*
Daniel Woodrell, *Chevauchée avec le diable*

Achevé d'imprimer par Corlet, Imprimeur, S.A. - 14110 Condé-sur-Noireau
N° d'Imprimeur : 87821 - Dépôt légal : octobre 2005 - *Imprimé en France*